U0083976

古典詩歌研究彙刊

第六輯

龔鵬程 主編

第12冊

韓愈詩探析（上）

李建崑 著

國家圖書館出版品預行編目資料

韓愈詩探析（上）／李建崑 著—初版—台北縣永和市：花木蘭文化出版社，2008〔民97〕

序2+目4+170面；17×24公分

（古典詩歌研究彙刊 第六輯；第12冊）

ISBN 978-986-6449-63-5（精裝）

1.（唐）韓愈 2.學術思想 3.傳記 4.唐詩 5.詩評

851.4417 98013876

ISBN - 978-986-6449-63-5

古典詩歌研究彙刊

第六輯 第十二冊 ISBN：978-986-6449-63-5

韓愈詩探析（上）

作　　者 李建崑

主　　編 龔鵬程

總 編 輯 杜潔祥

出　　版 花木蘭文化出版社

發 行 所 花木蘭文化出版社

發 行 人 高小娟

聯絡地址 台北縣永和市中正路五九五號七樓之三

電話：02-2923-1455／傳眞：02-2923-1452

網　　址 http://www.huamulan.tw 信箱 sut81518@ms59.hinet.net

印　　刷 普羅文化出版廣告事業

初　　版 2009年9月

定　　價 第六輯25冊（精裝）新台幣35,000元

韓愈詩探析（上）

李建崑 著

作者簡介

李建崑，字敏求，台灣台南人。國立台灣師範大學文學博士，曾任中興大學中文系助教、講師、副教授、教授，現任東海大學中文系教授。主要從事唐代文學之研究與教學。著有：《敏求論詩叢稿》、《韓孟詩論叢》（上下冊）、《中晚唐苦吟詩人研究》、《孟郊詩集校注》（上下冊）、《張籍詩集校注》、《賈島詩集校注》、《元次山之生平及其文學》等專書。

提　　要

本論文係以韓愈詩為範圍，根據原典及相關資料所作的探討。意在彰顯韓愈詩之體貌與造境。全文二十八萬言 釐為十二章。首章為緒論 略述研究本題之動機、方法與步驟。第二章分六階段總述韓愈之仕宦生涯與詩歌創作，並說明韓愈人格、宦歷對詩歌形成之影響。第三章分就中唐政經、文化、僧徒關係等角度，詳述韓愈詩之創作背景。第四章就古文論與詩歌創作論兩方面，鑫探韓愈之詩學觀念。第五章先就韓愈詩對《詩經》、《楚辭》之取資運用：再論韓愈對漢魏樂府、古詩、建安文學、《選》詩、陶謝詩之運化情形，驗證韓愈詩之前承。第六章對韓愈與李、杜關係深入之察考。第七章論析韓愈詩具有諷諭色彩、牴排佛道、詳寫生活細節、生命情境感受等內涵；各徵詩例，以見韓愈「無施不可」之筆力。第八章論析韓愈詩體式之變革、體式之創新及格律之設計。第九章就韓詩之聯章構造、篇章修辭、句字運用等項，論析韓愈詩之創作技法。第十章論析韓愈詩兼具奇險、豪雄、淡雅詩風。第十一章檢討唐以來對韓詩之評價、說明韓詩對宋詩之影響，並評估其歷史地位。第十二章為本文結論。文末附錄《昌黎先生集之版本注本源流》。

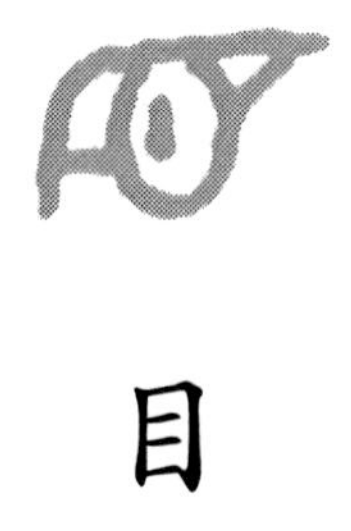

目　次

自　序

上　冊

第一章　序　說 ………… 1

第二章　韓愈之仕宦生涯與詩歌創作 ………… 3

　壹、擢第入仕前之生活 ………… 4

　貳、汴州推官至奉召長安 ………… 7

　參、國子博士至分司洛陽 ………… 12

　肆、重入長安至從征淮西 ………… 14

　伍、貶遷潮袁至國子祭酒 ………… 17

　陸、奉使鎮州與暮年榮耀 ………… 20

　柒、韓愈人格、宦歷對詩歌形成之影響 ………… 22

第三章　韓愈詩之形成背景 ………… 27

　壹、韓愈詩之政經背景 ………… 27

　貳、韓愈詩與中唐文化之關聯 ………… 39

　參、韓愈詩與僧徒之關係 ………… 51

第四章　韓愈詩文觀念蠡探 ………… 63

　壹、「以筆爲文」之古文論 ………… 63

一、好道而爲文，因文以明道……………………64
二、文章作者之修養………………………………66
貳、「不平則鳴」之詩文創作觀……………………68
一、「不平則鳴」說之提出…………………………68
二、窮苦之言易好…………………………………71
三、重視激越之創作心態…………………………72
參、韓愈詩學觀念蠡探……………………………74
一、詩歌風格觀念之探測…………………………74
二、詩家源流之描述………………………………76
第五章　韓愈詩與先秦六朝文學關係考………………81
壹、先秦文學對韓愈詩之影響……………………81
一、韓詩對《詩經》之取資………………………82
二、韓詩對《楚辭》之取資………………………87
貳、韓愈詩與漢魏南朝文學………………………93
一、漢魏詩對韓詩之影響…………………………93
二、韓詩與六朝文學………………………………101
參、結　語…………………………………………107
第六章　韓愈與李杜關係之察考……………………109
壹、前　言…………………………………………109
貳、韓愈詩中之杜甫………………………………110
參、前賢對杜韓關係之討論………………………114
肆、韓詩學杜之審辨………………………………120
伍、結　語…………………………………………125
第七章　韓愈詩內涵之探究…………………………127
壹、韓愈詩之諷諭色彩……………………………127
一、評議時政，反映民情…………………………128
二、隱喻政情，攄發感慨…………………………131
三、規戒官場，嘲諷世人…………………………135
貳、韓愈詩之思想意識……………………………138
一、觝排異端，攘斥佛老…………………………139
二、篤好古道，張揚儒術…………………………142
三、頌揚懿行，樂道人善…………………………144

參、韓愈詩之山水勝蹟……………………………146
一、寺觀園林之描繪……………………………147
二、壯麗山河之歌詠……………………………154
肆、韓愈詩之生活情調……………………………158
一、常置美酒，終身健飲…………………………159
二、坐厭刑柄，時傍釣車…………………………160
三、憐惜瓊華，無令逐風…………………………162
四、射獵騎馬，叉魚鬥雞…………………………165
五、意興別具，嘲遣病痛…………………………167

下　冊

第八章　韓愈詩形式之分析……………………………171
壹、韓詩體式之承襲與創新……………………………171
一、韓愈對古體詩之因革…………………………172
二、韓愈對近體詩之創改…………………………177
三、五言長篇聯句詩體之確立……………………179
貳、韓愈詩格律之設計……………………………182
一、古詩之平仄遞用……………………………182
二、韓詩之用韻……………………………190
三、韓詩之句式安排……………………………200
第九章　韓愈詩之創作技法……………………………205
壹、韓愈詩之聯章結構……………………………205
貳、韓詩章法舉例……………………………209
一、前敘後斷……………………………210
二、夾敘夾議……………………………210
三、縷敘細事……………………………211
四、敘寫兼行……………………………212
五、通篇賦體……………………………212
六、通篇比體……………………………213
七、虛實相間……………………………214
參、韓詩之構句與鍊字……………………………215
一、通論句法與字法……………………………215

二、韓詩構句之技法……217
三、韓詩之用字藝術……219
肆、韓詩之用典技巧……224
一、通論隸事用典……224
二、韓愈用典之技巧……225
伍、韓詩之託物表意手法……229
一、託興例……230
二、託諷例……231
第十章　韓愈詩三種風格特徵……235
壹、奇崛險怪之作風……236
一、拈取醜怪、離奇之題材入詩……237
二、違情悖理之意念表現……239
貳、豪橫雄放之風格……242
一、古文章法之運用……243
二、盤硬奇警之措辭……245
三、出人意表之想像……248
參、古雅沖淡之格調……249
一、不假修飾，古雅沖淡……249
二、和易出之，清新自然……251
第十一章　韓愈詩之評價……255
壹、歷代學者對韓愈詩之評價……255
貳、韓詩在詩史上之地位……278
一、韓愈與北宋詩壇……278
二、韓詩歷史地位之評估……287
第十二章　結　論……291
附　錄
附錄一　韓愈著作考述……301
附錄二　韓愈研究論著集目……321
參考書目……335

自　序

本書爲國立臺灣師範大學國文研究所（1991 年度）之博士論文，完成已近十八年。若干篇章曾以單篇論文形式在國內學術刊物發表。全書雖受到學界同道之謬賞，卻未曾梓行。龔鵬程教授有意向中國大陸以及全世界介紹臺灣六十年來中國文學研究蓬勃發展以及豐碩的成果，兩度商請花木蘭文化出版社總編輯杜潔祥先生，函邀筆者正式出版，如今此書已列入《古典詩歌研究彙刊》第六輯，甚感榮幸。

韓愈研究一直是中唐文學研究的「熱點」，學界累積的業績，已非筆者 1980 代初涉韓學時所能想像。尤其晚近以來，韓學議題更爲深化、研究方法推陳出新；舊作新裁，燦然大備。本書在韓愈研究領域，僅代表筆者二十年前有限的知見，平平實實，誠不敢自許過高；雖然如此，仍殷切期盼博雅君子不吝指教。

筆者資質魯鈍，在國立臺灣師範大學國文研究所博士班受教五年，承潘師石禪（潘重規）、高師仲華（高明）、汪師雨盦（汪中）、黃師錦鋐、邱師燮友、王師更生、王師熙元以及臺灣大學羅師聯添之裁成善誘，使筆者日有寸進，受益良多。有些師長，已離開教席，歸返道山。其深重的恩澤，永銘在心。還健在的恩師，如台大羅聯添教授、師大邱燮友教授，至今仍是筆者請益的對象。

回想本書寫作過程，還應感謝雲林科大漢學所柯萬成教授，柯教授長期研究韓愈詩文，曾在當年慨贈資料、指點門徑，不吝見教研究心得，其提拔後學之氣度，絕不亞於韓文公！此外還要感謝年邁的老母及四個親妹，她們都曾在不同時段施與援手，是筆者學術研究的精神後盾與最大助力。

民國 98 年（2009 年）6 月 30 日　李建崑 自序於東海大學敏求是書齋

第一章　序　說

中唐詩，向有元、白與韓、孟兩大派別之分。前者尙坦易，後者尙奇警。擁元、白者謂其詩「沁人心脾，耐人咀嚼。」（清・趙翼《甌北詩話》卷四）；喜韓、孟者，謂「退之之詩可選者多，不可選者少，去其不可者甚難。樂天詩可選者少，不選者多，存其可者亦難。」（清・王士禎《蠶尾文》）。王趙同爲清代重要的詩學批評家，彼此之評價觀點，卻差別甚大。再深入披閱歷代詩話資料，吾人不難發現：即便對於韓愈一人之論評，也常南轅北轍，令人莫衷一是。由於韓愈是文章宗師，當前之研究趨勢，仍然比較偏重韓愈思想、文章一面。韓詩雖有前修陸續研究，總是居於相對少數之地位。

筆者志學以來，即以各體詩文及歷代文學批評資料作爲研讀重心，於唐宋古文辭，尤饒興味。大約六年以前，將目標放在中唐文學；進研韓詩，成爲學思歷程之必然發展。在良師益友之指導協助下，廣蒐資料，擬定計劃，遂有本文之作。

韓愈是詩文大家，現存之評箋資料，爲數不少。近世之評箋成果，以馬其昶《韓昌黎文集校注》、錢仲聯《韓昌黎詩繫年集釋》、童第德《韓集校箋》流傳最廣；當代學人之研究，則以錢基博《韓愈志》、羅聯添《韓愈研究》爲最著，並擲地有聲，嘉惠士林。尤其吳文治所編《古典文學研究資料彙編：韓愈資料彙編》二巨冊之問世，使中唐以來一千一百餘年間，重要評述資料，盡收眼底。此外，羅聯添・王國良編《唐代文學論著集目》、何法周《韓愈新論》所附〈韓愈及其著作研究索引〉更提供後學不少研究資訊，這些都是筆者常置案頭之重要著作。

理想之作家專論，至少應包含：傳記研究、作品研究、影響研究、評價研究四部門。傳記研究係知人論世之工作，作品研究乃直趨作家心靈之探索，影響研究旨在上溯前承及尋繹後繼，評價研究則爲客觀評鑑作品之意義價值。本文大致遵循此四方面進行研究，然而實際之篇章安排則隨資料多寡、論題之重要性，作有機的調整。

在「韓愈事蹟」之探究方面，儘量運用史學方法、傳記學、年譜學、文藝心理學之方法，參酌作品與史料，進行研究。尤措意於韓愈之宦蹟、韓愈所處之政經背景、中唐文化狀況、唐代僧徒與韓愈詩歌創作之關聯。在「韓愈創作觀念」之考察方面，充分運用唐代儒學、隋唐佛學、隋唐五代文學批評方面之研究成果，參酌韓愈詩文，進行研究。而「韓愈詩之研析」在本文中佔有最高之比重，本文係根據歷代流傳之詩話資料及韓詩原典，就韓詩之內涵、形式、作法、風格各方面，作縝密之析論。筆者雅不願以西洋文學批評理論硬施於傳統文學，因此，全文完全遵循傳統之詩法觀念進行研析。在「韓愈詩之影響研究」方面，特別重視韓愈詩與先秦典籍、漢魏文學、六朝文學之淵源關係，對與韓詩學杜尤有專章探討。對於韓詩之後繼，則探索韓詩與北宋詩諸家之關係。最後是「韓詩愈之評價」，除對於唐以來之評價作一回顧，也提示若干拙見。筆者限於學識，深知任何大作家，皆有其獨造之境界與內在之規律，本文所陳示的，僅爲筆者現階段學思所得，必有不夠周全之處，許多韓詩之論題亦尚未觸及，來日將作後續探討。

第二章　韓愈之仕宦生涯與詩歌創作

韓愈爲中唐時代著名古文家、哲學家、及傑出詩人。祖籍昌黎，由於唐人有「假著望以爲稱」之習氣，每自稱「昌黎韓愈」，故世稱韓昌黎。〔註 1〕晚年任吏部侍郎，時人進稱之爲韓吏部。身後諡號「文」，故世稱韓文公。

韓愈一生以儒家道統繼承人自居，在哲學思想上，有其不可磨滅之地位。在政治方面，宦海浮沉，卒於官守，亦有建樹。然而主要成就還是文學，尤其古文作品，歷代論者皆給與極高之評價，與韓愈同代之詩人劉禹錫在〈唐故中書侍郎平章事韋公集〉譽之爲「文章盟主」；宋代蘇軾在〈潮州韓文公廟碑〉稱其「文起八代之衰」，獎譽不可謂之不高。至於韓愈之詩歌作品，歷代批評，雖較分歧，大多肯定其獨樹一幟之特質。在此，擬充分汲取前賢考證成果，依時間先後，分爲六階段，總述韓愈之生平宦歷與詩歌創作。

〔註 1〕關於韓愈之籍貫，(一) 宋・洪興祖《韓子年譜》〈世譜〉(臺灣商務印書館版《韓文類譜》，(二) 宋・朱熹《昌黎先生集傳》(漢京文化事業公司版，清・馬其昶《韓昌黎文集校注》附)，(三) 今人岑仲勉《唐集質疑》〈韓愈河南河陽人〉條 (中央研究院歷史語言研究所集刊第九本，第 54～57 頁)，(四) 羅師聯添《增訂本韓愈研究》〈一、韓愈家世〉(臺灣學生書局版)，(五) 韓愈三十九代孫，韓思道〈韓昌黎先生里籍辨正〉(載《中原文獻》一卷九期，第 19 頁，民國 58 年 11 月。一日出版) 皆有詳審考證，茲不贅引。

壹、擢第入仕前之生活

韓愈字退之，唐河南河陽（今河南孟縣）人。生於唐代宗大曆三年戊申（西元 768 年）卒於唐穆宗長慶四年甲辰（西元 824 年）。據唐・李漢〈唐吏部侍郎昌黎先生文集序〉云：「先生生於大曆戊申。幼孤，隨兄播遷韶嶺，兄卒，鞠於嫂氏，辛勤來歸。」〔註 2〕韓愈從兄韓會以道德文學伏一世，任起居舍人時，宰相元載專橫，代宗賜死元載。韓會坐元載黨，貶官韶州，韓愈在文學方面，頗受從兄之啓迪。韓愈〈與鳳翔邢尚書書〉云：「愈也布衣之士也，生七歲而讀書，十三歲而能文。」可見韓愈之啓蒙教育，開始甚早。

唐德宗建中元年（西元 780 年）韓愈年方十三歲，韓會卒於韶州，韓愈與姪老成從嫂鄭氏歸葬故鄉河陽。次年起，成德、魏博、山南、平盧節度使相繼作亂，貞元四年，涇原姚令言進犯京師，德宗幸奉天，朱泚又犯奉天，中原政局十分不靖。於是自建中二（781）年至貞元元（784）年之間，嫂鄭氏率百口之家，在宣城（安徽宣城）躲避動亂。〔註 3〕韓愈三十歲時作〈復志賦〉回憶此一時期之心路歷程云：

> 值中原之有事兮，將就食於江之南。始專專於講習兮，非古訓爲無所用其心；窺前靈之逸跡兮，超孤舉而幽尋。既識路又疾驅兮，孰知余力之不任？考古人之所佩兮，閱時俗之所服。忽忘身不肖兮，謂青紫其可拾。〔註 4〕

可知其好古敏求，銳身科名仕進之志業，也大約萌芽於此時。避地宣城期間，詩文應該不少，但是流傳至今最早的詩，僅爲二十歲左右所寫〈芍藥歌〉一首。詩云：

> 丈人庭中開好花，更無凡木爭春華。翠莖紅蘂天力與，此

〔註 2〕 見《唐文粹》卷九十二，轉引自吳文治《韓愈資料彙編》，學海出版社，民國 73 年 4 月，頁 35。

〔註 3〕 參見宋・洪興祖《韓子年譜》卷三貞元元年條，商務印書館，粵雅堂叢書本《韓文類譜》，民國 67 年 3 月。

〔註 4〕 見馬其昶《韓昌黎文集校注》卷一，漢京文化事業公司，第 3 頁，民國 72 年 11 月。

恩不屬黃鍾家。溫馨熟美鮮香起，似笑無言習君子。霜刀翦汝天女勞，何事低頭學桃李？嬌癡婢子無靈性，競挽青衫來比並。欲將雙頰一晞紅，綠窗磨徧青銅鏡。一樽春酒甘若飴，丈人此樂無人知。花前醉倒歌者誰？楚狂小子韓退之。〔註5〕

此詩造語拙嫩，自命爲楚狂小子，尤富於青春氣息。貞元二年（786）韓愈自宣城赴長安應進士舉。經河中（今山西永濟）之中條山，作〈條山蒼〉一首云：「條山蒼，河水黃。浪波沄沄去，松柏在高岡。」（《集釋》卷一）此首充滿漢魏遺風之短古，蒼勁簡截，可象徵韓愈一生之氣慨。但是，初入京師，無所依靠，〈出門〉一首，自攄懷抱云：

長安百萬家，出門無所之。豈敢尚幽獨，與世實參差。古人雖已死，書上有遺辭。開卷讀且想，千載若相期。出門各有道，我道方未夷。且於此中息，天命不吾欺。〔註6〕

韓愈此時猶未登第，能否施展抱負猶未可知，但顯然已經將發揚古道作爲安身立命之志業。其後分別在貞元四年、五年、七年，韓愈三度應舉，皆未得第。其後，接受北平王馬燧之接濟，直至貞元十一年，馬燧去世爲止，八、九年間，韓愈在京師過著寄食於人之生活。韓愈在貞元十六年所寫〈與李翺書〉中回憶：

僕在京城八、九年，無所取資，日求於人以度時月，當時行之不覺也，今而思之，如痛定之人，思當痛之時，不知何能自處也。〔註7〕

貞元四年，韓愈尚無功名，卻嘗推薦薛公達給當時徐、泗、濠節度使張建封；〈上張徐州薦薛公達書〉一文，成爲見諸韓集之首篇文章。

〔註 5〕 見錢仲聯《韓昌黎詩繫年集釋》卷一，學海出版社，第 1 頁，民國 74 年 1 月。

〔註 6〕 見錢仲聯《韓昌黎詩繫年集釋》卷一，學海出版社，第 4 頁，民國 74 年 1 月。

〔註 7〕 見馬其昶《韓昌黎文集校注》卷三，漢京文化事業公司，第 104 頁，民國 72 年 12 月。

〔註8〕韓愈也曾於貞元六年，上書滑州刺史、義成節度使賈耽，獻文十五篇，意在干進，惜未獲回應。直至貞元八年韓愈終於如願登進士第，次年，應博學宏辭科，未成。是時孟郊尚未得第，往謁張建封，韓愈作〈孟生詩〉贈建封，並向他推薦孟郊。當年六月，至鳳翔，進謁鳳翔尹、隴右節度使邢君牙求仕。並作〈岐山下〉二首云：

> 誰謂我有耳，不聞鳳皇鳴。朅來岐山下，日暮邊鴻驚。丹穴五色羽，其名為鳳皇。昔周有盛德，此鳥鳴高岡。和聲隨祥風，窈窕相飄揚。聞者亦何事？但知時俗康。自從公旦死，千載閟其光。吾君亦勤理，遲爾一來翔。〔註9〕

韓愈滿懷思古之幽情，往來於岐山，期望親聞鳳鳴，奈何未能如願，故曰：「誰謂我有耳？不聞鳳皇聲。」然則，所見所聞為何？曰：「朅來岐山下，日暮邊鴻驚。」原來吐蕃連歲來犯，邊地十分不靖，邢君牙在此屯兵實邊，且耕且戰，防杜吐蕃寇擾。由邊地之驚鴻，已能意想塞外風雲之緊急，卻寄厚望於時君，謂其勤政致治，而望鳳凰之一至。此時忽然念及家中嬌妻盧氏，遂寫下〈青青水中蒲〉三首，詩云：

> 青青水中蒲，下有一雙魚。君今上隴去，我在與誰居？
> 青青水中蒲，長在水中居。寄語浮萍草，相隨我不如。
> 青青水中蒲，葉短不出水。婦人不下堂，行子在萬里。〔註10〕

盧氏小韓愈六、七歲，此時年僅十九。此詩以設想盧氏懷己之手法，充分展現韓愈兒女柔情之一面。貞元十年（794）韓愈二十七歲，再應博學宏辭科，未成。嘗歸河陽。嫂鄭氏卒。是年有詩：〈古風〉、〈謝自然〉、〈重雲一首李觀疾贈之〉詩等三首。〈古風〉係為各地方鎮之賦役煩苛而作，〈謝自然〉寫女道士白日飛昇之虛妄。以議論為詩，義正辭嚴，是韓愈早期批判道教的文字。至於〈重雲一首李觀疾贈之〉

〔註8〕參見宋・洪興祖《韓子年譜》貞元四年條，商務印書館，粵雅堂叢書本《韓文類譜》卷三，民國67年3月。

〔註9〕見錢仲聯《韓昌黎詩繫年集釋》卷一，學海出版社，第19頁，民國74年1月。

〔註10〕見錢仲聯《韓昌黎詩繫年集釋》卷一，學海出版社，第22頁，民國74年1月。

則爲探望好友李觀而寫，李觀與韓愈同榜進士及第，貞元十年病逝，享年僅二十九歲，韓愈爲作〈李元賓墓銘〉，盛讚其才高。

貞元十一年（795）三應博學宏辭科，又未能如願。韓愈在〈答侯繼書〉抱怨：「僕又爲考官所辱。」又在〈答崔斯立書〉中鳴其悲憤。韓愈分別在正月二十七日〈上宰相書〉以求仕，不獲回報；二月十六日，復上書，仍不報；三月十六日又上宰相第三書，皆無回應。韓愈自十九歲赴長安，四度應舉而進士及第，三度應博學宏辭而無成，至二十八歲猶未得仕，十年之間，往來輦轂之下，受黜再三，乃於五月快然東歸河陽。在出潼關途中，偶遇本籍河陽節度使所遣人馬，欲獻珍鳥於天子，因作〈感二鳥賦〉發抒其懷才不遇之嘆。當年有詩：〈雜詩〉、〈馬厭穀〉、〈苦寒歌〉三首。其中〈馬厭穀〉有四句云：「馬厭穀兮，士不厭糠粃。土被文繡兮，士無裋褐。」最能激切表達韓愈內心之不平。

貳、汴州推官至奉召長安

貞元十二年（796）爲韓愈一生極重要之年代，是年秋天，汴州刺史、宣武軍節度使董晉，辟韓愈爲觀察推官，隨董晉入汴州，自此展開二十七年之仕宦生涯。當年，孟郊進士及第，〔註11〕由南方至汴州，依附汴州行軍司馬陸長源，向韓愈引薦張籍；李翺亦自徐州赴汴州，從韓愈學文。〔註12〕

韓愈在汴州兩年多，往來詩友以孟郊、張籍爲主，如：〈醉留東野〉推許孟郊甚高，謂「吾願身爲雲，東野變爲龍，四方上下逐東野，雖有離別何由逢？」最能表現韓孟情誼之敦篤。至於〈病中贈張十八〉，不過是寫張籍探視己病，與己談辯而已，卻巧妙運用軍事進退作比，寫其

〔註11〕參見華忱之《唐孟郊年譜》貞元十二年丙子條，北京大學圖書館版，第21頁，民國29年7月。

〔註12〕參見羅師聯添《唐代詩文六家年譜》《張籍年譜》貞元十二年丙子條，學海出版社，第167頁，民國75年7月。

節節敗退，終於屈從己意。詩中大量誇張譬喻，是一時的游戲爲文。至於完成於貞元十四年之〈遠游聯句〉，則爲韓孟十三首聯句詩中最早一首，通篇結構，尚不散漫冗長。李翺本不善詩，亦參與聯吟，其中「前之詎灼灼，此去信悠悠。」爲李翺本詩僅有的兩句。

貞元十五年（799）二月三日，董晉逝世，韓愈從喪至洛陽，汴州發生兵變。總留後事之行軍司馬陸長源被殺，韓愈〈汴州亂二首〉記載此事云：

> 汴州城門朝不開，天狗墮地聲如雷。健兒爭誇殺留後，連屋累棟燒成灰。諸侯咫尺不能救，孤士何者自興哀？母從子走者爲誰？大夫夫人留後兒。昨日乘車騎大馬，坐者起趨乘者下。廟堂不肯用干戈，嗚呼奈汝母子何？〔註 13〕

陸長源好施酷刑，以威驕兵，手下楊儀、孟叔度浮薄不檢，汴州之亂，其來有自。而韓愈顯然同情陸長源，故此詩首章譏諷四鄰坐視不救，次章則指責德宗姑息養亂，不肯嚴加討伐。關於韓愈在這場亂事中之遭遇，〈此日足可惜一首贈張籍〉有詳盡敘述：

> 聞子高第日，正從相公喪。哀情逢吉語，惝怳難爲雙。……夜聞汴州亂，遶室行徬徨。我時留妻子，倉促不及將。相見不復期，零落甘所當。

又云：

> 俄有東來說，我家免罹殃。乘船下汴水，東去趨彭城。從喪朝至洛，還走不及停。假道經盟津，出入行澗岡。……行行二月暮，乃及徐南疆。……僕射南陽公，宅我睢水陽。〔註 14〕

韓愈家人，暫時被安置於符離睢上，是年秋天，徐州刺史張建封辟爲節度推官。韓愈以其耿直之個性，對張建封時有諍諫；例如：上書張

〔註 13〕 見錢仲聯《韓昌黎詩繫年集釋》卷一，學海出版社，第 72 頁，民國 74 年 1 月。

〔註 14〕 見錢仲聯《韓昌黎詩繫年集釋》卷一，學海出版社，第 84 頁，民國 74 年 1 月。

建封，請改晨入夜歸之制，又作〈汴泗交流贈張僕射〉一詩勸諫戒除危險的擊毬活動。可惜張建封並未接受，使韓愈在徐州深感鬱鬱不樂，作〈忽忽〉一首以攄懷云：

> 忽忽乎余未知生之爲樂也，願脫去而無因。安得長翮大翼如雲生我身，乘風振奮出六合，絕浮塵。死生哀樂兩相棄，是非得失付閒人。〔註15〕

這首詩表露出相當程度之出世傾向，當然，僅爲韓愈一時怨氣而已。張建封還是免除了韓愈之職務，韓愈離開徐州之後，至洛陽閒居數月，貞元十六年冬，再次赴長安參加吏部之銓選。皇天不負苦心人，終於在貞元十七年冬獲授國子監四門博士。在此一時期韓愈作了不少好詩，如：〈歸彭城〉寫彰義軍節度使吳少誠謀反，以及鄭、滑大水所帶來之災患，充滿憂時傷亂之襟懷。〈送僧澄觀〉寫佛教聲勢之大，僧人澄觀詩才與吏才之高，基於惜才之心，亟欲「收斂加冠巾」而促其還俗。〈鳴雁〉及〈海水〉皆以比興手法寫成，需與張建封之行事相互比觀，方能會意。〈河之水二首寄子姪老成〉寫韓愈與十二郎（老成）間深厚之情感，可與〈祭十二郎文〉相互輝映。至於〈山石〉一首，描寫洛北惠林寺之景觀。不事雕琢，自然精采。展現出一種有別於奇崛拗險，卻仍雄渾清峻之風格。

自此，韓愈一直在長安擔任四門博士，爲期約兩年。值得一提的是：在貞元十八年以四門博士身分，向參與進士評選之祠部員外郎陸傪，推薦侯喜、侯雲長、劉述古、韋群玉、沈杞、張弦、尉遲汾、李紳、張後餘、李翊十人。其中尉遲汾、沈杞、侯喜、李翊果於是年登進士第，其餘六人，亦於數年之間相繼登第。嗣後，舉子多投奔韓愈門下，稱「韓門弟子」。〔註16〕貞元十九年（803）冬天，韓愈因御史中丞李汶之薦，遷監察御史。當時劉禹錫、柳宗元、李

〔註15〕見錢仲聯《韓昌黎詩繫年集釋》卷一，學海出版社，第107頁，民國74年1月。

〔註16〕參見羅師聯添《增訂本韓愈研究》〈二、韓愈事蹟〉，臺灣學生書局版，第59頁。

程、張署等亦李汶所薦，同官御史。〔註17〕同年十二月，京師天旱，發生饑荒，韓愈以監察御史身份，奏請朝廷停徵京兆府稅錢及田租。韓愈在〈赴江陵途中寄贈王二十補闕李十一拾遺李二十六員外翰林三學士〉述及奏請停徵賦稅云：

我時出衢路，餓者何其稠？親逢道邊死，佇立久咿嚘。歸舍不能食，有如魚中鉤。適會除御史，誠當得言秋，拜疏移閤門，爲忠寧自謀？上陳人疾苦，無令絕其喉；下言畿甸內，根本理宜優。〔註18〕

豈料奏表甫上，即爲王叔文黨所陷，貶爲連州陽山（今廣東陽山）令。同僚張署貶爲郴州（湖南郴縣）臨武令。此一事件，堪稱韓愈入仕以來最大挫折。次年春天抵陽山履新，發現陽山爲天下最貧瘠之處。韓愈云：

遠地觸途異，吏民似猨猴，生獰多忿很，辭舌紛嘲啁。白日屋簷下，雙鳴鬪鵂鶹。有蛇類兩首，有蟲群飛游。窮冬或搖扇，盛夏或重裘。颶起最可畏，訇哮簸陵丘。雷霆助光怪，氣象難比侔。癘疫忽潛遘，十家無一瘳。猜嫌動置毒，對案輒懷愁。（〈赴江陵途中寄贈王二十補闕李十一拾遺李二十六員外翰林三學士〉）

其〈杏花〉詩又云：

二年流竄出嶺外，所見草木多異同。冬寒不嚴地恆泄，陽氣發亂無全功。浮花浪蕊鎮長有，纔開還落瘴霧中。山榴躑躅少意思，照耀黃紫徒爲叢。鷓鴣鉤輈猿叫歇，杳杳深谷攢青楓。〔註19〕

雖然如此，韓愈在陽山之職務比較清閒，每日惟以讀書爲事，當時區

〔註17〕見清·陳景雲《韓集點勘》，臺灣商務印書館，國學基本叢書本《韓昌黎集》附《韓集點勘》，第50頁。

〔註18〕見錢仲聯《韓昌黎詩繫年集釋》卷三，學海出版社，第288頁，民國74年1月。

〔註19〕見錢仲聯《韓昌黎詩繫年集釋》卷四，學海出版社，第365頁，民國74年1月。

冊、區弘、竇存亮、劉師命等人，皆自遠方前來相聚，禮部考功員外郎王仲舒貶爲連州司戶，因此，尚能「詩成有共賦，酒熟無孤斟。」（〈縣齋讀書〉）。此外，韓愈偶爾與僧徒來往，〈送惠師〉、〈送靈師〉便是此時產物。

此種生活，持續至永貞元年（805）八月，順宗大赦天下才結束。韓愈離陽山至郴州待命。又在郴州得赦書，移官江陵府（湖北江陵）任法曹參軍。竄逐嶺南兩年間，韓愈因生活環境不同，心靈境界、作品風格皆有極大變化。如：南遷初期所作〈湘中〉、〈答張十一功曹〉、〈同冠峽〉、〈次同冠峽〉、〈貞女峽〉諸詩，模寫景物之際，兼寄悲慨，別有一種意味。赴江陵途中如：〈宿龍宮灘〉、〈八月十五夜贈張功曹〉、〈湘中酬張十一功曹〉、〈郴口又贈二首〉、〈謁衡岳廟遂宿嶽寺題門樓〉、〈岣嶁山〉、〈陪杜侍御游湘西兩寺獨宿有題一首因獻楊常侍〉、〈洞庭湖阻風贈張十一署〉、〈岳楊樓別竇司直〉諸作，敘事則敘次明密，停蓄頓折；言情則料峭悲涼，憂深思遠；寫景氣象宏放，鏤刻入細；用韻則變化出奇，卓犖不群，而短製則意盡即止，大篇不厭其長，展現驚人之筆力。

此外，韓愈用托物爲喻之手法，作成〈雜詩四首〉、〈射訓狐〉、〈題木居士二首〉等別有所指之諷刺詩，同時也在〈永貞行〉中評述王叔文集團乘時偷國之可議，以及永貞元年九月，依附王叔文數君全被貶謫南方之可憫。

憲宗元和元年（806）六月，韓愈自江陵奉召至長安，權知國子博士。韓愈知交、弟子如孟郊、張籍、侯喜、張徹等都至長安相聚，大作聯句詩。〈會合聯句〉、〈納涼聯句〉、〈同宿聯句〉、〈雨中寄孟刑部幾道聯句〉、〈秋雨聯句〉、〈城南聯句〉、〈鬥雞聯句〉、〈征蜀聯句〉、〈有所思聯句〉、〈遣興聯句〉、〈贈劍客李園聯句〉都成於此時。其中〈會合聯句〉由張籍、張徹、孟郊、韓愈合力完成，下語清新，句句生造，頗能一醒耳目；〈鬥雞聯句〉詞意雄渾，通篇警策語，亦屬傑作；〈征蜀〉、〈城南〉都是以辭賦之鋪敘手法，遞聯成篇，字數在千言以上，令人歎爲觀止，清·趙翼謂「自古聯句，未有如此之冗者。」，並給與不高之評價。但是，類似〈春雪〉、〈杏花〉、〈李花贈張十一〉、〈鄭群贈簟〉、〈題張十一旅舍三詠〉之類體物入神的詠物詩；〈豐陵行〉、〈短燈檠歌〉之類涵意深刻的諷諭詩；〈感春四首〉、〈秋懷詩十一首〉之類寄興悠遠的詠懷詩，皆爲本階段藝術成就最高之作品。

參、國子博士至分司洛陽

憲宗元和二年（807）元月，韓愈在長安，朝廷剛剛弭平劍南西川節度副使劉闢及夏綏銀節度留後楊惠琳之叛亂。神策軍使高崇文、荊南節度使裴鈞、河東節度使嚴綬、山南西道節度使嚴礪等人立下大功，一時之間，海內綏靖，無不從順。韓愈認爲：身爲國子博士，以經籍教國子，應率先獻詩以道盛德，因此，依仿古人作四言〈元和聖德詩〉一篇，以便「指事實錄，具載天子文武神聖，以警動百姓耳目。」（〈詩序〉）。

〈元和聖德詩〉是一首長達二百五十六句，一千零二十四句之四言詩，前半於事變始末、誅流奸臣，縷敘甚詳；後幅寫憲宗親獻太清宮太廟、祀昊天上帝於郊丘、御丹鳳樓大赦天下之情景。此詩「辭嚴義偉，制作如經」（宋・穆修語），以學問才力，恢張詩境，雕琢甚工，確爲罕見之偉觀。相較之下，稍後所作〈剝啄行〉雖然同爲四言，鍛語亦甚古樸，卻接近箴銘，不似古詩。

據李翺〈韓吏部行狀〉云：

> 入爲權知國子博士，宰相有愛公文者，將以文學職處公。有爭先者，構公語以非之，公恐及難，遂求分司洛陽。〔註20〕

李翺所稱宰相指中書侍郎同平章事鄭絪。鄭絪原擬舉薦韓愈爲翰林學士，不料有人在鄭絪座前譭謗韓愈；數月之後，又有人進讒言於翰林學士李吉甫、中書舍人裴瑠。韓愈爲求避禍，乃於當年六月自請權知國子博士，分司洛陽。次年（808），韓愈獲得眞除，直至元和四年（809）

〔註20〕見《李文公集》卷十一，轉引自吳文治《韓愈資料彙編》，第24頁，民國73年4月。

五月，韓愈前後擔任三年國子博士。然後於元和四年（809）六月，韓愈改都官員外郎分司洛陽兼任祠部之閒職，次年（810）冬，又改任河南令。分司洛陽期間，作詩不多，韓愈之心境亦有改變。〈東都遇春〉一詩云：「少年氣眞狂，有意與春競。」又云：「荒乘不知疲，醉死豈辭病。飲噉惟所便，文章倚豪橫。」；如今遇春則：「心腸一變化，羞見時節盛。得閒無所作，貴欲辭視聽。深居疑避仇，默臥如當瞑。」〔註21〕分司洛陽，雖使他「獲離機與穽，乖慵遭傲僻，漸染生弊性。」韓愈還是與孟郊、李翺、皇甫湜、王仲舒、侯繼、樊宗師、處士石洪、盧仝、山人李渤、道士僧徒時相往來，作品以唱和、酬贈之作居多。韓愈在〈記夢〉一詩云：「乃知仙人未賢聖，護短憑愚邀我敬。我能屈曲自世間，安能從女巢仙山。」可知仍然維持一貫入世闢道之立場。在〈嘲鼾睡二首〉則以佛語戲謔澹師，筆力拗折，極夸大之能事，雖似遊戲爲文，實有亦貶抑僧徒之用意。元和三年，孟郊任東都留守鄭餘慶之留府賓佐，春初喪子，韓愈爲了安慰孟郊喪子之痛，在〈孟東野失子〉一詩中，託鳥爲喻說了一套孽子不如無子之道理：「鴟梟啄母腦，母死子始翻。蝮蛇生子時，坼裂腸與肝。好子雖云好，未還恩與情。惡子不可說，鴟梟蝮蛇然。」用心多麼良苦，語意多麼奇警。清・何焯評〈孟東野失子〉謂：

> 先生早年詩好鐫鑱以出怪巧，元和後，多歸於古樸，所謂「姦窮怪變得，往往造平淡」，又所云：「不用意而功益奇老」如此等詩，愈樸愈淡，愈奇古。〔註22〕

揆之〈贈唐衢〉、〈祖席〉、〈送李翺〉、〈送侯參謀赴河中幕〉、〈崔十六少府攝伊陽以詩及書見投因酬三十韻〉、〈感春五首〉、〈送湖南李正字礎歸〉、〈新竹〉、〈晚菊〉等詩，或如所言；但是韓愈在同一期間，也有〈陸渾山火一首和皇甫湜用其韻〉、〈月蝕詩效玉川子作〉之類怪怪

〔註21〕見錢仲聯《韓昌黎詩繫年集釋》卷七，學海出版社，第723頁，民國74年1月。

〔註22〕轉引自錢仲聯《韓昌黎詩繫年集釋》卷六，學海出版社，第676頁，民國74年1月。

奇奇，以及〈赤藤杖歌〉這種窮極物理、刻意逞誕之作品。

肆、重入長安至從征淮西

憲宗元和六年（811）夏，韓愈終於入朝爲職方員外郎，職掌「天下之地圖及城隍、鎮戍、烽堠之數」，屬兵部之要職。韓愈在入朝之前，曾作〈入關詠馬〉一詩。謂：

> 歲老豈能充上駟，力微當自慎前程。不知何故翻驤首，牽過關門妄一鳴。〔註23〕

此乃鑑於陽山之貶，故有「妄一鳴」之自戒。不幸，韓愈在職方員外郎任內，仍然捲入華陰令柳澗案，被宰相左遷復爲國子博士。據《新唐書・韓愈傳》之記載：

> 華陰令柳澗有罪，前刺史奏劾之，未報而刺使罷。澗諷百姓，遮索軍頓役直。後刺使惡之，按其獄，貶澗房州司馬。愈過華，以爲刺史陰相黨，上書治之。既御史覆問，得澗贓，再貶封溪尉。愈坐是復爲博士。〔註24〕

此案原本與韓愈無關，另據《舊唐書・韓愈傳》可知：先是華州刺史閻濟美以公事停止華陰令柳澗之職務，韓愈爲柳澗關說，續任華州刺史趙昌按得柳澗有罪，貶官房州司馬。後來，監察御史再按驗，察知柳澗貪贓，韓愈以「妄論」而在元和七年（812）二月回任舊職。韓愈自感才高數黜，官又下遷，乃倣效東方朔〈答客難〉、揚雄〈解嘲〉之形式，作〈進學解〉一篇以自喻。當時執政的宰相李吉甫、李絳、武元衡覽其文，同情其遭遇，又認爲韓愈有史才，遂於元和八（813）年三月擢爲比部郎中史館修撰。所謂「比部」原爲刑部尙書屬下第三司，掌審查各官衙之稅收、經費及俸祿。而韓愈兼爲史館修撰，係因宰相李吉甫鑑於史臣韋處厚所撰《順宗實錄》三卷尙未周悉，乃命韓愈、沈傳師、宇文

〔註23〕 見錢仲聯《韓昌黎詩繫年集釋》卷七，學海出版社，第808頁，民國74年1月。

〔註24〕 見宋・宋祈・歐陽修《新唐書》卷一百七十六〈韓愈傳〉。

籍等重修，元和十年所獻《順宗實錄》五卷，即其成果。〔註25〕

元和九年（814）十月，韓愈以考功郎中兼史館修撰，十二月，又以考功郎中兼知制誥。所謂知制誥，是草擬詔令敕命，能膺此職者都是文章大家。韓愈知制誥兩年，在元和十一年（816）正月，遷中書舍人。中書舍人是中書省內，僅次於中書令、中書侍郎之職，位高權尊。不幸，當年二月，中書舍人李逢吉爲相。以如何平定蔡州之叛亂與李逢吉、韋貫之所見相左，於是，韓愈又降爲太子右庶子。元和十二年（817）是韓愈一生仕宦生涯之重要年代，韓愈以行軍司馬從裴度出征淮西。並於淮西亂平之後，歸朝爲刑部侍郎。此爲刑部之中僅次於尚書之高官，韓愈擔任侍郎兩年，此時堪稱韓愈一生仕宦生涯之巔峰。

本階段前後八年，作詩甚豐，遍及各種詩體，藝術成就亦最高，茲舉要以述之。首就五言古體而言，如：〈寄崔二十六立之〉是繼〈此日足可惜一首贈張籍〉之後另一首足與杜甫〈北征〉相頡頏之五古長篇，此詩敘崔立之處如小傳、自序其志處如尺牘，局面開闊，下筆不能自休，顯現渾灝流轉之氣勢。〈送無本師歸范陽〉是送賈島之作。賈島本爲佛徒，法號無本，既來東都，韓愈教以爲文之道，遂還俗。詩中盛讚無本之詩藝，大量運用怪僻字以塑造奇崛奔放之詩境，可知無本作詩之甘苦，皆韓愈所曾親嚐，兩人惺惺相惜者在此。與此同屬「姦窮變怪」之作是〈雙鳥詩〉，此詩之用意十分費解，歷來有種種解釋；或謂喻指李、杜，或謂喻指釋、老，初讀之時，確感喻意茫昧，考之韓、孟交誼，即能突破翳障，妙契詩意。〈調張籍〉專論李杜，最能透顯韓愈心摩力追之境界。〈聽穎師彈琴〉以形象語摹寫穎師彈琴，曲折道出境趣，堪爲古今絕唱。韓愈之盛讚穎師，一如盛讚無本，取其才藝而已，並非對佛徒別有好感。此外，韓愈亦有刻意淺俗之作，如：〈示兒〉一首，所言皆利祿之事；〈符讀書城南〉一詩，以富貴利達誘其子讀書，都有如村塾訓言，歷來評價不一，卻顯現韓詩之另一

〔註25〕參見劉建明〈唐順宗實錄三論〉，陝西師範大學出版社，《古代文獻研究集林》第一集，第98～121頁，1889年5月。

面相。他如：〈讀東方朔雜事〉、〈嘲魯連子〉、〈病鴟〉則初觀似為戲筆，細按詩意，皆為婉微託諷之作，寄意甚深。

就七言古體而言，如：〈石鼓歌〉、〈李花二首〉、〈誰氏子〉、〈盧郎中雲夫寄示送盤谷子詩二兩章以和之〉、〈桃源圖〉等詩，皆韓愈本階段具特色之作品。〈石鼓歌〉典重瑰奇，卓然大篇，縷敘石鼓源始，贊嘆張徹紙本，表現強烈文化意識。〈盧郎中雲夫寄示送盤谷子詩兩章歌以和之〉於平穩之中，加意淬練，風格高華，正如詩中所言：「字向紙背皆軒昂」，堪稱韓愈七古之代表作。〈誰氏子〉寫李昃拋妻棄母，入山學道。知其名而謂其「誰氏子」，實為賤惡之意。此與〈謝自然〉、〈華山女〉同為反對道教神仙之說而作。〈桃源圖〉一詩，以敘畫為緣起，道破神仙誕說。由篇首「神仙有無何眇芒，桃源之說誠荒唐。」篇末「世俗寧知偽與眞，至今傳者武陵人。」可知命意所在。至若〈李花二首〉，借李花之「清寒瑩骨」喻示「潔白之志」，眞趣盎然，饒有風致。

就五言近體而言，韓愈之五絕前人有「少陵、退之、東坡三大家，皆不能作五絕。蓋以才太大，筆太剛，施之二十字，反吃力不討好。」（施補華《峴傭說詩》）之評，然而元和八年所作之〈奉和虢州劉給事使君三堂新題二十一詠〉，取韻精切，步武王維〈輞川雜詩〉之格調。二十一首絕句，首首自出新意，不縱肆、不矜張，饒有特殊之情韻。〈游城南十六首〉中，〈贈同游〉一詩為五絕，短短二十字，暗藏「喚起」、「催歸」二鳥名，黃山谷嘆為「用意精深」，前所未有之體。〈把酒〉、〈嘲少年〉二首，一寫閒適，一寫游俠；〈酬馬侍郎寄酒〉，清新淡雅，都是格高意古之作。韓愈之五律，〈寒食直歸遇雨〉前人有「用事脫誤」之評；〈送李六協律歸荊南〉，淡雅有味，實屬尋常酬應之作。至於〈題韋氏莊〉、〈題張十八所居〉、〈閒遊二首〉，在五古與五律之間，則為具有韓愈個人特色之作。

就七言近體而言，韓愈在本階段所作七絕大致呈現兩種傾向：一是類似元和十年所作〈盆池五首〉這種，以俚俗語調，直抒胸臆呈現率意自然風致。〈酬王二十舍人雪中見寄〉、〈題百葉桃花〉、〈春雪〉、

〈芍藥〉以自然平易之語調詠物寄意；元和十一年所作〈游城南十六首〉中，〈賽神〉、〈晚春〉、〈落花〉、〈楸樹二首〉、〈風折花枝〉、〈晚雨〉、〈出城〉、〈遣興〉都是此類精品，這些詩前人多持與杜甫〈絕句漫興九首〉、〈江畔獨步尋花七絕句〉相提並論。對宋代楊萬里之絕句作品，影響極大。另一種傾向是類似元和九年所作〈答道士寄樹雞〉這種，顯現韓愈一貫之豪氣。尤其是元和十二年從裴度出征淮西，沿途所作〈贈刑部馬侍郎〉、〈過鴻溝〉、〈送張侍郎〉、〈奉和裴相公東征途經女几山下作〉、〈郾城晚飲奉贈副使馬侍郎及馮李二員外〉、〈酬別留後侍郎〉、〈同李二十八員外從裴相公野宿西界〉、〈過襄城〉、〈宿神龜招李二十八馮十七〉、〈和李司勳過連昌宮〉、〈桃林夜賀晉公〉、〈次潼關先寄張十二閣老使君〉、〈次潼關上都統相公〉、〈晉公破賊回重拜台司以詩示幕中賓客愈奉和〉，皆爲感時而作，雖非盡工，慷慨磊落，別饒意境。至於七律如：〈廣宣上人頻見過〉規諷廣宣閉門學道，〈奉酬振武胡十二丈大夫〉稱羨胡証之壯偉有膽氣；二者雖屬尋常酬應，言外卻有無限感慨。再如〈奉和庫部盧四兄曹長元日朝迴〉一首擁容雅麗，蒼古宏壯；〈戲題牡丹〉一首不以盡態極妍爲體格，卻能呈現獨特風致，皆爲本階段七律中最具特色之作品。

伍、貶遷潮袁至國子祭酒

憲宗元和十四年（819）正月，韓愈因爲諫迎佛骨，觸怒憲宗，遭受一生之中最大之打擊。據五代劉昫《舊唐書・韓愈傳》云：

> 鳳翔法門寺，有護國眞身塔，塔內有釋迦文佛指骨一節。……・十四年正月，上令中使杜英奇押宮人三十人，持香花，赴臨皋驛迎佛骨。自光順門入大內，留禁中三日，乃送諸寺。王公士庶，奔走捨施，唯恐在後。百姓有廢業破產、燒頂灼臂而求供養者。〔註26〕

〔註26〕見五代・劉昫《舊唐書》卷一六〇〈韓愈傳〉。

韓愈素不喜佛，進〈論佛骨表〉力陳其弊。表上，憲宗甚爲憤怒，間隔一日，欲處極刑。幸賴裴度、崔群等人營救，甚至國戚諸貴皆代爲說情，乃貶爲潮州刺使。韓愈即日上道，經涉嶺海，水陸萬里，趕赴潮州。在行經秦嶺奔至藍關（陝西藍田）時，韓愈姪孫韓湘前來相隨。韓愈作〈左遷至藍關示姪孫湘〉一首云：

一封朝奏九重天，夕貶潮州路八千。欲爲聖明除弊事，肯將衰朽惜殘年。雲橫秦嶺家何在？雪擁藍關馬不前。知汝遠來應有意，好收吾骨瘴江邊。〔註27〕

此詩以散文句法行之，沉鬱頓挫，感慨至深。行至商洛縣武關時，適逢配流吐蕃，慨云：

嗟爾戎人莫慘然，湖南地近保生全。我今罪重無歸望，直去長安路八千。〔註28〕

據唐制，西邊所之土蕃囚徒，皆傳流南方，不加誅戮，因此韓愈慶幸他們能保生全，此詩借他人之苦況，突顯自身之悲哀。行次鄧州界時，又詩云：

潮陽南去倍長沙，戀闕那堪又憶家。心訝愁來惟貯火，眼知別後自添花。商顏暮雪逢人少，鄧鄙春泥見掖賖。早晚王師收海嶽，普將雷雨收萌芽。〔註29〕

據清・陳景雲《韓集點勘》:「海嶽之地皆在鄆部。時鄆寇將平，故云爾。」又云:「先是淮西甫平，即有赦令，公亦冀平鄆之後，當例降德音，可遂因此內移耳。」〔註30〕細味詩旨，或有此意。韓愈南去途中，又有〈路旁堠〉、〈食曲河驛〉、〈過南陽〉、〈題楚昭王廟〉、

〔註27〕 見錢仲聯《韓昌黎詩繫年集釋》卷十一，學海出版社，第1097頁，民國74年年1月。

〔註28〕 見錢仲聯《韓昌黎詩繫年集釋》卷十一〈武關西逢配流土蕃〉，學海出版社第1101頁，民國74年1月。

〔註29〕 見錢仲聯《韓昌黎詩繫年集釋》卷十一〈次鄧州界〉，學海出版，第1103頁，民國74年1月。

〔註30〕 見清・陳景雲《韓集點勘》，臺灣商務印書館，國學基本叢書本，《韓昌黎集》附《韓集點勘》，第68頁。

〈瀧吏〉、〈題臨瀧寺〉等詩，都是即景抒悲，淒楚動人。尤其行至始興郡，爲幼年隨韓會貶官韶州道經之地，舊地重遊，感慨萬千，有詩云：

憶昨兒童隨伯氏，南來今只一身存。目前百口還相逐，舊事無人可共論。〔註31〕

韓愈初轉潮州，家族未及同行，至是家人或已團聚。然而嫂鄭氏、十二郎、乳母皆已相繼過亡，故有無人共論舊事之憾。此詩抒情眞切，用筆簡鍊，益發悲愴動人。韓愈既至潮州，進〈潮州刺史謝上表〉，憲宗讀表，原擬復用韓愈，奈宰相皇甫鎛素嫉韓愈之狷直，謂韓愈狂疏，而表示反對，僅得量移一郡。韓愈在潮州之時間不到七月，卻甚有惠政。如：釋放奴隸，廣置鄉校，使潮州士庶，皆能篤於文行。且與靈山禪院大顚師交往，有〈與大顚書〉三篇。據宋．洪興祖《韓子年譜》云：

是年七月己丑，群臣上尊號曰：元和聖文神武法天應道皇帝，御宣政樓受冊禮畢，御丹鳳樓，大赦天下。己丑，七月十三日也。〔註32〕

韓愈終於獲得大赦，量移袁州刺史。元和十五年（820）正月赴袁州，曾向韶州刺史張氏借閱圖籍，有詩兩首相贈。由於此行不若赴潮州之嚴迫，故有：「欲借圖經將入界，每逢嘉處便開看。」（〈將至韶州先寄張端公使君借圖經〉）及「暫權一手支頭臥，還把漁竿下釣沙。」（〈題秀禪師房〉）之閒情逸致。直至潤正月始抵袁州，進〈袁州刺史謝上表〉；而正月二十六日，憲宗已駕崩。潤正月，韓愈又自袁州，進獻〈賀皇帝即位表〉，祝賀穆宗即位。韓愈刺袁州之時間亦短，約僅七八月，然而治績一若潮州，頗受吏民愛戴。

〔註31〕見錢仲聯《韓昌黎詩繫年集釋》卷十一〈過始興江口感懷〉，學海出版社第1121頁，民國74年1月。

〔註32〕參見宋．洪興祖《韓子年譜》元和十四年條，商務印書館，粵雅堂叢書本《韓文類譜》卷七，民國67年3月。

陸、奉使鎭州與暮年榮耀

元和十五年（820）九月，召授國子祭酒，由袁州北返途中，作詩甚豐。如：行次盆城，有詩贈李程；至石頭驛（江西南昌西），有詩贈王仲舒；行次江州（江西九江），訪韓會舊友蕭存，知蕭存諸子凋謝，唯一女在廬山薀山西林寺爲尼，因題一詩。至安陸（湖北安陸），又以詩贈昔日從事於汴州幕之同僚周愿（字君巢），求取丹藥治病。十二月，至商縣曾峰驛弔祭四女韓挐之陵墓，亦作詩攄感。

穆宗長慶元年（821），韓愈赴京就任國子祭酒。統轄國子學、太學、四門學、律學、書學、算學六部門。韓愈大力調整學生入學人數，改進師資水準，建立學官任用制度，新進學官亦必經過考試，方得任用；又薦秘書郎張籍爲國子博士。生徒奔走相告，深慶韓公之美政。是年 7 月，韓愈再由國子祭酒轉任兵部侍郎，同月成德都兵馬使王庭湊叛變，殺節度使田弘正及僚佐家屬三百餘人。朝廷於是年 10 月，命裴度討之，以元稹暗中阻撓，未有成果。至長慶二年（822）正月，王庭湊圍深州，而朱克融率幽州兵陷深州東南之糧食轉運站弓高（河北景縣），裴度、李光顏、陳楚之官軍皆因糧食不繼，無法動彈。朝庭不得已改採安撫策略，任命王庭湊爲成德節度使，並恢復叛軍將士之官銜，然王庭湊仍未解深州之圍，朝庭爲此指派韓愈爲鎭州宣慰使，宣慰王庭湊。韓愈無懼危險，以一介書生，單車進入賊陣，當面曉以大義。王庭湊雖爲酷毒之人，亦爲所動，終於答應解圍。然事後並未履約，仍由山南東道節度使牛元濟突圍，韓愈之膽勇仍足後人欽佩。〔註 33〕

誠如〈鎭州路上謹酬裴相公重見寄〉一詩所云：

> 銜命山東撫亂師，日馳三百自嫌遲；風霜滿面無人識，何處如今更有詩？〔註 34〕

韓愈遷任兵部侍郎以來，詩歌數量不但減少，且以律絕爲主；內容不

〔註 33〕 説詳羅師聯添《韓愈》，國家出版社，第 78～80 頁。

〔註 34〕 見錢仲聯《韓昌黎詩繫年集釋》卷十二，學海出版社，第 1236 頁，民國 74 年 1 月。

外酬贈、奉和之題材。屬對雖嚴，格調麗雅，然而似不若遭遇貶謫時所作之鬱勃豪宕。雖然如此，婉雅蘊藉、充滿政治智慧之五古如：〈南山有高樹行贈李宗閔〉、聲色俱厲、切直諷刺之五古〈猛虎行〉、以散文驅駕聲勢，音節逼近《詩經》之四言詩〈鄆州谿堂詩〉，以及奉使鎮州系列五七言律絕，仍是極富特色之作品。

穆宗長慶三年（823）6 月，韓愈由吏部侍郎遷京兆尹兼御史大夫，10 月復任兵部侍郎，又改吏部侍郎。韓愈當年之所以屢遷官職，實與李逢吉、李紳相處不諧有關。所謂京兆尹，主要之職務是治理京畿之地，而御史大夫並非實職，而是為提高京兆尹之地位與聲望所加的兼職。依唐朝慣例，京兆尹應至御史臺參謁新拜御史大夫和御史中丞，然而韓愈並未參謁當時的御史中丞李紳，此固因穆宗下詔特許韓愈免臺參；而韓愈貞元十八年四門博士任內，曾薦士十人於陸傪，李紳即為其一；若敘輩分，李紳實為韓愈之後輩。但是李紳個性峭直，遂以韓愈不臺參上書論事，又因其他政事，互擊對方，宰相李逢吉遂藉機奏稱御史臺和京兆府不諧，請改二人官職。韓愈罷為兵部侍郎，李紳出為江西觀察使。李紳赴禁中謝恩，面陳與李逢吉間之恩怨，穆宗乃改授李紳為戶部侍郎，韓愈亦因而再改授吏部侍郎。〔註 35〕

韓愈經此一事件，已對仕途感到乏味，〈示爽〉詩云：

> 吾老世味薄，因循致流連。強顏班行內，何實非罪愆？才短難自立，懼終末洗湔。臨分不汝誑，有路即歸田。〔註 36〕

長慶四年（824），正月穆宗逝世，次子李湛繼位，是為敬宗。五月，韓愈因病告假，據《唐會要》卷八二：「職事官，假滿百日，即合停解。」韓愈至八月假滿百日，免吏部侍郎之職。十二月卒於長安靖安里，享壽五十七歲。韓愈臨終之前所作以七絕〈早春呈水部張十八員

〔註 35〕 詳見羅師聯添《增訂本韓愈研究》，〈二、韓愈事蹟〉，臺灣學生書局版，第 125～127 頁，又見劉健明〈論韓愈和李紳——臺參的爭論〉一文，載《大陸雜誌》第七十卷六期，第 256～263 頁，民國 74 年 6 月。

〔註 36〕 見錢仲聯《韓昌黎詩繫年集釋》卷十二，學海出版社，第 1275 頁，民國 74 年 1 月。

外二首〉及五古〈南溪始泛三首〉、〈與張十八同效阮步兵一日復一日〉等詩最爲後世所稱，數詩雖意興閒遠，卻已有日薄崦嵫之衰頹感。

柒、韓愈人格、宦歷對詩歌形成之影響

（一）奮猛為學，思想堅定，熟習經史雜著，其詩字字有來歷

韓愈一生志行，歸本儒家，嘗謂「生平企仁義，所學皆周孔。」〔註 37〕自幼刻苦自勵，尤好讀書。《五經》之外，百氏之書，未有聞而不求，得而不觀者。即使遭受貶謫，亦於文章未嘗一日暫廢。皇甫湜〈韓文公墓誌銘〉稱韓愈：「平居雖寢食，未嘗去書，殆以爲枕。」應非誇張之辭。韓愈之好學，殆出於天性，詩文之中多次描述讀書生活，如〈出門〉一首即云：「古人雖已死，書上有遺辭，開卷讀且想，千載若相期。」（《集釋》卷一），因此，「古史散左右，詩書置後前，豈殊蠹書蟲，生死文字間。」固爲眞實寫照；「文書自傳道，不仗史筆垂。」〔註 38〕亦當爲一生創作之理想。

韓愈自識字以來，即奮猛爲學，日記數千言，故能精通六經百家之學，以豐厚腹笥，發爲詩文，驅遣事類，自鑄偉辭。宋．黃庭堅〈答洪駒父〉已指出：「自作語最難。老杜作詩，退之作文，無一字無來歷。蓋後人讀書少，故謂韓、杜自作此語爾。」韓愈以豪傑自命，企圖以學問才力，恢張詩境，裨與李杜抗衡，故其詩特善於融鑄典故，汲取前文。清人對此種詩格頗爲推崇，如：清．顧嗣立《寒廳詩話》云：「韓昌黎句句自有來歷歷。」〔註 39〕清．馬位《秋窗隨筆》云：「退之古詩，造語皆根柢經傳，故讀之猶陳列商、周彝鼎，古痕斑然，令

〔註 37〕 見《韓昌黎詩繫年集釋》卷三，〈赴江陵途中寄贈王二十補闕李十一拾遺李二十六員外翰林三學士〉，學海出版社，第 288 頁，民國 74 年 1 月。

〔註 38〕 見《韓昌黎詩繫年集釋》卷八，〈寄崔二十六立之〉，學海出版社，第 860 頁，民國 74 年 1 月。

〔註 39〕 見顧嗣立《寒廳詩話》，轉引自吳文治《韓愈資料彙編》，第 1116 頁，民國 73 年 4 月。

人起敬。」〔註 40〕清・李重華《貞一齋詩話》云：「詩家奧衍一派，開自昌黎，然昌黎全本經學，次則屈、宋、揚、馬，亦雅意取裁，故得字字典雅。」〔註 41〕皆爲有見於韓詩內涵深博之評語，故知韓文起八代之衰，其詩取精汰粗、化腐生奇，未嘗不備八代之美。

（二）篤於親情，交友忠誠，嫻知人情物態，其詩多感憤之辭

韓愈三歲而孤，上有三兄，皆不幸早逝。養於兄嫂，奉嫂鄭氏若母。而乳母李氏，憐其幼失怙恃，視保勤謹，故韓愈於乳母，亦萬分感念。韓愈對戚友固篤於親情，其於子姪尤能眞誠相待、情義流露。如：早歲所作之〈烽火〉詩，述吐蕃入寇，從兄韓弇不幸殉難。韓愈感於兩都擾擾，兼爲韓弇下淚。再如：〈河之水二首贈子姪老成〉看似淡淡相思，無深切之語，所以感人心脾，亦在骨肉間之眞情流露。再如：韓愈貶潮州，四女韓挐道死商南之層峰驛，次年還朝，過其墓，留題驛梁一首七律，追述葬時及葬後之情狀，皆以眞情，引人下淚。韓愈之重視感情，亦及於朋輩後生，嘗於〈與崔群書〉攄其交友之道云：

> 僕自少至今，從事於往還朋友間，一十七年矣。日月不爲不久；所與交往相識者千百人，非不多。其相與如骨肉兄弟者亦且不少，或以事同，或以藝取，或慕其一善，或以其久故，或初不甚知，而與之已密，其後無大惡，因不復決捨，或其人雖不皆入於善，而於己已厚，雖欲悔之不可。凡諸淺者固不足道，深者止如此。〔註 42〕

與韓愈詩文唱和之文士甚眾，若張籍、李翺、皇甫湜、賈島、侯喜、劉師命、張徹、張署等人，韓愈皆以後輩待之；盧仝、崔立之則以平

〔註 40〕見馬位《秋窗隨筆》，轉引自吳文治《韓愈資料彙編》，第 1155 頁，民國 73 年 4 月。

〔註 41〕見李重華《貞一齋詩話》，轉引自吳文治《韓愈資料彙編》，第 1150 頁，民國 73 年 4 月。

〔註 42〕見馬其昶《韓昌黎文集校注》卷三，漢京文化事業公司，第 108 頁，民國 72 年 12 月。

交待之；至若孟郊，因好尚相同，才華相侔，因此，不惟傾心推重，而且友誼敦篤二十三載之久。韓愈喜交朋友，使其唱酬之作，爲數甚多且情感最眞。又因韓愈生性梗直，操持堅正，一生遭遇多次重大挫折、無端讒謗、不義陷害。韓愈均將憂時傷事、感慨無聊、窮途之哭、得時之喜、世路之詐、種種情緒，一一寄諸友朋，直氣徑達，毫無掩飾，故其詩嫻知人情物態，多感憤之辭。

（三）熱衷功名，仕途坎坷，官場酬唱頻繁，其詩富於廊廟氣

韓愈夙負青雲之志，頗有用世之忱。〈縣齋有懷〉云：「少小尙奇偉，平生足悲吒。猶嫌子夏儒，肯學樊遲稼？事業窺皋稷，文章蔑曹謝。」最能說明其早年志向卓犖，抱負不凡之氣概。但因生性嫉惡如仇，直言不諱，以致官場生涯屢遭挫折。三十八歲時所作之〈岳陽樓別竇司直〉謂：「念昔始讀書，志欲干霸主，屠龍破千金，爲藝亦云亢。愛才不擇行，觸事得讒謗。前年出官由，此禍最無妄。」〔註43〕又最能說明遭受打擊後，內心之充滿感慨憤激。

韓愈經由四度應試，方能進士及第；三次應博學鴻辭試，未成。直到貞元十二年，即二十七歲之時，初任汴州觀察推官，方展開長達二十七載之仕宦生涯。其後歷任徐州節度推官、四門博士、監察御史、陽山縣令、江陵法曹參軍、國子博士、都官員外郎、河南縣令、職方員外郎、比部郎中兼史館修纂、考功郎中知制誥、中書舍人、刑部侍郎、潮州刺史、袁州刺史、國子祭酒、兵部侍郎、吏部侍郎、京兆尹兼御史大夫，最後以吏部侍郎致仕。二十七載之仕宦生涯，更易二十餘種職務，每一官職，長則三年，短則數月，更易甚爲頻繁，且兩度貶謫廣東，仕途十分坎坷。韓愈皆以無比堅毅之態度一一渡過，從無退隱之意。韓愈重視友誼，亦重視仕途之中所建立之各種關係，故其酬贈宦友之作，數量不少。

〔註43〕 見《韓昌黎詩繫年集釋》卷三，學海出版社，第 317 頁，民國 74 年 1 月。

韓愈投贈官場上司、同僚及官屬之作，或意在述志，或意在諷諫，或意在言事，或意在倡和，無不屬辭雅正，律度精嚴。即就贈與一般人之詩作，亦不乏頌揚今上之官紳語調，如：〈送區弘南歸〉云：「況今天子鋪德威，蔽能者誅薦受疎。……業成志樹來頎頎，我當爲子言天扉。」〔註 44〕〈送文暢師北游〉云：「當今聖政初，恩澤完獑狖。胡爲不自暇，飄戾逐鶗鷕？……開張篋中寶，自可得津筏，從茲富裘馬，寧復茹藜蕨？」〔註 45〕〈贈唐衢〉云：「當今天子急賢良，匭函朝出開明光。」。〔註 46〕按宋・張戒《歲寒堂詩話》嘗謂：「詩文字畫，大抵從胸臆中出，子美篤於忠義，深於經術，故其詩雄而正；李太白喜任俠，喜神仙，故其詩豪而逸；退之文章侍從，故其詩文有廊廟氣。」〔註 47〕所謂「退之文章侍從，詩文有廊廟氣」，揆諸韓愈官場唱酬之作，堪稱近實。總之，韓愈一生好古敏求，而銳意仕進；學有本源，而託庇官場，此所以詩文酬唱，不免於廊廟之氣也。

〔註 44〕見《韓昌黎詩繫年集釋》卷五，學海出版社，第 576 頁，民國 74 年 1 月。

〔註 45〕見《韓昌黎詩繫年集釋》卷六，學海出版社，第 584 頁，民國 74 年 1 月。

〔註 46〕見《韓昌黎詩繫年集釋》卷六，學海出版社，第 680 頁，民國 74 年 1 月。

〔註 47〕見宋・張戒《歲寒堂詩話》卷上，轉引自吳文治《韓愈資料彙編》，第 258 頁，民國 73 年 4 月。

第三章　韓愈詩之形成背景

壹、韓愈詩之政經背景

劉勰《文心雕龍·時序篇》云:「文變染乎世情,興廢繫於時序。」時代環境與政經情勢,關乎詩文,至爲重大。韓愈一生,跨越代宗、德宗、順宗、憲宗、穆宗五朝。但代宗時期,韓愈仍爲少年,尚無文學活動可言,故韓愈之文學活動,集中在德宗、順宗、憲宗、穆宗四朝。而此四朝,唐室由盛轉衰,無論朝中政務或涉外關係,都日益呈現動盪不安之狀態。以下擬將韓愈詩文所涉各朝之政經事件,略作敍述,以見韓愈詩之背景。

一、吐蕃之寇擾

吐番爲唐朝之強敵,於安史之亂西北軍事力量空虛之時,乘機坐大,侵佔河西、隴右之地,經常寇擾長安。代宗廣德元年(763),吐蕃陷長安,代宗出奔陝州,其後吐蕃退軍,唐與回紇訂盟,持續堅拒吐蕃之侵擾。至德宗時,改採親善政策,建中四年(783)唐與吐蕃盟於清水(甘肅清水),次年,吐蕃亦曾協助唐平定朱泚之亂,然而貞元二年(786)九月卻又大舉入寇,連陷鹽州、夏州。貞元三年閏五月,盟於平涼。吐蕃陰謀結盟之時,生擒渾瑊、馬燧、李晟,然後進兵長安。結果，吐蕃並未完全達成目的，但已殺害唐朝官兵數百人，生擒千餘人。韓愈之從兄侍御史韓弇時任判官，不幸遇害。此時韓愈年僅二十，在京師長安，有感於吐蕃連陷鹽夏二州，又續擾青石嶺、連雲堡、豐義、常武等城，甚感憂心，乃作〈烽火〉一詩以寄慨。詩云：

> 登高望烽火，誰謂塞塵飛？王城富且樂，曷不事光輝？勿言日已暮，相見恐行稀。願君熟念此，秉燭夜中歸。我歌寧自戚？乃獨淚霑衣。〔註1〕

此詩若置於吐蕃與唐交戰之背景來觀察，則知韓愈所慨在邊塞，所憂在君國，而非己身。貞元九年（793）起，唐室對吐蕃之戰略改爲北守南攻，一面命劍南西川節度使韋皋聯絡雲南（即南詔），直搗吐蕃之腹心；一面命朔方大將楊朝晟在西北地區築鹽州、方渠、合道、木波等城，扼吐蕃東進之要路，以資防守。此後唐朝對吐蕃之關係始由劣勢轉趨上風。直至穆宗長慶元年（821），吐蕃又求盟於唐，聲勢已轉弱。韓愈貞元九年所作〈崎山下二首〉所謂：「誰謂我有耳，不聞鳳凰聲。朅來岐山下，日暮邊鴻驚。」（《集釋》卷一）亦應就吐蕃寇擾與叛服之背景來理解。

二、藩鎮之割據

藩鎮之亂爲唐室覆滅之主因，然節度之名，始於盛唐，藩鎮之屬，亦甚紛雜；尤其代宗之後，所謂觀察使、團練使、經略使、防禦守捉使，皆爲實質之藩鎮。天寶元年，天下僅有十節度使，安史亂起，兵災所及，皆需防守，因此廣置節度使。據吳廷燮《唐方鎮年表》所舉，竟高達七十七之多，且轄有廣大土地，父子、官屬私相授受，而朝廷無如之何，甚至加以追認。藩鎮之所以造成災害，可謂其來有自。

德宗朝，河北諸鎮叛亂不絕，與河隴諸鎮之傾力勤王，恰成對比。其中又以魏博、成德、盧龍三鎮最爲囂張拔扈。據《新唐書・藩鎮魏

〔註1〕見錢仲聯《韓昌黎詩繫年集釋》卷一，第6頁，臺北：學海出版社。

博列傳》云：

魏博傳五世，至田弘正入朝，十年復亂，更四姓，傳十世，有州七。成德更二姓，傳五世，至王承元入朝，明年，王庭湊反，傳六世，有州四。盧龍更三姓，傳五世，至劉總入朝，六月朱克融反，傳十二世，有州九。〔註2〕

藩鎮之囂張，可舉盧龍一鎮爲例說明之。盧龍節度使李懷仙，於代宗大曆三年（768）爲部將朱希彩、朱泚、朱滔所殺，朱泚逐希彩而繼爲節度使。德宗建中四年（783），涇原兵叛於京師，涇原兵眾入長安，甚至推朱泚爲王，德宗出奔奉天，朱泚率兵進犯奉天，幸有李懷光軍趕至，奉天之圍乃解。德宗之後，能稍制裁藩鎮，惟有憲宗。憲宗之治，史稱「元和中興」，其於藩鎮事務最大之成就爲討平西川、鎮海、淮西、河北諸鎮，天下復歸於順服。然因憲宗在位僅十五年，憲宗既卒，歸順諸鎮又多變亂。直至唐末，河北三鎮，仍不爲唐有。

韓愈始入仕途，在汴州刺史、宣武軍節度使董晉幕下擔任觀察推官；其後，又在徐州刺史、徐泗濠節度使張建封幕下擔任節度推官，有五年時間，爲藩鎮之下屬，對於各地方鎮之作爲，有極深刻之觀察與體驗。因此，所作〈汴州亂〉、〈贈河陽李大夫〉、〈贈張徐州莫辭酒〉、〈齪齪〉、〈歸彭城〉等詩，皆有藩鎮之背景。如〈汴州亂〉一詩，寫貞元十五年，汴州刺史董晉死後，御史大夫宣武軍行軍司馬陸長源知留後事，八日而發生兵變，殺陸長源、孟叔度、丘穎，監軍俱文珍密召宋州刺史劉逸準使總後務，朝廷從之。所謂「諸侯咫尺不能救」、「廟堂不肯用干戈」，實與藩鎮間之矛盾有關。再如〈贈河陽李大夫〉一詩云：

四海失巢穴，兩都困塵埃。感恩由未抱，惆悵空一來。裘破氣不暖，馬羸鳴且哀。主人情更重，空使劍鋒摧。〔註3〕

本詩酬贈之對象爲李元淳。據清．方成珪《韓文箋正》謂：李本名長榮，德宗賜名爲元淳，永貞元年十二月，以避憲宗御名，改名爲元。因此，

〔註 2〕 轉引自章群《唐史》第九章，第 123 頁，香港，龍門書店，1978 年 10 月。

〔註 3〕 見錢仲聯《韓昌黎詩繫年集釋》卷一，第 75 頁，臺北：學海出版社。

《舊唐書・德宗紀》云:「貞元十五年三月戊午，昭義軍、檢校工部尚書王虔休卒。戊辰，以河陽三城節度使李元為潞州長史、昭義軍節度、澤潞磁邢洺觀察使。」正作李元。是年三月，彰義軍節度使吳少誠寇唐州，殺監軍。九月，李元淳將澤潞之兵，討伐吳少誠，詩中所謂「四海失巢穴，兩都困塵埃。」正指此事。再如〈贈張徐州莫辭酒〉一詩云:

> 莫辭酒，此會固難同。請看工女機上帛，半作軍人旗上紅。
> 莫辭酒，誰為君王之爪牙；春雷三月不作響、戰士豈得來還家。〔註4〕

吳少誠反，徐泗濠節度使張建封尚無動作，詩所謂「春雷三月不作響、戰士豈得來還家。」實有微諷之意。又如〈齪齪〉云:「大賢事業異，遠抱非俗觀，報國心皎潔，念時涕汍瀾。」(《集釋》卷一)〈歸彭城〉云:「天下兵又動，太平竟何時?訏謨者何誰子?無乃失所宜。」(《集釋》卷一)均應置於藩鎮之背景來考察，方能理解韓愈之作意。

三、宦官之專權

宦官之制，起源甚早，而歷史上宦官專權，與王室之驕奢大有關聯。就唐代而言，宦官之盛，肇自武后而極於玄宗。肅宗、代宗以後，宦官逐漸用事，如李輔國，肅宗時稱尚父；再如程元振、魚朝恩，於代宗時譖罷郭子儀之兵權。德宗之時，鑑於涇原之變，出奔奉天，回京之後，於神策軍、天威軍等置護軍中尉、中護軍之官歸宦官，於是自貞元末期，宦官漸掌兵權。此後宦官內承樞密，外結藩鎮，遂能左右帝王之廢立與生死，唐朝之皇位繼承，自太宗起，便非正常。歷代皇室為求脫穎而出，常勾結宦官、禁軍，以宮廷政變取得皇位。憲宗固然得宦官之力，方能內禪，取得皇位；而憲宗以後，穆宗、文宗、武宗、宣宗、懿宗、僖宗、昭宗，亦無一不是宦官所立，宦官之專權，可見一斑。〔註5〕

〔註 4〕 見錢仲聯《韓昌黎詩繫年集釋》卷一，第 78 頁，臺北:學海出版社。
〔註 5〕 參見錢穆《國史大綱》第二十九章，第 347～349 頁，台灣商務印書館，民國 57 年 10 月。

據《舊唐書．俱文珍傳》，順宗即位後因風疾不能臨朝。宦官李忠言與牛美人侍病，一切政務由牛美人受旨於順宗，復宣之忠言，再由忠言傳之王叔文，王叔文，與朝士柳宗元、劉禹錫、韓曄等圖議，然後下中書韋執誼執行。因此，王叔文與韋執誼之權力傾天下。此後王叔文欲進一步奪取宦官之兵權時，使宦官大表不滿。宦官領袖劉貞亮（即俱文珍）慫恿宦官與之抗爭，聯合宮中有權勢之中官劉光琦、薛文珍、尙衍、解玉等謀立廣陵王爲太子。並召學士衛次公、鄭絪、李程、王涯進入金鑾殿，草立儲君詔書及太子受內禪。劉貞亮並聯合藩鎭韋皋、裴鈞、嚴綬等先後上表，請太子監國。順宗不得已，自稱太上皇，而傳位太子李純，是爲憲宗。憲宗即位之後立即貶謫王叔文，次年賜死，坐王叔文黨者，皆流放邊遠各州。按清．王鳴盛《蛾術篇》論及德宗嘗云：

> 宦官之禍，至唐而極。《舊書》：「文珍從義父姓，曰劉貞亮，性忠正，剛而蹈義。」彼小人也。節度得人，何用監軍。節度不足信，乃信宦官小人，德宗舛矣。

論及憲宗又云：

> 子傳父業，乃以翊戴歸功宦官，殺叔文以快私忿，憲宗視不改父之臣者，相去遼絕。卒之己爲宦官所弒，孫敬宗又爲宦官所弒。自文宗以下，閹人握兵之禍，潰敗決裂，其原皆自文珍發之。〔註6〕

由此可見宦官左右政局，爲禍之烈，實在令人怵目驚心。然而早在德宗貞元十三年，韓愈卻曾贈詩俱文珍。據〈送汴州監軍俱文珍〉一詩前序云：

> 今天下之鎭，陳留爲大。屯兵十萬，連地四州，左淮右河，抱負齊楚，濁流浩浩，舟車所同。故自天寶以來，當藩垣屏翰之任，有弓矢鈇鉞之權，皆國之元臣，天子所左右。其監統中貴，必材雄德茂，榮耀寵光，能俯達人情，仰喻天意者，然後爲之。故我監軍俱公，輟侍從之榮，受腹心

〔註6〕見錢仲聯《韓昌黎詩繫年集釋》卷一，第43頁，臺北：學海出版社。

之寄，奮其武毅，張我皇威，遇變出奇，先事獨運，偃息談笑，危疑以平。天子無東顧之憂，方伯有同和之美。十三年春，將如京師，相國隴西公飲餞于青門之外，謂功德皆可歌之也，命其屬咸作詩以鋪繹之。〔註 7〕

其詩云：

奉使羌池靜，臨戎汴水安。沖天鵠翅闊，報國劍鋩寒。曉日驅征騎，春風詠采蘭。誰言臣子道，忠孝兩全難。

由此可知是年董晉爲宣武軍節度使，俱文珍爲監軍，韓愈爲節度推官，韓愈係受命作詩，故詩中雖多褒揚之辭，並無攀附之意。況十年之前（貞元三年），平涼之盟，俱文珍亦在渾瑊軍中，吐蕃劫盟所劫持之唐朝要員即包含俱文珍；因此在韓愈之心目中，或不失爲端人君子。且俱文珍專權之時間，起自憲宗，此時惡端未露，故亦無需視此詩爲韓愈一生之污點。

四、朋黨之傾軋

唐代初期，門第觀念仍相當濃厚，高門子弟之仕進，亦較進士科爲易，進士身份原不甚高。中唐以後，進士科遂爲榮重，進士與門第任子分爲兩途。在政治上，自然發生衝突。但是黨爭初起，並非高門寒族爲分野，起初是因爲政見不同所致，其後則變爲無原則的意氣之爭。〔註 8〕中唐時期互鬥最烈，捲入文士最多之黨爭，莫過於德宗貞元末年王叔文黨以及始於憲宗元和三年之「牛李黨爭」。王叔文黨爲新進朝士與舊臣、宦官互鬥，在短時之內即已平息；而牛李黨爭則爲外廷朝士間之互鬥，持續四十年之久。

關於王叔文欲釋宦官兵權，以范希朝爲左右神策京西諸城鎮行營節度使，結果引起俱文珍等人之激烈反彈，導致萬劫不復之境地，已

〔註 7〕 見錢仲聯《韓昌黎詩繫年集釋》卷一，第 42 頁，臺北：學海出版社。

〔註 8〕 參見章群《唐史》第十一章，龍門書局版，第 211～213 頁，又參見羅聯添〈唐代牛李黨爭始因問題再探討〉，詳載所著《唐代文學論集》下冊，第 397～417 頁，臺灣學生書局，民國 78 年 5 月初版。

如前述。而王叔文在外廷朝士間之結黨情形，韓愈《順宗實錄》之中則有詳細記載，復於〈永貞行〉一詩，加以詆訶。按韓愈《順宗實錄》卷五云：

> 叔文說中上意，遂有寵。因爲上言，某可爲將，某可爲相，幸異日用之。密結韋執誼，並有當時欲僥倖而欲速進者：陸贄、呂溫、李景檢、韓曄、韓泰、陳諫、劉禹錫、柳宗元等數十人，定爲生死交。〔註 9〕

又云：

> 貞元十九年，補闕張正買疏諫他事，得召見。正買與王仲舒、劉伯芻、裴茝、常仲儒、呂洞、（韋成季）相善，數遊止。正買得召見，諸往來者，皆往賀之。有與之不善者，告叔文執誼云：『正買疏似論君朋黨事，宜少誡。』執誼叔文信之。執誼嘗爲翰林學士，父死罷官，此時雖爲散郎，以恩時時召入問外事，執誼因言成季等朋讌聚遊無度，皆譴斥之，人莫知其由。叔文既得志，與王伾、李忠言等專斷事，遂首用韋執誼爲相，其常所交結，相次拔擢，至一日除數人。〔註 10〕

平心而論，王叔文用事之後，貶李實、罷進奉、廢宮市、放宮女，召回陽城、陸贄，種種善政，令人一新耳目，實有改革理想。但因集團意識過分強烈，在政治基礎尚未穩固時，已進行激發改革；而行事又過分專斷，不惜以陰謀手段，鏟除自己所不喜之朝臣。如此，自然遭遇不可預料之反彈與挫敗。又〈永貞行〉一詩前半云：

> 君不見太皇諒陰未出令，小人乘時偷國柄。北軍百萬虎與貔，天子自將非他師，一朝奪印付私黨，懍懍朝士何能爲？狐鳴梟噪爭署置，睗睒跳踉相嫵媚。夜作詔書朝拜官，超資越序曾無難。公然白日受賄賂，火齊累落堆金盤。元老重臣不敢語，晝臥涕泣何汍瀾！〔註 11〕

〔註 9〕 見韓愈《順宗實錄》卷五，在《韓昌黎文集校注》，第 421 頁，漢京文化事業公司。

〔註 10〕 同上。

〔註 11〕 見錢仲聯《韓昌黎詩繫年集釋》卷三，第 333 頁，臺北：學海出版社。

此詩將宦官典兵謂爲「天子自將」，謂王叔文用韓希朝爲左右神策京西諸城鎮行營節度使爲「一朝奪印付私黨」，顯爲韓愈失察之言。其實，范希朝治軍甚嚴，名聞軍中；而王伾、王叔文之欲奪宦官兵權，實出於謀國之忠；快速任用同黨，則爲厚植人脈，以便進行改革。至於「公然白日受賄賂」一事，則爲伾、文及諸朋黨之門，冠蓋雲集，珍玩賂遺，歲時不絕之劣行。「元老重臣不敢語，晝臥泣涕何汍瀾」，則指左僕射賈耽、吏部尚書平章事鄭珣瑜、宰相杜佑、高郢等人之相繼引退。至於〈永貞行〉後半云：

> 嗣皇卓犖信英主，文如太宗武高祖。膺圖受禪登明堂，共流幽州鯀死羽。四門肅穆賢俊登，數君非親豈其朋。郎官清要爲世稱，荒郡迫野嗟可矜。

〈憶昨行和張十一〉云：

> 伾文未揃崖州熾，雖得赦宥恆愁猜。近者三姦悉破碎，羽窟無底幽黃能。眼中了了見鄉國，知有歸日眉方開。〔註12〕

〈赴江陵贈三學士詩〉云：

> 同官盡才俊，偏善劉與柳，或慮語言洩，傳之落冤讎。〔註13〕

則與王叔文黨之讒言陷害韓愈，使其貶謫陽山有關。因此韓愈詩中喻指王叔文、王伾、韋執誼爲「共工」、爲「鯀」、爲「三姦」，並對同任監察御史之劉禹錫、柳宗元洩言於伾、文，深表不滿。韓愈在《順宗實錄》中詳載王叔文黨之相互朋比，不惜奮其筆舌，訐詆不諱，固然挾有私怨；然其〈永貞行〉等詩爲順宗朝黨爭背景下之產物，殆爲不爭之事實。

至於「牛李黨爭」，據《舊唐書・李宗閔傳》載，起於憲宗元和三年，進士李宗閔、牛僧儒應制科，對策指切時政之失，言辭鯁直，無所畏避，當時李德裕之父李吉甫爲宰相當國，無法容忍，訴之憲宗，主考官楊於陵、韋貫之等人，因此獲罪，久之互成嫌隙，結納黨羽，

〔註12〕 見錢仲聯《韓昌黎詩繫年集釋》卷四，第276頁，臺北：學海出版社。

〔註13〕 見錢仲聯《韓昌黎詩繫年集釋》卷三，第288頁，臺北：學海出版社。

演成歷時四十年之黨派之爭。〔註14〕當時牛黨主要人物爲牛僧儒、李宗閔、李逢吉等，李黨主要人物爲李吉甫、李德裕、元稹等。

兩派挾怨傾軋，勢同水火。誠如羅聯添先生所云：

> 這次黨爭歷時四十餘年，不僅是中國唐代政治史上大事，也事文學史上大事。當時許多著名詩人如白居易、元稹、李紳、杜牧、李商隱，都受到牽連，其出處、榮辱、生活、寫作，都受到若干不同程度的影響。〔註15〕

臺靜農〈論唐代世風與文學〉亦指出：

> （李）商隱本受知於牛黨的令狐楚，後來成爲李黨王茂元的女婿，迨楚子綯得勢後，商隱遂困頓終身。……．而兩黨若水火亦絕不相容，如李宗閔與牛僧孺同知政事時，「凡德裕之黨皆逐之。」(《舊唐書・李宗閔傳》) 而德裕得勢時對牛黨亦復如此。〔註16〕

可見牛李黨爭所爭並非大是大非，而是權勢爭奪；不惟缺乏中心思想，而且根本非理性。李黨多爲高門貴冑，牛黨則多進士出身；而兩黨各自傾結宦官，作爲奧援，致使爭端益爲複雜，唐室之政局，遂犧牲於無休止之鬥爭中。

當元和制舉期間，韓愈以國子博士分司洛陽，並未捲入黨爭。但元和九年淮西節度使吳少陽卒，其子元濟請襲父位，宰相李吉甫以淮西處內地，不同於河北，宜藉此取之，於是憲宗在元和十年命宣武等十六道分兵討伐，但諸軍師老無功，憲宗乃遣御史中丞裴度詣淮西行營察用兵形勢，裴度返京，言淮西必可平定。韓愈上〈論淮西事宜狀〉條陳用兵事宜，然而甫於元和九年十二月拜相的韋貫之屬牛黨，不以

〔註14〕關於黨爭之起因，羅聯添〈唐代牛李黨爭始因問題再探討〉有詳細之探討，詳見氏所著《唐代文學論集》下冊，第397～417頁，臺灣學生書局，民國78年5月出版，又參見章群《唐史》第十一章，第211頁，龍門書，店，1978年10月出版。

〔註15〕參見羅聯添〈唐代牛李黨爭始因問題再探討〉一文。

〔註16〕見臺靜農〈論唐代士風與文學〉載羅聯添編《中國文學史論文選集》第三冊，第781頁，臺灣學生書局，民國68年3月初版。

用兵爲是。韓愈此狀既對罷兵者而發，遂不爲韋貫之所喜，韓愈於次年自中書舍人左降爲太子右庶子，與此大有關聯。〔註 17〕元和以後，在用兵與銷兵之主張上已成爲牛李兩黨互相角力之問題。

韓愈在此一問題傾向武元衡、裴度，而與牛黨之李逢吉、韋貫之相左；然而，不能就此認定韓愈屬於李黨，事實上韓愈與牛黨之李宗閔相善。穆宗長慶元年，錢徽知貢舉，李宗閔涉嫌將所親託於錢徽，李黨之李德裕、李紳、元稹、段文昌共同檢舉錢徽取士不實，李宗閔爲此貶劍州刺史，韓愈作〈南山有高樹行贈李宗閔〉、〈猛虎行〉致贈李宗閔，表達自己對此事之看法。〈南山有高樹行〉謂：「慎勿猜眾鳥，眾鳥不足猜。無人語鳳凰，汝屈安得知？黃鵠得汝去，婆娑弄毛衣，前汝下視鳥，各議汝瑕疵。汝豈無朋匹，有口莫肯開。汝落蒿艾間，幾時復能飛？」。〔註 18〕〈猛虎行〉謂：「狐鳴門兩旁，烏鵲從噪之。出逐猴入居，虎不知所歸。誰云猛虎惡？中路正徘徊。」又云：「猛虎死不辭，但慚前所爲。虎坐無助死，況如汝細微。故當結以信，親當結以私，親故且不保，人誰信汝爲？」〔註 19〕不論是託鳥爲喻，或者託虎爲喻，都有深刻之寓意。韓愈之所以使用如此隱晦之手法，自與避免遭受兩黨之迫害有關。

五、均田之崩潰與苛稅之徵斂

唐初之土地制度爲均田制，此制爲北魏所創，原係安撫鮮卑遊牧民族移居中原之用。唐初戶口不多，田地又因戰亂而閒置甚廣，遂能計口授田。中宗時，戶口漸增，至玄宗天寶十三載，唐朝人口之戶數已高高達九百多萬戶。閒置土地減少，加上豪強之家廣佔土地；永業田既可買賣，戍役遠方無人守業者，亦可出讓，農戶悉爲豪家所收，

〔註 17〕 參見羅聯添《韓愈研究》，第 88 頁，臺灣學生書局。

〔註 18〕 見錢仲聯《韓昌黎詩繫年集釋》卷十二，第 1210 頁，臺北：學海出版社。

〔註 19〕 見錢仲聯《韓昌黎詩繫年集釋》卷十二，第 1216 頁，臺北：學海出版社。

莊園經濟成爲農村之主要經濟形態。國家之財賦，盡入私囊，賦稅不得不加重，均田之制亦更加速崩潰。唐代初行府兵制，府兵之有田，一如平民；中唐以後，經濟雖發達，土地兼併反而激烈。均田制既壞，府兵制亦告毀壞。另一方面，各地藩鎮，爲求維持軍需，自行屯田，亦加入強佔土地之風潮。〔註 20〕

唐代後期權貴知名之士，莊產甚爲可觀者，如：元載有「膏腴別墅，連疆接畛，凡數十所。」(《舊唐書》卷一一八本傳)，郭子儀「歲入官俸二十四萬貫，私利不在焉。……·前後賜良田、美器、名園、甲館……不可勝記。」(《舊唐書》卷一二〇本傳)，李德裕「平泉莊，在洛城三十里，……莊周圍十餘里，臺榭百餘所。四方奇花異草靡不置。」(宋・王讜《唐語林》卷七) 只有韓愈之同年友崔群，以不立莊園傳爲美談。〔註 21〕

唐代賦稅制度，在安史之亂前，以租庸調爲主，在安史之亂後至德宗建中年間 (780)，變爲兩稅制。稅制之改變，與均田制之沒落極有關連。均田制與租庸調之施行，須有完善之戶籍制度作基礎，安史之亂作，北方民戶流徙，土地荒廢，戶籍之業，全遭破壞；租庸調之收入，隨之銳減，而連年用兵，卻使朝廷軍費大幅增加，於是戶稅、地稅及其他雜稅稅目，紛紛訂立，各地軍將官僚私自增列之稅目更是不知凡幾。德宗建中元年，楊炎建議改行兩稅法。據《唐會要》卷八十三所載：

> 凡百役之費，一錢之斂，。先度其數而賦於人，量出以制入。戶無土客，以見居爲簿；人無丁中，以貧富爲差。不居處而行商者，在所州縣，稅三十之一。度所取與居者均，使無僥倖。居人之稅，秋夏兩徵之，俗有不便者正之。其租庸雜傜悉省，而丁額不廢，申報出入舊式。其田畝之稅，率以大曆十四年墾田之數爲準，而均徵之。夏稅無過六月，

〔註 20〕參見章群《唐史》第十七章，第 363～367 頁，香港龍門書店，1978 年 10 月。

〔註 21〕轉引自李劍農《魏晉南北朝隋唐經濟史稿》第十一章，第 278 頁，華，世出版社，民國 70 年 12 月。

秋稅無過十一月，逾歲之後，有户增而稅減輕，及人散而失均者，進退長吏，而以度支總統之。〔註22〕

兩稅法以戶爲徵稅單位，一律徵錢，分夏秋兩次輸納；如此，戶等之分別，更爲重要，貞元四年，下令三年一定晉第；元和二年、十四年下令如前；穆宗長慶元年，決定三年一定兩稅；長慶四年，下令五年一定兩稅，此後多次依據貧富移改。兩稅之制，雖然簡化過去稅制之繁瑣，並未實際減輕人民之稅負。反因各州稅率不一，稅負較重之州民，往往逃入稅負較輕之州；徵納之物，以錢計算，定稅時物重錢輕，徵稅時，物輕錢重，錢與物之比値變化，更加重人民之稅負；兩稅又以大曆十四年之各種徵收總額爲準，但是各地非法之徵斂，卻一如往日。至於商稅，鹽稅、茶稅、酒稅其他之雜征榷，更是十分繁瑣，民間深感苛稅之痛苦。

韓愈曾多次在詩文之中反應稅制之不良，民生之困苦。貞元十九年所作〈御史臺上論天旱人飢〉、長慶元年所作〈錢重物輕狀〉、長慶二年所作〈論變鹽法事宜狀〉皆是著名之例子。貞元十九年，關中發生饑旱，時韓愈爲監察御史，作〈御史臺上論天旱人飢〉致德宗曰：

京畿諸縣，夏逢亢旱，秋又早霜，田種所收，十不存一，……至聞有棄子逐妻，以求口食；坼屋伐樹，以納稅錢；寒餒道途，斃踣溝壑。有者皆已輸納，無者徒被追徵，……又京師者，四方腹心，國家之根本，其百姓實宜倍加優恤。今瑞雪頻降，來年必豐，急之則得少而人傷，緩之則事存而利遠。伏乞特赦京兆府應今年稅錢及草粟等在百姓腹內（按：指應納未納之稅）徵未得者，並且停徵，容至來年，蠶麥庶得少有存立。〔註23〕

此狀本出於人道之用心，不料京兆尹李實言於朝廷曰：「今歲雖旱，而禾苗甚美。」〔註24〕韓愈《順宗實錄》卷一云：「嘗有詔，免畿內

〔註22〕 轉引自李劍農《魏晉南北朝隋唐經濟史稿》第十二章，第291頁，華世出版社，民國70年12月。

〔註23〕 見馬其昶《韓昌黎文集校注》卷八，第339頁，漢京文化事業公司。

〔註24〕 參見司馬光《資治通鑑》卷二三六貞元十九年下。

逋租，實不行用詔書，徵之如初，勇於殺害，人吏不聊生。」李實於憲宗即位之後，立被貶抑，實在罪有應得。而韓愈在〈赴江陵途中寄贈王二十補闕李十一拾遺李二十六員外翰林三學士〉一詩詳述奏請朝廷停徵賦稅及貶謫楊山之緣由，皆應自此一背景來理解。

至穆宗長慶元年，物輕錢重，民以爲患，豪家大賈，積錢以逐輕重，農民益困，而末業愈增。穆宗詔百官議之，韓愈上〈錢重物輕狀〉提出四種方案，雖非治本之論，其出於仁恩惻隱，殆無可疑。至長慶二年，張平叔爲戶部侍郎，上書請官自賣鹽，謂可以富國強兵。張平叔陳述利害十八條，韓愈進〈論變鹽法事宜狀〉，逐條評論其不可行，謂此爲「害人蠹政，其弊實甚。」唐代社會經濟之崩潰，主要原因是土地分配不均，致使貧富懸殊，貧者不能維持基本生活，富者兼地萬畝，坐擁巨貲；貧者無以爲生，因而流亡外鄉，或聚爲盜匪，唐末各種社會變亂，實爲經濟問題所激起；馴至經濟崩潰，政權滅亡。

綜觀中唐時期之政經情勢，外有異族寇擾，內有藩鎮割據；宮中宦官專權，朝中朋黨傾軋，而民間社會經濟之百弊叢生，面臨崩潰，可謂內憂外患兼而有之。韓愈守道入世，發爲歌詩，其所處正爲如是之時局。

貳、韓愈詩與中唐文化之關聯

貞元、元和年間，是唐詩繼開元、天寶以來，極重要之階段。白居易曾有「詩到元和體變新」之語；〔註25〕清・葉燮亦有「古今文運詩運，至此時爲一大關鍵」之評。〔註26〕此時詩壇大略呈現兩大創作取向，其一爲：講求實用通俗，強調詩之「補察時政、洩導人情」之功能，此即元稹、白居易一派；其二爲：突出奇崛風格、講求創新，

〔註25〕見白居易〈余思未盡加爲六韻重寄微之〉在《白居易集》・卷二三。
〔註26〕見清・葉燮《己畦文集》卷八《百家唐詩・序》在《清代文學批評資料彙編》，第261頁，臺北：成文出版社，1979年9月。

以抒發不平之鳴爲主要訴求之韓愈、孟郊一派。傳統文人，囿於風刺、教化觀點，總是褒揚元、白，而貶抑韓孟。其實兩派雄據詩壇，各領風騷。若就詩歌質素與藝術境界言，韓、孟之成就，實不遑多讓。

以韓愈爲首的韓、孟集團，不論在創作觀念、詩歌語言、風格意境、審美判斷等方面，都有大幅之變革，此當爲中唐文化環境所浸潤、孕育之結果。大體說來，與大曆、貞元時期詩壇之崇尚創新、佛教思想之重視心性、以及當時書畫藝術之崇尚怪奇有關。以下擬就文學思潮、佛教思想、藝術風氣各層面，說明韓詩形成之文化背景。

一、文學思潮之啓導

唐詩歷經開元、天寶之盛，到大曆、貞元之間，重要作家如王維、李白、高適、岑參、杜甫皆已謝世，而中唐文學之泰斗如：白居易、劉禹錫、韓愈、柳宗元尚爲幼童。此時活躍於文壇之詩人，除韋應物、劉長卿、戴叔倫、顧況、皎然之外，較爲著名者爲「大曆十才子」。〔註27〕他們大都經歷開天盛世，在詩作之中，多少能表現盛唐氣象。誠如羅宗強《隋唐五代文學思想史》所云：「顧況的一些樂府，寫得頗像李白；而韋應物、劉長卿的部分五言，則甚具王維、孟浩然的詩的那種明淨、自然之美。盛唐詩歌的高峰過去了，但它的餘韻仍在。」〔註28〕只是此後，再無盛唐詩人「氣體醇厚，興象超遠」之特色。同時因爲安史之亂使中國半壁河山陷於殘敗，各地賦役繁重，雖也不乏反映民生疾苦之作，然而情感之深度、論事之廣度較之杜甫，已大爲遜色。他們面臨變局，大多在詩文之中表現出一種迴避現實、尋求精

〔註27〕據《新唐書》卷二〇三〈盧綸傳〉，綸與吉中孚、韓翃、錢起、司空曙、苗發、崔峒、耿湋、夏侯審、李端、皆以能詩齊名，號「大曆十才子」。盧綸，做過户部侍郎，錢起是考功郎中，苗發是都官員外郎，崔峒做過右補闕，耿湋，是右拾遺，夏侯審是侍御史，仕宦皆不顯赫，僅吉中孚曾任侍郎，韓翃曾知制，誥，算是比較顯赫。李端以杭州司馬終老。

〔註28〕見羅宗強《隋唐五代文學思想史》，第 157 頁，上海古籍出版社，1986，年 8 月。

神解脫之態度。故明・胡應麟《詩藪》內編卷三云：「降而錢、劉，神情未遠，氣骨頓衰。」又云：

> 詩至錢、劉，遂露中唐面目，錢才遠不及劉，然其詩尚有盛唐遺響，劉即自成中唐與盛唐分道矣。〔註29〕

不僅錢起、劉長卿如此，其他大曆詩人無不追求寧靜、淡泊之詩境，或者進行高情、遠韻之追求。

大曆詩人基本上不反對麗藻。如盧綸〈喜從弟激初至〉云：「作吏清無比，爲文麗有餘。」（《盧户部集》卷六），錢起〈和蜀縣段明府秋城望歸期〉云：「河陽傳麗藻，清韻入歌謠。」（《錢考功集》卷四），韋應物〈送雲陽鄒儒立少府奉侍還京師〉云：「爲文頗瑰麗，稟度自貞醇。」（《韋江州集》卷四），皆以「瑰辭」、「麗藻」讚賞從弟友人，可見追求麗藻，已儼然成爲一種共識。大曆、貞元詩人之中，又以詩僧皎然與韓、孟一派之關係最爲密切。

皎然俗姓謝，字清晝，湖州人（今浙江湖州市一帶）。據《新唐書・藝文志》：「《皎然詩集》十卷」注云：「居杼山，顏眞卿爲刺史，集文士撰《韻海鏡源》，預其論著。貞元中，集賢御書院取其集以藏之，刺史于頔爲序。」（《新唐書》卷六十）除詩文集之外，《詩式》五卷爲其重要之文學批評著作。于頔在《吳興晝上人集・序》評皎然之詩謂：

> 得詩人之奧旨，傳乃祖之菁華，江南詞人莫不楷範。極於緣情綺靡，故詞多芳澤；師古典制，故律尚清壯；其或發明玄理，則深契自如，又不可得而思議也。〔註30〕

皎然與當時士大夫顏眞卿、韋應物、李陽冰、蕭存等人唱和，又創立「湖州詩會」，吳中詩人陸羽、顧況、朱放、張志和、秦系、靈澈、經常往還。其《詩式》的詩歌理念，頗有理論指導之作用，因此對於

〔註29〕見明・胡應麟《詩藪》內編・〈近體中・七言〉，第261頁，臺北：廣文書局，民國62年9月。

〔註30〕轉引自劉大杰、王運熙、李慶甲合著《中國文學批評史》，第274頁，文匯堂印行，藍燈文化事業公司，民國76年。

寓居江南的詩人也產生相當影響。皎然《詩式》論詩，很重視自然，《詩式》卷一嘗云：「曩者，嘗與諸公論康樂爲文，眞於情性，尙於作用，不顧辭彩而風流自然。」又云：

> 詩不要苦思，苦思則駼自然之質。此亦不然。夫不入虎穴，焉得虎子。取境之時，須至難至險，始見奇句；成篇之後，觀其氣貌，有似等閒，不思而得，此高手也。〔註31〕

其所闡述之「自然」，須經「至難至險」，實爲與人工相結合，而非素樸之自然。其論「跌宕格」有「越俗」、「駭俗」二品；其論「詩有二廢」云：「雖欲廢巧尙直，而思致不得置。雖欲廢言尙意，而典歷不得置。」，其論「詩有六至」時，認爲：「至險而不僻，至奇而不差，至麗而自然，至苦而無迹，至近而意遠，至放而不迂。」〔註32〕皎然這種主張「至難至險，始見奇句」，實與孟郊之「入深得奇趣，升險爲良躋。」（《孟東野詩集注》卷四〈石淙〉）相似，亦與韓愈〈薦士〉詩所云：「橫空盤硬語，妥帖力排奡。」之理念若合符節，如此則顯示韓愈詩之奇險走向，實有皎然《詩式》作爲前導。再看皎然《詩式》卷五〈復古通變體〉云：

> 作者須知復變之道。反古曰復，不滯曰變。若惟復不變，則陷相似之格，其狀如駑驥同廄，非造父不能辨。能知復變之手，詩人之造父也。……又復變二門，復忌太過，時人呼爲膏肓之疾，安可治也？〔註33〕

此說明學習傳統與創新二者應該相互結合，「反古曰復，不變曰滯，若惟復不變，則陷相似之格。」又說明創新之絕對必要性。再看皎然之詩作，常用「變態」一語，如：〈奉和裴使君〉云：「通幽鬼神駭，合道精鑑稀。變態風更入，含情月初歸。」（《皎然集》卷一），〈讀張曲江集〉云：「逸蕩子山匹，經奇文暢儔。沉吟爲終卷，變態紛難數。」

〔註31〕見唐‧皎然《詩式》卷一〈取境〉條，第5頁，臺灣商務印書館《萬有文，庫薈要本》民國54年11月。

〔註32〕同上，第3頁。

〔註33〕同上卷五，第49頁。

（《皎然集》卷六），〈張伯英草歌〉云：「先賢草律我草狂，風雲陣發愁鍾王。須臾變態皆自我，象形累物無不可。」（《皎然集》卷七）。而韓愈〈醉贈張秘書〉云：

> 君詩多態度，藹藹春空雲。東野動驚俗，天葩吐奇芬。張籍學古淡，軒鶴避雞群。……今我及數子，固無蕕與薰。險語破鬼膽，高詞媲皇墳。（《集釋》卷四）

〈送無本師歸范陽〉云：

> 狂詞肆滂葩，低昂見舒慘，姦窮怪變得，往往造平淡。（《集釋》卷七）

〈酬司門盧四兄雲夫院長望秋作〉云：

> 若使乘酣騁雄怪，造化何以當鐫刻。（《集釋》卷七）

〈調張籍〉云：

> 我願生兩翅，捕捉入八荒。精誠忽交通，百怪入我腸。（《集釋》卷九）

若以此數詩詳加比較，不難獲悉韓愈之追求變怪，其實前有所承。況孟郊與皎然之關係非淺，不但同爲湖州人，《孟東野詩集》中〈答晝上人止讒作〉、〈同晝上人送郭秀才江南尋兄弟詩〉皆爲酬贈皎然之作。皎然圓寂之後，孟郊作〈送陸暢歸湖州因憑題故人皎然塔陸羽墳詩〉、〈逢江南故晝上人會中鄭方回〉二首憑弔皎然。後篇原注更謂「上人往年手札五十篇相贈，云：以爲它日之念。」〔註34〕則此五十篇手札，自屬兩人唱酬之作。皎然之創作理論透過孟郊影響於韓愈，不言可喻。

二、佛教思想之影響

佛教自後漢東傳之後，迻譯經典，傳衍宗派，至唐達於高峰。以唐朝而言，高祖微時，嘗於華陰祈佛求福；即位之後，廣立寺院，塑造佛像，設齋行道。但因太史傅弈屢次上疏，諫除佛教，故高祖亦曾於武德九年五月，下詔沙汰僧尼。太宗踐祚，雖尊信道教，猶視佛學

〔註34〕 見尤信雄《孟郊研究》，第112頁，臺北：文津出版社，民國73年3月。

爲「國之常經」；禮遇高僧慧休、慧乘、明瞻、智實、玄奘等人，並於玄奘最爲愛重，助其設立譯場，翻譯佛經。高宗、中宗、睿宗，均篤信佛法。武則天當政時，義淨法師自天竺返國，武則天詔義淨譯經。義淨與西土譯者實義難陀、菩提流支曾掀起另一波譯經事業之高峰。但是，自武后起，賜封沙門爵位，而中宗更進授官位；如此，佛門傲嘯王侯、堅守所志之風亦漸次泯滅。

唐朝兼崇釋、道，數百年之間，二教互爭，與儒門亦論辯不絕。高祖武德七年（西元 624 年）創設三教講論之制，互相觀摩，商榷意旨。此制延續至懿宗，逾二百年不衰。玄宗篤信道教，稱老子爲大聖主玄元皇帝。開元二十一年正月，制令士庶家藏《老子》一冊。然而玄宗並不排拒佛教，開元二十二年，亦曾敕令注釋《金剛經》，使其流傳，對密教的不空三藏及一行僧，十分敬重。玄宗之後，常生變亂，因此諸帝奉佛愈篤；代宗甚至在宮禁之中祀佛，延請沙門齋薰納供；戎狄入侵之時，必合眾沙門誦《護國仁王經》爲厭勝。德宗設會齋供，一如前朝，澄觀法師尤爲所重，號爲清涼法師教授和尙（《佛祖統紀》卷四一）。而憲宗元和十四年，敕迎佛骨於鳳翔法門寺，韓愈上〈論佛骨表〉諫之，導致韓愈貶遷潮州，此不僅是韓愈一生最重大之事件，更是中國佛教史的一樁公案。

從佛教史來看，唐代諸派各宗，最爲蓬勃。誠如高觀如《唐代儒家與佛學》所云：「如吉藏大師，宏通三論；智顗灌頂，揚闡天台；智者道宣，開啓律宗；玄奘窺基，演弘法相；無畏不空，廣宣密教；智儼法藏，妙興華嚴；神秀慧能，盛啓禪門；道綽善導，大倡淨教。以上開啓宗派諸師，除密教外，皆此土賢者。」〔註 35〕然至貞元前後，禪宗特盛。五家七派，相繼興起。次之則淨土、天台、華嚴亦呈相當盛況。其他各宗，則漸次式微，不存舊觀。茲就天台、華嚴、禪宗說明韓愈所可能承受之影響。

〔註 35〕 見高觀如《唐代儒家與佛學》載張曼濤主編《佛教與中國文化》，第 293～294 頁，臺北：大乘文化出版社，民國 67 年 4 月。

先言天台宗。韓愈貞元二年遊於梁肅門下，直至貞元八年中進士，與梁肅以師弟子之關係，相互往還。梁肅曾受業於天臺九祖荊溪湛然及其高弟吳門元浩。發揚天臺教義不遺餘力。例如梁肅的〈止觀統例議〉、〈天臺法門議〉、〈心印銘〉皆爲天臺宗發展史上重要文獻。韓愈與梁肅以師徒關係相互往來，不可能對天臺宗之教義毫無了解。事實上，李翺即因爲韓愈的關係，對梁肅大爲傾服，其〈復性書〉三篇即頗受〈止觀統例義〉之影響。〔註 36〕

再看華嚴宗。華嚴宗成於武則天時之康居法藏，及清涼國師澄觀而大興。澄觀於貞元十二年入京，歷受德宗順宗憲宗三朝之禮遇，贊寧〈宋高僧傳〉卷五〈澄觀傳〉謂：「故相武元衡、鄭絪、李吉甫、權德輿、李逢吉，中書舍人錢徽，兵部侍郎歸登，襄陽節度使嚴綬，越州觀察使孟簡，洪州韋丹，咸慕高風，或從訓戒。」〔註 37〕上列諸人，大都與韓愈有詩文往還，則韓愈與華嚴宗之僧徒不可能完全無來往。韓愈曾有〈送僧澄觀〉一詩，即可爲證。〔註 38〕

最後再看禪宗。禪宗以達磨爲初祖，傳至五祖弘忍，門下有神秀及慧能，遂分南北二派。南以慧能爲首，北以神秀爲首。自南宗七祖神會北行，南派禪宗在洛陽大爲盛行，並發展至江西、湖南。據蘇文擢先生之察考，柳宗元所傾倒之文暢、李翺問道之惟儼、白居易師事之惟寬、劉訶追仰之石頭希遷、裴度執弟子禮之徑山法欽，全爲禪門人物。這些文士皆爲韓愈之知友，再加上韓愈一生遊宦之地，皆爲禪宗流傳最盛之地區。故蘇文擢先生謂：「如果說韓氏在諸佛宗中最有領悟的，應該是這種新禪學。」。〔註 39〕事實上韓愈幼年隨兄播遷韶

〔註 36〕說詳蘇文擢〈韓愈對佛徒之接觸與態度〉載《邃加室講論集》，第 31～50 頁，文史哲出版社，民國 74 年 10 月增訂再版。

〔註 37〕同上。

〔註 38〕錢仲聯曾考中唐時四澄觀，謂韓愈贈詩之對象非貞元十五年受封爲鎮國大，師之澄觀，而是另一華嚴宗之高僧。詳見《韓昌黎詩繫年集釋》卷一，第 129 頁，學海出版社，民國 74 年 1 月。

〔註 39〕參見蘇文擢〈韓愈對佛徒之接觸與態度〉載《邃加室講論集》，第

州，而韶州正為新禪宗之發祥地。陳寅恪〈論韓愈〉即云：

> 其所居之處為新禪宗之發祥地，復值此新學說宣傳極盛之時，以退之之幼年穎悟，斷不能於此新禪宗學說濃厚之環境氣氛中無所接受感發。然則退之道統之說表面上雖由孟子卒章所啓發，實際乃因禪宗教外別傳之說所造成，佛學之於退之之影響亦大矣哉。〔註40〕

如此看來，韓愈晚年在潮州之所以禮遇大顛，〔註41〕應與早年即曾接觸禪門有關。韓愈接觸佛教，並受到一定程度之影響，應該是無庸置疑。但是應如何看待韓愈之排佛行為？羅香林〈大顛、惟儼與韓愈、李翺關係考〉云：

> 當日韓氏所排斥者，大抵皆屬與如家倫理觀念及人生態度相抵觸之佛教儀式或行為，所謂「教迹」是也。……至於佛教所根據之哲學思想或方法，韓氏實未嘗反對，且嘗與高僧往來，以不得解除煩擾為憾。〔註42〕

假使結交僧徒與信仰佛教是兩回事；那麼，韓愈之排拒佛教應與其實際上曾折服於佛學新思想，分開考察。而有關佛學對韓愈學術思想之影響，陳寅恪已具體指出〈原道〉中：「自述其道統傳授淵源，固由《孟子》卒章所啓發，亦由新禪宗所自稱者承襲得來也。」〔註43〕高觀如《唐代儒家與佛學》亦謂：

> 佛家傳道，法統甚明。歷代相承，燈燈不絕。而昌黎〈原道〉所謂堯以是傳之舜，舜以是傳之禹，與以是傳之湯，

38頁，文史哲出版社，民國74年10月增訂再版。

〔註40〕見陳寅恪〈論韓愈〉載羅聯添編《中國文學史論文選集》第三冊，第982頁，臺北：學生書局，民國68年3月初版。

〔註41〕《韓昌黎文集校注》《文外集》上卷有〈與大顛書〉三篇，其一有云：「，久聞道德，切思見顏。」其二又云：「儻惠能降喻，非所敢望也。」其三又，云：「此旬來晴明，旦夕不甚熱，儻能乘閒一訪，幸甚。」均表現對高僧之客，套，僅能視為人情之常。不能視為韓愈完全改變對於佛教之排斥。

〔註42〕見羅香林〈大顛、惟儼與韓愈、李翺關係考〉載《唐代文化史》第，第182～183頁，臺灣商務印書館，民國57年3月。

〔註43〕同註40。

湯以是傳之文武周公，文武周公傳之孔子，孔子傳之孟軻，殆亦倣之佛家之說。此道統之言，宋明理學皆持之。當亦由昌黎之提倡，佛學之影響而爲之也。〔註44〕

至於佛學思想在詩歌方面對韓愈可能造成之影響，則應自佛學思想內部而言。中唐佛學有一極爲顯著之思想傾向，此即重視心性之作用。如天台宗之「一念三千」、「一心三觀」皆就主體之絕對自由與萬法之交相融攝而言，《摩訶止觀輔行傳》謂「三界別無法，惟是一心作。」（《摩訶止觀輔行傳・弘決》卷四）即爲鮮明之例證。再如華嚴宗「法界觀」中所謂「眞如心」、「一攝一切，一切攝一。」禪宗慧能之教義中之「見性成佛」，《六祖檀經》所謂：「不悟，即佛是眾生；一念悟時，眾生是佛。」（《六祖檀經・般若品》）皆強調心性在修道過程之主導作用。若自此一角度考察韓、孟派詩人之創作觀念，則不難發現佛學之影響。如孟郊〈贈鄭夫子魴〉云：

天地入胸臆，吁嗟生風雷。文章得其微，物象由我裁。（《孟東野詩集》卷六）

孟郊〈送任齊二秀才自洞庭遊宣城〉一詩〈序〉云：

文章者賢人之心氣也。心氣樂，則文章正；心氣非，則文章不正。當正而不正者，心氣之僞也。賢與僞，見於文章。一直之詞，衰代多禍，賢無曲詞，。文章之曲直，不由於心氣，心氣之悲樂，亦不由賢人，由於時故。（《孟東野詩集》卷七）

此雖孟郊之主張，以韓愈與孟郊之關係言，實爲韓愈可能受佛教教義影響之最佳旁證。再看韓愈〈詠雪贈張籍〉云：

雕刻文刀利，搜求智網恢。（《集釋》卷二）

〈雨中贈孟刑部幾道聯句〉云：

研文較幽玄，呼博騁雄快。（《集釋》卷五）

〈薦士〉云：

冥觀動古今，象外逐幽好。（《集釋》卷五）

〔註44〕同註35，第304～305頁。

〈酬盧四雲夫院長望秋作〉云：

若使乘酣騁雄快，造化何以當鐫刻。(《集釋》卷七)

韓愈這種「冥觀古今」、「恢張智網」，以逐物象外「幽微」，甚至於打算取代造化、筆補造化，既不同於儒家，亦迥異於道家之心性觀，實可視爲佛學之影響。

至於佛教影響韓愈詩之具體例證，饒宗頤〈韓愈南山詩與曇無讖譯馬鳴佛所行讚〉一文曾謂〈南山詩〉：中間連用五十一「或」字，光怪陸離，雄奇恣縱，爲詩家獨闢蠶叢，《小雅・北山》雖已開其端，但是北涼曇無讖譯《佛所行讚・破魔品》亦爲五言句，中間寫魔軍之異形，連用三十一「或」字。饒先生經由排比對照之方式，謂〈南山詩〉由馬鳴之《佛所行贊・破魔品》脫胎而出。〔註 45〕

陳允吉〈韓愈的詩與佛經偈頌〉一文，進一步指出韓愈〈贈別元十八協律〉、〈孟東野詩失子〉二詩多用「或」字，係倣自南朝・宋・求那跋陀羅譯《楞枷經《四卷本卷首之長篇偈頌。韓愈〈憶昨行和張十一〉、〈鄭群贈簟〉對「悉」字、「恆」字之連續運用，亦與《華嚴經》之偈頌，頗有異曲同工之處。〔註 46〕

清・沈曾植《海日樓札叢》謂韓愈〈陸渾山火一首和皇甫湜用其韻〉云：

作一幀西藏曼荼羅畫觀。

又謂〈游青龍寺贈崔大補闕〉一詩：

從柿葉生出波瀾，烘染滿目，竟是〈陸渾山火〉縮本。吾嘗論詩人興象，與畫家景物感觸相通，吳、盧畫皆依爲藍本。讀昌黎、昌谷詩，皆當以此意會之。顏、謝設色古雅，如顧、陸，蘇、陸設色，如與可、伯時，同一例也。〔註 47〕

〔註 45〕 參見饒宗頤〈韓愈南山詩與曇無讖譯馬鳴佛所行讚〉一文，載京都大學文，學部中國文學會，《中國文學報》第十九期，第 98～101 頁，1963 年 10 月。

〔註 46〕 見陳允吉〈韓愈的詩與佛經偈頌〉載《中國古典文學叢考》，第 184～195 頁，復旦大學出版社，新華書店上海發行所，1985 年 7 月。

〔註 47〕 見清・沈曾植《護德瓶齋簡端錄》轉引自吳文治《韓愈資料彙編》

如此看來，則韓愈不僅曾受佛學思想之影響，更受到佛教藝術相當程度之薰陶。陳允吉〈論唐代寺廟壁畫對韓愈詩歌的影響〉即曾由唐代寺廟壁畫之「奇蹤異狀」、「地獄變相」、「曼荼羅畫」詳細論證韓愈險怪詩風與佛教藝術有極密切之關聯。經由以上之察考，韓愈詩之形成，曾受到佛學思想之影響是不容置疑的。

三、藝術風氣之崇尚怪奇

中唐時期之藝術風氣，有求新求變之傾向，以書法及繪畫而言，亦復如此。宋・蘇軾〈書吳道子畫後〉云：

> 知者創物，能者述焉，非一人而成也。君子之於學，百工之於技，自三代歷漢至唐而備矣。故詩至於杜子美，文至於韓退之，書至於顏魯公，畫至於吳道子。而古今之變，天下之能事畢矣。〔註 48〕

但是，蘇軾亦謂：

> 書之美者，莫如顏魯公，然書法之壞，自魯公始；詩之美者，莫如韓退之，然詩格之變自退之始。〔註 49〕

蘇軾之論，雖然有專斷之嫌，卻能指出詩文、書、畫之變化發展，有其共通之處。關於唐代書法藝術之演變，清・康有為《廣藝舟雙楫・體變第四》曾有簡潔之說明：

> 唐世書凡三變，唐初歐、虞、褚、王、陸，並轡疊軌，皆尚爽健。開元御宇，天下平樂。明皇極豐肥，故李北海、顏平原、蘇靈芝輩，並趨時主之好，皆宗肥厚。元和後，沈傳師、柳公權出，矯肥厚之病，專尚清勁，然骨存肉削，天下病矣。〔註 50〕

第 1588 頁，臺北：學海出版社，民國 73 年 4 月。

〔註 48〕見《經進東坡文集事略》卷六〇，轉引自吳文治《韓愈資料彙編》第 148 頁，臺北：學海出版社，民國 73 年 4 月。

〔註 49〕見宋・胡仔《苕溪漁隱叢話》卷十七〈韓吏部〉中，轉引自吳文治《韓愈，資料彙編》，第 152 頁，臺北：學海出版社，民國 73 年 4 月。

〔註 50〕見清・康有為《廣藝舟雙楫》，第 102 頁，金楓出版有限公司，1987 年 3 月。

以顏眞卿之書法藝術言，歷經創變，自成一家。然而米芾卻譏諷爲「醜怪惡札」，清・康有爲《廣藝舟雙楫・卑唐第十一》亦云：

> 至於有唐，雖設書學，士大夫講之尤甚，然纘承陳隋之餘，綴其遺緒之一二，不復能變。專講結構，幾若算子，截鶴續鳧，整齊過甚。歐、虞、褚、薛，筆法雖未盡亡，然澆淳、散樸，古意已漓，而顏、柳迭奏，澌滅盡矣。米元章譏魯公書「醜怪惡札」，未免太過；然出牙布爪，無復古人淵永、淳厚之意。〔註 51〕

清・康有爲《廣藝舟雙楫・取隋第十一》又云：

> 虞、褚、薛、陸，傳其遺法，唐世惟有此耳。中唐以後，斯派漸泯，後世遂無嗣音者，此則顏、柳醜惡之風敗之歟！〔註 52〕

可知顏眞卿之書法，在創新過程之中，已漸無古人淵永淳厚之意。而在顏眞卿前後帶有奇險走向之書畫家，亦大有人在。如：韓愈〈送高閑上人〉謂張旭之草書：「變動猶鬼神，不可端倪。」《書史會要》卷五謂懷素之草書：「若驚蛇走虺，驟雨狂風。」又云：「張長史爲顚，懷素爲狂。以狂續顚，孰爲不可？」再如《宣和書譜》卷九稱裴休之「奇絕」，《書史會要》卷五稱柳宗直之「奇峭」、鄔彤之「奇怪」、任濤之「險勁」，都有趨於奇崛險怪之作風。〔註 53〕再就繪畫來看，如張璪之「奇踪」、畢宏之「凶險」、項容之「頑澀」、吳恬之「險巧」、王默之「奇趣」、徐表仁之「深奇」，亦有類似之作風。〔註 54〕由此觀之，則知李肇《唐國史補》卷上所謂「元和之風尚怪。」應不限於「文筆」、「歌行」、「詩章」三方面，而應是遍及各藝術領域之現象。韓愈

〔註 51〕 見清・康有爲《廣藝舟雙楫》，第 200 頁，金楓出版有限公司，1987 年 3 月。

〔註 52〕 見清・康有爲《廣藝舟雙楫》第 192 頁，金楓出版有限公司，1987 年 3 月。

〔註 53〕 轉引自孟二冬〈韓愈詩派之創新意識及其與中唐文化趨向之的關係〉《中國社會科學》，1989 年第六期，第 155～170 頁。

〔註 54〕 同前。

詩之奇險走向，實爲其中一環而已。

總結而言，大曆、貞元初期之創新風氣對韓愈詩之形成，有其不可漠視之影響，其中又以皎然之詩歌理論影響最大；而唐代新佛學教義，亦於韓愈詩之觀物角度有所啓發，其中以天台、華嚴、禪宗之理論最具影響力；此外，更有書畫藝術風氣趨奇尚怪之薰陶，在這些文化因素之交互作用之下，終於創出奇險雄峻之詩風。

參、韓愈詩與僧徒之關係

韓愈一生以繼承孔孟，攘斥佛老爲職志，在「匡救政俗之弊害，申明夷夏之大防」方面，確有其不可磨滅之功績，此爲研究唐代文化史者所共知。但是，前賢在肯定韓愈闢佛的積極意義外，也對韓愈和僧徒道士交往頻繁不甚理解，由此引發不少質疑和討論。韓愈全集之中贈詩僧徒者十人，分別是：澄觀、惠師、盈上人、僧約、文暢、無本、廣宣、穎師、秀師；贈文者四輩，分別是：高閑、文暢、令縱、大顚。佛教對韓愈之影響，前節雖曾提出一些討論，但是韓愈與僧徒之往來唱酬，究竟是別有所取，或如前人所謂的「存心戲侮」，仍有若干研議之餘地。以下擬以韓愈酬贈僧徒或與僧徒相涉諸詩爲範圍，摭拾舊說，略作審辨，並藉此考察當時之僧徒與韓愈詩之關聯。

一、前人對韓愈接觸僧徒之批評

由於韓愈一生文章，從未正面針對佛理加以論辯或指斥，因此歷來對於韓愈是否知曉佛理之問題，有正反兩種對立之看法。最早柳宗元在〈送僧浩初序〉提出反面之意見：

> 儒者韓退之與余善，嘗病余嗜浮屠言，訾余與浮圖遊。近李生礎自東都來，退之又寓書罪余，且曰：「見送元生序，不斥浮圖。」浮圖誠有不可斥者，往往與《易》、《論語》合，誠樂之，其於性情奭然，不與孔子異道。退之所罪者

跡也。……退之忿其外遺其中，是知石而不知韞玉也。〔註55〕

此後宋人大都譏笑韓愈不知佛，宋僧契嵩《鐔津文集》更沿襲柳宗元之觀點，以龐大之篇幅非議韓愈，其基本的論據即韓愈不知佛。當然也有少數獨持異見的人，如宋・司馬光之〈書心經後贈紹鑑〉便對韓愈是否通曉佛理提出正面之看法：

世稱韓文公不喜佛常排之。余觀其〈與孟尚書書〉論大顛云：「能以理自勝，不爲事物侵亂。」乃知文公於書無所不觀，蓋嘗遍觀佛書，取其精粹而排其糟粕耳。不然，何以知「不爲事物侵亂」，爲學佛所先耶？今之學佛者自言得佛心、作佛事，然曾不免侵亂於事物。則其人果何如哉？〔註56〕

此外宋・馬永卿《嬾眞子》卷二亦云：

僕友王彥法善談名理，嘗謂世人但知韓退之不好佛，反不知此老深明此意。觀其〈送高閑上人序〉云：「今閑師浮屠氏，一死生，解外膠，是其爲心，必泊然無所起；其於世，必淡然無所嗜。泊與淡相遭，頹隳委靡潰敗不可收拾。」觀此言語，乃深得歷代祖師向上休歇一路。其所見處，大勝裴休，且休嘗爲《圓覺經・序》，考其造詣，不及退之遠甚。〔註57〕

韓愈知佛不知佛，論者長期紛爭，未能取得共識。蘇文擢先生曾就天台、華嚴、禪宗三方面僧徒與韓愈師友弟子之接觸關係，推斷韓愈：「對佛『忿其外』而並不『遺其內』，『知石』，同時也是『知韞玉』的。」〔註58〕對於韓愈闢佛而仍與僧徒往來接觸，前人之評騭也就有數種類型。第一種類型是認爲韓愈踐道不純，流入異端而不自知。如宋・陳善《捫蝨新話》卷一云：

〔註55〕 見《柳宗元集》卷二十五，第673頁，漢京文化事業公司。

〔註56〕 見《溫國文正司馬公文集》卷六十九，轉引自吳文治《韓愈資料彙編》，第121頁，學海出版社。

〔註57〕 見吳文治《韓愈資料彙編》，第121頁，學海出版社。

〔註58〕 見蘇文擢〈韓愈對佛徒之接觸與態度〉在氏所著《邃加室講論集》第31～50頁，文史哲出版社，民國74年10月增訂再版。

> 韓退之謂荀、揚爲未純，以余觀之，愈亦恐未純。蓋有流入異端而不自知者。愈之〈原性〉以爲喜怒哀樂皆出於情而非性，則流入佛老矣。〈原人〉曰：「一視而同仁，篤近而舉遠。」則流入墨氏矣。〈原道〉非莊周之剖斗折衡，而著論排三器，則與莊周何異？此則愈未純也。可知愈闢佛老而事大顛，不信方士而服硫磺，未足多怪。〔註59〕

陳善由此懷疑韓愈之學術立場與人格操持，當然是不公平的批評。況且〈原性〉、〈原人〉、〈原道〉、〈三器論〉諸文能否以陳善這種偏頗之角度來闡釋，實在大成問題。然而，與陳善之論見相似者卻頗不乏人。如元．李治《敬齋古今黈．逸文》卷二云：

> 退之論三子云：「孟氏醇乎醇者也；荀與揚，大醇而小疵。」然即韓之言而求韓之情，所謂荀揚之疵，亦自不免。退之生平挺特，力以周孔之學爲學，故著〈原道〉等篇，觝排異端，至以諫迎佛骨，雖獲戾一斥幾萬里而不悔，斯亦足爲大醇矣。奈何惡其爲人而日與其親，又作爲歌詩語言，以光大其徒，且示己所以相愛慕之深。有是心，則有是言；言既如是，則與平生所素蓄者，豈不大相反耶？〔註60〕

所不同的是：李治僅對韓愈既排佛又親近僧徒所造成的矛盾提出異議而已，而未對韓愈之人格產生懷疑。但是，韓愈是否意在「光大其徒」，「示己所以相慕之深」亦有商榷餘地。第二種類型是含混地揣摩韓愈贈詩贈文之用意。此又有正面肯定與負面否定之別。如元．方回《桐江集》卷二〈跋僧如川詩〉云：

> 韓子、歐陽子，於佛不喜其說而喜其人。韓之門有惠師、靈師、令縱、高閑、廣宣、大顛之徒。歐之門亦有秘演、惟儼、惠厪、惠思。而契嵩之文，至以薦之人主。東坡山谷於佛喜其說，復喜其人。故辯材、淨東、補摠、佛印、參寥、琴聰、密殊順怡然、久逸老與坡遊。晦堂心死、心新、靈源、清、與谷尤相好也。士大夫嬰於簪紱，不有高

〔註59〕同註57，第259頁。
〔註60〕同前書，第614頁。

人勝流爲方外友，則其所存亦淺矣。〔註61〕

方氏肯定韓愈雖不喜佛教，卻對僧徒無排斥之意。韓愈與僧徒之交接，與歐陽修、蘇東坡、黃山谷之與僧徒往來，在態度上並無不同。方氏大概以爲「士大夫」必須要有「方外友」，才有這種看法。和方氏相反的是宋・劉克莊《後村詩話》云：

唐僧見於韓集者七人，惟大顛、穎師免嘲侮。高閑草書頗得貶抑，如惠、如靈、如文暢、如澄觀，直以爲戲笑之具而已。靈尤跌蕩，至於醉花月而羅嬋娟，此豈佳僧乎？韓公方欲冠其顛。始聞澄觀能詩，欲加冠巾，及觀來謁，見其已老，則又潸然惜其無及，所謂善謔而不爲虐者耶。〔註62〕

按：《朱子語類》第一百三十九曾提及「唐僧多從士大夫之有名者討詩文以自華。」

韓愈〈送文暢師北游〉便是應文暢之請所寫的，贈詩既爲社交禮節，韓愈又有相當地位與聲望，不可能罔顧禮節，恣意戲嘲。與劉氏相同者還有趙令峙《侯鯖錄》：「退之不喜僧，每爲僧作詩，必隨其深淺而侮之。」都是可以修正之看法。第三種類型是針對韓愈作品內容解釋結交僧徒之用意，此類意見比較具有理論意義。例按如明・孫緒《沙溪集》卷七〈贈道存上人署僧會序〉云：

昌黎詩不讀浮屠書，亦不作浮屠文字。然於大顛、高閑、文暢之屬，健羨丁寧，累書珍重，平日矜持之節，自待之嚴，乃若漠然而不暇顧者。昌黎且然，況其他乎？如燕、許，如歐、蘇、陳、黃、富、韓、司馬輩，闢其說，親禮其人，常若不及，固宜也。〔註63〕

按佛教至唐，已滲入社會各層面，舉凡政治、經濟學術都有佛教之影響。孫氏指出韓愈都不能顧及平素之立場，何況其他文士？佛教勢力之不容忽視，由此不難概見。再如清・潘德輿《養一齋詩話》云：

〔註61〕同前書，第629頁。

〔註62〕同前書，第515～516頁。

〔註63〕見前書，第734頁。

李治仁卿譏彈退之，業已觝排異端，不應與浮屠之徒相親，又作爲歌詩語言以光大之。此蓋未審退之之心者。夫退之之心，所憎者，佛也，非僧也。佛立教者，故可憎；僧或無生理而爲之，或無知識而爲之，可憫而不可憎也。觀退之〈送惠師〉云：「惠師浮屠者，乃是不羈人。」言其雖爲浮屠，而人則不爲彼教約束。故用「乃」字見意。〈送澄觀〉云：「皆言澄觀雖僧徒，公才吏用當今無。」是欲其歸正而用其才能，不以僧徒視之，故用「雖」字見意。〈送靈師〉云：「飲酒盡百醆，嘲諧思愈鮮。」飲酒嘲諧，皆戒律所禁，靈師能爾，轉用以譽之，亦愛僧闢佛之意也，退之何嘗光大其教哉？〔註64〕

按潘氏意在糾正李治之說，其實李治的看法很普遍，明・袁宏道《袁中郎全集》卷十七〈祇園寺碑文〉云：「若退之者，豈非善護佛法者哉？」〔註65〕清・汪琬《堯峰文鈔》卷三十《草堂合刻詩・序》針對韓愈〈送靈師〉一詩評曰：」上之叛吾周孔，次之干佛之戒律，雖工於詩，奚取焉？而昌黎不爲之諱，反津津樂道不已，何也？」〔註66〕都是沒有認清韓愈作詩的用意，而惑於接觸僧徒的表象，所提出的質疑。潘氏認爲：韓愈「所憎佛也，非僧也」佛徒之所以遁入空門，有其種種主觀之緣由，因而「可憫而不可憎也。」潘氏從〈送惠師〉、〈送僧澄觀〉、〈送靈師〉三首之用字，推斷韓愈「亦愛僧闢佛之意」未嘗「光大其教」，頗有知識上之意義。又清・方世舉《韓昌黎詩集編年箋注》云：

公觝排異端，攘斥佛老，不遺餘力，而顧與緇黃來往，且作序賦詩，何也？豈徇王仲舒、柳宗元、歸登輩之請，不得已耶？抑亦遷謫無聊，如所云：「逃空虛者，文人足音，跫然而喜？」故與之周旋耶？然其所爲詩文，皆不舉浮屠老子之說，而惟以人事言之。如澄觀之有公才吏用也，張道士之有膽氣也，固國家可用之才，而惜其棄於無用矣。

〔註64〕 轉引自錢仲聯《韓昌黎詩繫年集釋》卷一，第134頁，學海出版社。
〔註65〕 同註61，第826頁。
〔註66〕 同註61，第894頁。

至如文暢喜文章，惠師愛山水，太顛頗聰明，識道理，則樂其近於人情。穎師善琴，高閑善書，廖師善知人，則舉其閑於技藝。靈師爲人縱逸，全非彼教所宜，然學於佛而不從其教，其心正有可轉者，故往往欲收斂加冠斤。而無本歲棄浮屠，終爲名士，則不峻絕之，乃所以開自新之路也。若盈上人，愛山出無期，則不可化矣。僧約、廣宣，出家而猶擾擾，蓋不足與言，而方且厭之也。〔註67〕

方氏特別注意到韓愈贈僧徒詩中，「皆不舉浮屠老子之說，而惟以人事言之」；又從贈詩內容來看，受贈之僧徒亦間有值得觀注嘉許之條件。因此推斷：韓愈是站在惜才的立場，「接引」那些學佛而不限於佛之僧徒走向「自新之路」。就此看來，韓愈仍謹守一貫排佛之立場，並未猶疑動搖。方說之可貴，在於啓示吾人從詩歌本文去研究問題，所得的結論自然比較容易獲得信服。

三、十二首贈詩作意之審辨

今本韓愈詩集有十一題與僧徒相涉之詩作，分別是〈送僧澄觀〉、〈送惠師〉、〈送靈師〉、〈別盈上人〉、〈和歸工部送僧約〉、〈送文暢師北游〉、〈嘲酣睡〉二首、〈送無本師歸范陽〉、〈廣宣上人頻見過〉、〈聽穎師彈琴〉、〈題秀禪師房〉等合計十二首。以下即逐首試作說明，以考察韓愈之作意。

〈送僧澄觀〉作於貞元十六年秋，時韓愈居洛陽。據阮閱《詩話總龜》謂唐貞元時期有四位僧徒名曰澄觀，錢仲聯《韓昌黎詩繫年集釋》之〈補釋〉已辨其非。然韓愈贈詩之對象則非貞元十五年受封爲鎮國大師之澄觀，而爲另一華嚴宗之澄觀。全詩前幅兩段寫僧伽大師坐化之後，移至臨淮供養之寺塔，以橅寫塔景爲主；後幅兩段則集中在澄觀之吏才與詩才，章法完整，讀之有味。由詩意可知澄觀之聲名籍甚，韓愈基於惜才之心而欲「收斂加冠巾」。則本詩之作，實與韓

〔註67〕 轉引自錢仲聯《韓昌詩繫年集釋》卷二，第212頁。

愈原有之闢佛立場完全一致。

〈送惠師〉作於貞元二十年，時韓愈任連州陽山令。全詩八十六句，爲五古長篇。惠師之生平不詳，由詩意知其人好做山水之游，前幅分爲兩大幅：前幅五小段敍其游歷之勝概，後幅兩小段則抒作別之感。綜觀全詩，以惠師好游作爲仕旨，因而歷敍惠詩之游蹤，兼寫各地之勝概。對惠師之賞識，亦謹限於其狂癡於山水之游而已。由「吾非西方教，憐子狂且醇；吾嫉惰游者，憐子愚且諄。」（《集釋》卷二）四句，不難看出韓愈與僧徒來往極有分寸，並未改變對佛教之既有觀感。

〈送靈師〉亦作於貞元二十年，全詩九十句，亦爲五古長篇。發端數語云：「佛法入中國，爾來六百年。其民逃賦役，高士著幽禪。官吏不之制，紛紛聽其然。耕桑日失隸，朝署時遺賢。」（《集釋》卷一）氣壯勢勇，本其儒家之立場，不稍假借，爲著名之闢佛文字。中間數段則集中於靈師爲人之縱逸，群公之愛重，而靈師忙於周旋酬酢，亦顯現特異之材調，故韓愈樂於接近。《唐宋詩醇》云：「退之闢佛，卻頻作贈浮屠詩。前篇但敍其放浪山水，後篇則干謁飲博，無所不有。其所以稱浮屠者，皆彼法之所戒。良以不拘彼法，乃始近於吾徒。且欲人其人而已，並未暇明先王之道以道之也。」〔註68〕所論甚確，可謂切中肯綮。

〈別盈上人〉爲一首七絕，作於順宗永貞元年。盈上人即誡盈，居衡山中院。柳宗元〈衡山中院大律師塔銘〉云：「誡盈，蓋衡山中院大律師希操之弟子也。」本詩可能詩韓愈由陽山赦還，赴江陵、衡州，次衡山時所作。全詩云：「山僧愛山出無期，俗士遷俗來何時？祝融峰下一迴首，即是此生長別離。」（《集釋》卷三）清・朱彝尊稱此詩「古直可喜」，程學恂《韓詩臆說》云：「竟不似闢佛人語，此公之廣大也。」〔註69〕所論甚是，韓愈一生好作山水之游，所接觸之名

〔註68〕 見清高宗御選《唐宋詩醇》卷二十八，第805頁，臺北：中華書局。
〔註69〕 見程學恂《韓詩臆說》卷一，第13頁，台灣商務印書館，民國59

僧大德應不在少，類似〈別盈上人〉之詩作，宜視為韓愈受到山僧接待之後，禮貌回報，與其原有之闢佛立場未必抵觸。

〈送文暢師北游〉作於憲宗元和元年，時韓愈任國子博士。在此之前，有〈送浮屠文暢師序〉，乃貞元十九年春，為文暢東南之行而作。〈送浮屠文暢師序〉云:「浮屠師文暢，喜文章，其周游天下，凡有行，必請於縉紳先生，以求詠歌其所志。貞元十九年春將行東南，柳君宗元為之請，解其裝，得所得敍詩累百餘篇，非至篤好，其何能致多如是耶？」(《校注》卷四）由此可知文暢是一雅好詩文之僧徒，韓愈也基於此而樂於接近。然而文暢所獲贈之詩文中「無以聖人之道告之者。「而徒舉浮屠之說贈焉」,「宜當告以二帝三王之道」，韓愈遂在序文中正告文暢:「道莫大乎仁義，教莫正乎禮義刑政」；並對文暢宣示:「堯以是傳之是傳之舜，舜以是傳之禹，禹以是傳之湯，湯以是傳之文武，文武以是傳之周公孔子。」的道統，此為韓愈與文暢首次之交接。元和元年秋末冬初，文暢二度北游，因有此首五古長篇之贈詩。全詩依時間順序分為三大段：首段先敍文暢昔日曾至四門館求謁，韓愈立即草序以相贈之往事。次段自言貶官陽山，抑鬱難申，幸能移官長安，欣逢舊識，而與文暢之往來尤密。三段勸文暢以詩文為緣，自求富貴，並作異日相從之約。綜觀全詩，先敍彼此交往之因緣，後敍過從之密。彼此之情誼實建基於詩文之愛好。韓愈以聲色貨利之歆動文暢，欲其脫離僧籍，自求富貴，前人雖有鄙俗之譏，然亦由此顯現韓愈之眞實態度。其闢佛立場並未因為與僧徒私交敦篤而有絲毫游移。

〈廣宣上人頻見過〉中之廣宣，為蜀人。元和間有詩名，居長安安國寺。與白居易、令狐楚、劉禹錫均有詩文唱和，喜奔走於公卿之門。唐・李肇《國史補》云:「韋尚書為尚書右丞入內，僧廣宣贊門曰：竊聞閣下不久拜相。貫之叱曰：安得此不軌之言。命紙草奏，僧恐懼走出。」〔註70〕廣宣之性格如此，故題曰「頻見過」微有厭煩之

年7月。

〔註70〕 轉引自錢仲聯《韓昌黎詩繫年集釋》卷八，第932頁，學海出版社。

意。此詩爲七言律體，全詩之妙，在於不經意之中，暗寓諷意，表面自箴自砭，實則規勸廣宣勿再長年擾擾，以詩干謁，虛耗時日於俗流朝士之間，而有負息心修道之初志。

〈和歸工部送僧約〉爲七言絕句，歸工部即歸登，順宗時拜工部尚書，曾與孟簡等人受詔翻譯《大乘本生心地觀經》，崇佛甚篤。劉禹錫〈贈別約師引〉云：「荊州人文約，市井生而雲鶴性，故去葷爲浮圖，生寤而證。入興南，抵六祖始生之墟，得遺教甚悉。」可知僧約爲荊州人，方崧卿《韓文年表》將本詩繫於憲宗元和元年，是年韓愈在江陵，六月召拜國子博士還朝，故本詩可能是元和元年，韓愈返朝之後，應工部尚書歸登之請所作。詩云：「早知皆是自拘囚，不學因循到白頭。汝既出家還擾擾，何人更得死前休。」筆勢兀傲，既揶揄僧約，亦隱隱諷刺歸登。王鳴盛曰：「妙絕。偏出家人比在家人更忙，其所以忙者，無非爲名爲利而已。」〔註71〕本詩與前首〈廣宣上人頻見過〉，皆就佛徒之酬應於俗流朝士之間，大作文章，嘲諷之意至爲明顯。

〈嘲鼾睡二首〉作於憲宗元和二年丁亥，時韓愈以國子博士分司洛陽。韓愈〈送諸葛覺往隨州讀書〉韓醇注云：「諸葛覺，或云即澹師。公有澹師鼾睡二首，爲此人作。」。清・何焯《義門讀書記》云：「諸葛覺，貫休集中作珏，其〈懷珏詩〉有『出山因覓孟，踏雪去尋韓。』注云：『遇孟郊、韓愈於洛下。』又注云：『諸葛覺曾爲僧，名澹然。』」據錢仲聯《韓昌黎詩繫年集釋》所考，〈懷珏詩〉不是貫休之作，然由此可略知澹師之生平。二首針對澹師鼾睡之異能，運用大量佛語加以戲嘲，造語之奇，嵌字之險，堪稱一絕。由於過於詼諧，已近文字遊戲。

〈送無本師歸范陽〉作於憲宗元和六年冬，時韓愈在長安，任職方員外郎。無本即賈島，范陽人。初爲佛徒，既來東都，韓愈教以爲文之道，遂還俗。《劉賓客嘉話錄》所載「鳥宿池中樹，僧敲月下門。」

〔註71〕引自錢仲聯《韓昌詩繫年集釋》卷四，第355頁。

之故事，宋・洪興祖、樊汝霖已辨其烏有。而從本詩可知無本、韓愈兩人之交誼與詩藝。全詩分前後兩幅，前幅以無本之詩藝爲主眼；後幅則以兩人之情誼爲重心。前幅句句讚美無本之詩藝，則韓愈與無本之因緣，實無關乎佛教。

〈聽穎詩師彈琴〉作於憲宗元和十一年，時韓愈擔任太子右庶子。李賀〈聽穎師彈琴歌〉云：「竺僧前立當吾門。」可知穎師來自印度，元和間遊長安，以彈琴干謁長安之公卿文士。本詩爲五言古體，分爲二段，上段純用譬喻，寫穎師琴韻之美。下段寫韓愈聽終而悲之感。全詩以形象語摩寫穎師彈琴，曲折道出境趣，堪爲古今絕唱。韓愈之盛贊穎師一若盛贊無本，取其才藝之高超而已，並非因其爲僧徒，而別生好感也。

〈題秀禪師房〉作於元和十四年貶潮州赴任道中，秀禪師之生平不詳。詩云：「橋夾水松行百步，竹頼莞席到僧家，暫權一手支頭臥，還把漁竿下釣沙。」由詩意推斷，可能爲韓愈赴潮州途中，借宿禪房，應寺僧之請而作。

由以上之說明，大略可以了解，韓愈所接觸或贈詩之僧徒分成兩類：一是具有特殊才調者，一是泛泛往來者。對於具有特殊才調之僧徒，韓愈大體能本其儒家之立場，給予正面之評價。如〈送僧澄觀〉云：「愈昔從軍大梁下，往來滿屋賢豪者，皆言澄觀雖僧徒，公才吏用當今無。……又言澄觀乃詩人，一座競吟詩句新。向風長歎不可見，我欲收斂加冠巾。」又如〈送惠師〉云：「太守邀不去，群官請徒頻。囊無一金資，番謂富者貧。……吾非西方教，憐子狂且醇。吾嫉惰游者，憐子愚且諄。」再如〈送靈師〉云：「少小涉書史，早能綴文篇。」「逸志不拘教，軒騰斷牽攣。」「材調眞可惜，朱丹在磨研。」都是韓愈誠心推許之例證。他如文暢爲求詩文，不憚屢造公門；無本作詩「身大不及膽」，穎師善彈琴致使韓愈「冰炭置我腸」，「濕衣淚滂滂」，都使韓愈心生憐惜而樂於交往。對於這些僧徒，韓愈顯然未理會佛門之身份，僅重視其特異出眾之藝能。

對於泛泛往來之僧徒，或基於社交禮節，禮貌題贈，如〈別盈上人〉、〈題秀禪師房〉；或就其負面人格特質，善意規諷，如〈廣宣上人頻見過〉、〈和歸工部送僧約〉。唐代僧侶雖有結交公卿文士之風，韓愈對虛耗時日於俗流之僧徒顯然缺乏好感。例如：「天寒古寺遊人少，紅葉窗前有幾堆」之暗諷廣宣，以及「汝既出家還擾擾，何人更得死前休」之痛快譴責僧約，都是極佳之例證。如此看來，前人批評韓愈「喜僧」或「不喜僧」皆失之片面。

此外，韓愈在與僧徒詩文往來時，立場堅定，極有分寸。〈送僧澄觀〉云：「浮圖西來何施爲？擾擾四海爭奔馳。構樓架閣切星漢，誇雄鬥麗紙者誰？」〈送靈師〉云：「佛法入中國，爾來六百年。齊民逃賦役，高士著幽禪。官吏不之制，紛紛聽其然。耕桑日失隸，朝署時遺賢。」都是義正辭嚴，不稍假借。對於有才行之僧徒，往往急欲聚於之門下，使其還俗。此於唐代某些文士在與佛門往來之時，急於投合僧徒，不惜扭曲自身立場者，實在大不相同。

第四章　韓愈詩文觀念蠡探

韓愈自幼雅好文學，嘗於〈答竇秀才書〉、〈上宰相書〉、〈上兵部李侍郎書〉等文表達此一意向。〈上兵部李侍郎書〉云：「性本好文學，因困厄悲愁無所告語，遂得究窮於經傳史記百家之說，沉潛乎訓義，奮發乎文章。」〈陪杜侍御游湘西兩寺獨宿有題一首因獻楊常侍〉云：「平生每多感，柔翰遇頻染。」揆諸韓愈一生之創作歷程，及傳世之七百三十篇詩文作品，當知所言不虛。韓愈既有非凡之創作成就，亦有明確之創作主張。雖然這些主張大體針對古文而發，宜視爲韓愈長期撰作古文、思索文體改革問題之成果；然而也多少對詩歌創作產生指引作用。相對於古文論，韓愈之詩說資料不但零散、數量偏少，而且比較缺乏系統。不過，就此少量之詩說來看，仍具有一定之理論意義及批評深度。因此，本章之論析擬涵蓋文論與詩說兩方面，或能藉此詳察韓愈之文學觀念。

壹、「以筆爲文」之古文論

我國之文學觀念，至南北朝已趨明晰，「文學」與「學術」固然不同，「文」與「筆」更是有所區分。然因特殊之時代與文化因素，致使唐宋兩朝，又回復至與周秦時代渾合無別的復古狀態。當時之主流文士若非以文化角度論文，即以社會教化角度論文；若非以古昔聖人之著作爲文章典範，即以古昔聖人之思想作爲文學評價標準。郭紹虞之〈中國文學批評史〉嘗稱此一階段爲文學觀念之「復古期」，而韓愈正是復古期之重要人物。

一、好道而爲文，因文以明道

韓愈〈上宰相書〉自稱：「所著皆約六經之旨而成文。」〈答李秀才書〉云：「然愈之所志於古者，不惟其辭之好，好其道焉爾。」〈答陳生書〉云：「愈之志在古道，又甚好其言辭。」〈題歐陽生哀辭後〉云：「愈之爲古文，豈獨取其句讀之不類於今者耶？思古人而不得見，學古道則欲兼通其辭；通其辭者，本志乎古道者也。」〈送陳秀才序〉云：「學所以爲道，文所以爲理。」從這些言論中，不難獲悉韓愈是好「道」而爲「文」，因「文」以明「道」。其所謂「道」，指「堯以是傳之舜，舜以是傳之禹，禹以是傳之湯，湯以是傳之文武周公，文武周公以是傳之孔子，孔子傳之孟軻，軻之死，不得其傳焉。」（〈原道〉）一脈相承的儒家思想。其所謂「文」，指通行於周秦兩漢之散體文章。這種主張，實爲唐代古文家獨孤及、梁肅、蕭穎士、柳冕等推崇經史、強調文章之教化作用、貶抑屈宋以下駢體文的復古說之延續。清・劉熙載稱韓愈此種文章觀念是「以筆爲文」，《藝概・文概》云：

> 古人或名文爲筆。〈梁書・庾肩吾傳〉：太子與湘東王書曰：『謝朓、沈約之詩，任昉、陸倕之筆』。筆對詩言者，蓋言志之謂詩，述事之謂筆也。〈晉書・樂廣傳〉：廣善清言，而不長於筆。將讓尹，請潘岳爲表，岳曰：『當得君意。』廣乃作二百句，述己之志，岳因取次比，便成名筆。時人咸云：『若廣不假岳之筆，岳不取廣之旨，無以成斯之美也。』昌黎亦云：『不惟舉之於其口，而又筆之於其書。』觀此而筆之所以命名者見矣。然昌黎於筆多稱文，如謂『漢朝人莫不能爲文，獨司馬相如、太史公、劉向、揚雄爲之最。』是也。〔註1〕

〔註 1〕 見清・劉熙載《藝概》卷一〈文概〉，第 48 頁，臺北：華正書局，張少康〈關於韓愈文藝思想的幾個問題〉一文亦指出：韓愈的「古文」，實際上並不是文學作品，而是一般性的應用文章。從而主張：「他的文章學理論與寫作實踐，和他的文藝創作理論與實踐，是有聯繫的，也有相互影響，但絕對不可把他混淆起來。」〔註2〕從唐代開始，詩與文逐漸分家，劉禹錫曾云：「詩者，其文章之蘊邪？」（〈董氏武陵集序〉）司空圖亦云：「文之難，而詩之難尤難。」（〈與李生論詩書〉）韓愈其實也能區分，如〈上兵部李侍郎書〉云：「僅獻舊文一卷，扶樹教道，有所明白；南行詩一卷，舒憂娛悲，雜以瑰怪之言。」〔註3〕顯然將「扶樹教道」，具有思想教化之客觀意義者，謂之文；將「舒憂娛悲」，能攄解主觀情志者，謂之詩。

韓愈大力提倡古文，排拒駢文，對當時之文壇，產生相當之衝擊。李漢嘗謂：「時人始而驚，中而笑且排；先生益堅，終而翕然隨以定。嗚呼，先生於文，摧陷廓清之功，比於武事，可謂雄偉不常者矣。」（〈昌黎先生集序〉）韓愈提倡之文章，既與當時之潮流不同，爲求取功名，卻不得不寫些時俗文字。他曾自述感受云：「退之取所試讀之，乃類俳優之辭，顏忸怩而心不寧者數月。」（〈答崔立之書〉）韓愈所提倡之古文既與唐代社會之文風相異，因此，其文章之評價標準，亦與常人不同。在〈與馮宿論文書〉中，韓愈曾談及此一問題：

> 僕爲文久，每自則意中以爲好，則人必以爲惡矣。小稱意，人亦小怪之；大稱意，則人必大怪之也。時時應事作俗下文字，下筆令人慚。及示人，則人以文好矣。小慚者，亦蒙謂之小好；大慚者，即必以爲大好矣。不知古文直何用於今世也？然以竢知者知耳。（《校注》第三卷）

在此種反潮流之狀況下，韓愈特別贊賞能作古文之人。例如贊美侯喜「爲文甚古。」（〈與汝州盧郎中論薦侯喜狀〉），贊美樊紹述「詞句深

民國74年6月。

〔註2〕見張少康《古典文藝美學論稿》，第322頁，臺北：淑馨出版社，民國78年11月。

〔註3〕同前書，第323頁。

刻，獨追古作者爲徒。」(〈與袁相公書〉)，贊美張籍「學有師法，文多古風。」(〈舉薦張籍狀〉)韓愈對於古文作者之基本條件、寫作方法亦有獨到之主張，如〈答劉正夫書〉云：

若聖人之道，不用文則已；用則必尚其能者。能者非他，能自樹立不因循是也。有文字來，誰不爲文？然其存於今者，必其能者。

這是在儒家思想傳統中肯定古文作者之弘道功能，劉勰嘗謂「道沿聖以垂文，聖因文而明道。」(《文心雕龍．原道篇》)在劉勰心目中，所謂聖人不止是見識超卓之思想家，更是技巧高明之寫作家。韓愈繼承了此種觀點，認爲宏揚儒道，有嗣於文章之「能者」，而其所謂「能者」，是指在文章寫作方面能夠一空依傍、獨立創造、不因循前文的人。

二、文章作者之修養

所謂文章之「能者」，清．劉熙載《藝概》卷一〈文概〉嘗舉蘇洵爲例，云：

昌黎〈答劉正夫書〉曰：「若聖人之道，不用文則已；用則必尚其能者。」曾南豐稱蘇老泉之文曰：「脩能使之約，遠能使之近，大能使之微，小能使之著，煩能不亂，肆能不流。」「能」之一字，足明老泉之得力，正不必與韓較長短。〔註4〕

韓愈〈答尉遲生書〉又云：

夫所謂文者，必有諸其中，是故君子慎其實。實之美惡，其發也不揜。本深而末茂，形大而聲宏，行峻而言厲，心醇而氣和。昭晰者無疑，優游者有餘。體不備不可以爲成人，辭不足不可以爲成文。

按〈論語．顏淵〉載棘子成問：「君子質而已矣，何以文爲？」時，子貢答曰：「惜乎！夫子之說君也，駟不及舌。文猶質也，質猶文也，

〔註4〕見清．劉熙載《藝概》卷一〈文概〉，第29頁，臺北：華正書局，民國74年6月。

虎豹之鞹猶犬羊之鞹。」

《論語・雍也》:「子曰:質勝文則也,文勝質則史,文質彬彬,然後君子。」則韓愈「文愼其實」之說,顯由《論語》而來;同時,也是王充《論衡・超奇篇》:「實誠在胸臆,外內表裡,自相副稱,意奮而筆縱,故文見而實露也。」(《論衡》卷十三)之引申。韓愈〈答李翊書〉又云:

> 將蘄至於古之立言者,則無望其速成,無誘於勢利,養其根而竢其實,加其膏而希其光,根之茂者其實遂,膏之渥者其光曄,仁義之人,其言藹如也。(《校注》九十九頁)

按此爲進一步說明古文作者之修養方法。「仁義之人其言藹如也」顯然是《論語・憲問》:「有德者必有言,有言者不必有德。」之引申。值得注意的是,韓愈既重視道德修養,亦重視學識修養。如韓愈〈進學解〉云:

> 沉浸醲郁,含英咀華,作爲文章,其書滿家。上規姚姒,渾渾無涯;周誥殷盤,佶屈聱牙;春秋謹嚴,左氏浮夸,易奇而法,詩正而葩,下逮莊、騷,太史所錄,子雲相如,同工異曲:先生之於爲文,可謂閎其中而肆其外矣。

即論及作家學識修養與文學創作之關係,所謂「閎其中」,指作家之內在學識務求博大;所謂「肆其外」,指作品應盡力求表現充實之內容。由其列舉《尙書》、《春秋》、《左傳》、《易經》、《詩經》及《莊子》、《楚辭》、司馬遷、司馬相如、揚雄作品來看,顯見韓愈重視學習不同性質、不同風格之作品,以求博大。此外,韓愈亦重視養氣。韓愈〈答李翊書〉云:

> 氣,水也;言,浮物也;水大而物之浮者大小畢浮。氣之與言猶是也:氣盛,則言之短長與聲之高下者皆宜。

此論作家道德修養與文學創作之關係。「氣盛」指「行之乎仁義之途,游之乎詩書之源」所培育出來之道德境界,韓愈指出:氣盛,則其所出文辭言論,不論長短、聲調高低、皆能適宜。關於氣之理論,最早當推源於孟子之「知言養氣」說。漢・王充《論衡・自紀篇》亦論之。

而以氣論文，則始自魏文帝《典論‧論文》，其言「文以氣爲主」，遂開後來養氣之功。《文心雕龍‧養氣篇》、《顏氏家訓‧文章篇》皆有所闡發。而韓愈提出「氣盛，則言之短長與聲之高下者皆宜」，尤爲深造自得之言。

貳、「不平則鳴」之詩文創作觀

一、「不平則鳴」說之提出

韓愈之詩文創作觀念，以〈送孟東野序〉、〈荊潭唱和詩序〉、〈與崔群書〉、〈柳子厚墓誌銘〉、〈送王含秀才序〉等文所傳述之「不平則鳴」說，最具特色。在〈送孟東野序〉一開始，即指出：

> 大凡物不得其平則鳴：草木之無聲，風撓之鳴；水之無聲，風蕩之鳴，其躍也或激之，其趨也或梗之，其沸也或炙之；金石之無聲，或擊之鳴。人之於言也亦然：有不得已而後言，其歌也有思，其哭也有懷，凡出乎口而爲聲者，其皆有弗平者乎！樂也者，鬱於中而泄於外者也，擇其善者而假之鳴：金、石、絲、竹、匏、土、革、木八者，物之善鳴者也。維天之於時也亦然：擇其善鳴者假之鳴，是故以鳥鳴春，以雷鳴夏，以蟲鳴秋，以風鳴冬，四時之相推敓，其必有不得其平者乎。

韓愈認爲「不平則鳴」是極爲普遍之現象。就自然之「物」而言，本無聲音，草木與水受風之撓動、激蕩而發聲；金石則因敲擊而發聲。同樣，就萬物之靈而言，人之內心若有積鬱不平，也往往藉聲音表達思想、宣洩情感。因此，善於發聲之事物，常常成爲發抒「不平之鳴」的工具，金、石、絲、竹、匏、土、革、木八者，之所以成爲樂器；鳥、雷、蟲、風之所以成爲四時之徵象，無非此一道理。韓愈續就人文世界之事物謂：

> 其於人也亦然：人聲之精者爲言，文辭之於言，又其精也，尤擇其善鳴者而假之鳴。其在唐、虞、咎陶、禹其善鳴者

> 也，而假以鳴。夔弗能以文辭鳴，又自假於《韶》以鳴。夏之時，五子以歌鳴。伊尹鳴殷，周公鳴周。凡載於詩書六藝，皆鳴之善者也。周之衰，孔子之徒鳴之，其聲大而遠。《傳》曰：『天將以夫子爲木鐸。』其弗信矣乎！其末也，莊周以其荒唐之辭鳴。楚大國也，其亡也以屈原鳴。臧孫辰、孟軻、荀卿以道鳴者也。楊朱、墨翟、管夷吾、晏嬰、老聃、申不害、愼到、田駢、鄒衍、尸佼、孫武、張儀蘇秦之屬，皆以其術鳴。秦之興李斯鳴之。漢之時，司馬遷、相如、揚雄，最其善鳴者也。其下魏、晉氏，鳴者不及於古，然亦未嘗絕也；就其善者，其聲清以浮，其節數以急，其辭淫以哀，其志弛以肆，其爲言也，亂雜而無章。將天醜其德莫之顧耶？何爲乎不鳴其善鳴者也？

在此韓愈進一步舉出：咎陶、禹、夔、五子、伊尹、周公、孔子、屈原、臧孫辰、孟軻、荀卿、楊朱、墨翟、管夷吾、晏嬰、老聃、申不害、愼到、田駢、鄒衍、尸佼、孫武、張儀、蘇秦、李斯、司馬遷、司馬相如、揚雄，不論以「道」鳴，抑或以「術」鳴，皆屬於「善鳴」者。雖然韓愈舉例未必盡善，但是，這些「善鳴者」有的出於「盛世」，有的出於「衰世」，則文章與時世有密切關聯，不言可喻。論及唐代文學家時，韓愈又謂：

> 唐之有天下，陳子昂、蘇源明、元結、李白、杜甫、李觀，皆以所能鳴。其存而在下者，孟郊東野，始以其詩鳴，其高出魏、晉，不懈而及於古，其他浸淫乎漢氏矣。從吾遊者，李翺、張籍其尤也。三子之鳴信善矣，抑不知天將和其聲，而使鳴國家之勝耶？抑將窮餓其身，思愁其心腸，而使自鳴其不幸耶？三子者之命，則懸乎天矣。其在上也奚以喜，其在下也奚以悲！東野之役於東南也，有若不釋然者，故吾道其命於天者以解之。

在稱述陳子昂、蘇源明、元結、李白、杜甫、李觀，「皆以所能鳴」之後，韓愈將筆鋒轉至孟郊、李翺、張籍，謂三人亦屬善鳴者，惟不知天將使其「鳴國家之勝」？抑或令其「自鳴不幸」？細按全文，韓愈似在推擴「不平則鳴」之涵義，使其超越於個人「窮」、「通」之層次，藉此安慰孟郊。清・林雲銘《韓文起》云：

> 其大意以爲千古文章，雖出於人，卻都是天之現身，不過借人聲口發出，猶人之作樂，借樂器而傳，非樂器自能傳也。故凡人之有言，皆非無故而言，其胸中必有不能已者。這不能已，便是不得其平，爲天所假處。篇中從物聲說到人言，從人言說到文辭，從歷代說到唐朝，總以天假善鳴一語作骨，把個千古能文的才人，看得異樣鄭重，然後落入東野身上，盛稱其詩，與歷代相較一番，知其爲天所假，自當聽天所命。又扯李翺、張籍二人伴說，用「從吾遊」三字，連自己插入其中，自命不小，以此視人世之得失升沉，宜不足以入其胸次也。語語悲壯。俗眼錯認「不平」二字爲不用扼腕，何啻千里？〔註 5〕

林氏之評論，可謂目光如炬，洞察幾微。蓋惟有不將「不平」誤爲「不用」，始能正確認識「不平則鳴」之普遍意義。事實上，韓愈「不平則鳴」之說，前有所承。早在屈原《九章・惜誦》已有「發憤以抒情」之語，至漢司馬遷，《史記・太史公自序》亦云：

> 夫《詩》、《書》隱約者，欲遂其志之思也。昔西伯拘羑里，演《周易》；孔子厄陳、蔡，作《春秋》；屈原放逐，著《離騷》；左丘失明，厥有《國語》；孫子臏腳，而論兵法；不韋遷蜀，世傳《呂覽》；韓非囚秦，〈說難〉、〈孤憤〉；《詩》三百篇，大抵賢聖發憤之所爲作也。此人皆意有所鬱結，不得通其道也，故述往事，思來者。

故前賢有謂司馬遷「發憤著述」之說，乃推衍屈原「發憤抒情」而來。細察韓愈在〈與崔群書〉中，對世間常見賢愚倒置之現象，提出強烈質疑云：「自古賢者少，不肖者多，自省事以來，又見賢者恆不遇，不賢者比肩青紫；賢者無以自存，不賢者志滿氣得；賢者雖得卑位，則旋而死，不賢者或自眉壽。不知造物者意竟如何？無乃所好惡與人

〔註 5〕 見清・林雲銘《韓文起》卷四，轉引自吳文治編《韓愈資料彙編》第 990 頁，臺北：學海出版社，民國 73 年 4 月版。

異心哉！」以及在〈後漢三賢贊〉謂許仲長統：「初舉尚書郎，後參丞相軍事，卒不至於榮，論說古今，發憤著書。」（《校注》卷一），在〈雜說四首・之三〉謂：「談生之爲〈崔山君傳〉，稱鶴言者，豈不怪哉！然吾觀於人，其能盡其性而不類於禽獸異物者希矣。將憤世疾邪長往而不來者之所爲乎？」（《校注》卷一）可知韓愈「不平則鳴」說，與司馬遷「發憤著述」之說同一意韻。〔註6〕

二、窮苦之言易好

在〈荊潭唱和詩序〉進一步就「不平則鳴」之精神，論「窮苦之言益好」之說云：

> 夫和平之音淡薄，而愁思之聲要妙；歡愉之辭難工，而窮苦之言易好也。是故文章之作，恆發於羈旅草野。至若王公貴人，氣滿志得，非性能而好之，則不暇以爲。（《校注》卷四）

按「和平之音」所以「淡薄」，「歡愉之辭」所以「難工」，係因王公貴人居於上流社會，氣滿志得，無「不平」之感，自難發出「不平之鳴」；而羈旅草野之士，歷經窮乏，坎坷不偶；嗜欲少，攻苦多；因能體察世態，故其「愁思之聲」要妙難及。韓愈似謂：處境困厄者，較之仕途順遂，更有機會撰作出一流作品。韓愈「不平則鳴」之創作觀，確能有效說明古代詩人之創作動機。日後歐陽修在〈梅聖俞詩集序〉言窮者之言益工，云：

> 予聞世謂詩人少達而多窮。夫豈其然哉？蓋世所傳詩者，多出於古窮人之辭也。凡世之蘊其所有而不得施於世者，多喜自放於山巔水涯，外見蟲魚草木風雲鳥獸之狀類，往往探其奇怪；內有憂思感憤之鬱積，其興於怨刺，以道羈臣寡婦之所嘆，而寫人情之難言；蓋愈窮則愈工。然則非詩之能窮人，殆窮者而後工也。（〈歐陽永叔集〉，〈居士集〉卷

〔註6〕參見林田愼之助〈韓愈における發憤著書の說〉，在氏所著《中國中世文學，評論史》第484至506頁，日本創文社，1979年出版。

四十二）

歐陽修〈薛簡肅公文集序〉又曰：

> 君子之學，或施之事業，或見之於文章，而常患於難兼也。蓋遭時之士，功烈顯於朝廷，名譽光於竹帛，故其常視文章爲末事，而又有不暇與不能者焉。至於失志之人，窮居隱約，苦心危慮，與其有所感激發憤，惟無所施於世者，皆一寓於文辭。故曰：窮者之言易工也。（《歐陽永叔集》，〈居士集〉卷四十二）

值得注意的是，韓愈之「不平則鳴」、「窮苦之言易好」與歐陽修之「詩人少達多窮」所側重之層面，略有不同。前者之窮，是政治上「窮達」之「窮」；後者謂「非詩之能窮人，殆窮者而後工」，是生活上「窮富」之「窮」。從韓愈在〈送王含秀才序〉云：「及讀阮籍、陶潛詩，乃知彼雖偃蹇不欲與世接，然猶未能平其心。或爲事物是非相感發，於是有托而逃焉者也。」可見羈旅草野之詩人，滿腹韜略，壯志難伸，未能平情，於是懷抱利器，「有托而逃」。韓愈基於此點，認爲阮籍、陶潛亦屬「不平則鳴」者，同時也斷定柳宗元若非坐王叔文黨，廢退窮裔，其於文學辭章未必能專心致力，其作能否傳諸後世，不無可疑。〔註 7〕

三、重視激越之創作心態

韓愈由於強調「不平則鳴」之創作觀，因此對於創作主體之性質，構思活動之狀態，抱持迥異於佛老之主張。非但不重視「虛靜」之精神境界，反認爲激越之心態，才能產生眞切之生活體驗；有眞切之生活體驗，始可能寫出好作品。韓愈在〈送高閑上人序〉即藉書法爲例，對此一問題，提出探討。謂：

> 往時張旭善草書，不治他伎，喜怒窘窮，憂悲愉佚，怨恨思慕，酣醉無聊不平有動於心，必於草書焉發之。觀於物，

〔註 7〕 見馬其昶《韓昌黎文集校注》第七卷，第 294 頁，漢京文化事業公司，民國 72 年 11 月。

> 見山水崖谷，鳥獸虫魚，草木之花實，日月列星，風雨水火，雷霆霹靂，歌舞戰鬥，天地萬物之變，可喜可愕，一寓於書，故旭之書變動猶鬼神，不可端倪，以此終其身而名後世。今閑之於草書有旭之心哉？不得其心而逐其跡，未見其能旭也。(《校注》第四卷)

韓愈認爲「一死生，解外膠」是佛徒修養之勝境，因此，高閑上人：「其於心，必泊然無所起，其於世，必淡然無所嗜，泊與淡相遭，頹墮萎靡，潰敗不可收拾。則其於書，得無象之然乎？」高閑上人雖學草書，卻無法具備張旭之心態，故謂「不得其心而逐其跡，未見其能旭也。」在此種見解主導之下，韓愈極重視人巧與天工相配合，而有「陳言務去」、「文從字順」之主張。按韓愈〈答李翊書〉云：

當其取於心而注於手也，惟陳言之務去，戛戛乎其難哉(《校注》第三卷)韓愈〈南陽樊紹述墓誌銘〉云：

> 然必出於己，不蹈襲一言一句，又何其難也。必出入仁義，其富若生蓄萬物，必具海含地負，放恣橫從，無所統紀，然而不煩繩削而自合也。……銘曰：惟古於辭必己出，降而不能乃剽賊。後皆指前公相襲，從漢迄今用一律。寥寥久哉莫覺屬，神徂聖伏道絕塞，既極乃通發紹述，文從字順各識職，有欲求之此其躅。(《校注》第七卷)

詩文創作必須別出新裁，自抒新意，而後可以名家，傳世不朽。早在晉・陸機〈文賦〉中已有「謝朝華於已披，啓夕秀於未振。」之語；梁・蕭子顯《南齊書・文學傳論》有：「若無新變，不能代雄。」之見，蓋爲人作計，終落人後，故惟有不蹈襲前文，始能保證作品之新穎。清・劉熙載《藝概》卷一〈文概〉說得好：「所謂陳言者，非必勦襲古人之說以爲己有也，只識見議論落於凡近，未能高出一頭，深入一境，自『結撰至思』者觀之，皆陳言也。」〔註 8〕因此所謂「去陳言」，應不限於字句，而兼及於意念，凡是前人所道過之意念與詞

〔註 8〕見清・劉熙載《藝概》卷一，第 23 頁，臺北：華正書局，民國 74 年 6 月版。

藻，皆應盡力不加襲用。就韓愈之詩文作品來看，在「用意」、「取境」、「使勢」、「發調」、「隸事」方面，確能運用種種修辭手段，以達成著手成新、化腐爲奇之目標。

參、韓愈詩學觀念蠡探

一、詩歌風格觀念之探測

韓愈並無談論風格理論之單篇資料，只能就其批評詩友之詩句中，略窺端倪。在〈醉贈張秘書〉謂張署之作：「君詩多態度，藹藹春空雲。」（《集釋》卷四）在〈醉贈張秘書〉又謂：「東野動驚俗，天葩吐奇氛。張籍學古淡，軒鶴避群雞。」在〈薦士〉中，評孟郊詩：「有窮者孟郊，受材實雄驁。冥觀洞古今，象外逐幽好。橫空盤硬語，妥帖力排奡。敷柔肆紆餘，奮猛捲海潦。榮華肖天秀，捷疾逾響報。」（《集釋》卷五）在〈送無本詩歸范陽〉評賈島詩云：「狂詞肆滂葩，低昂見舒慘，姦窮變怪得，往往造平淡。」（《集釋》卷七）這些資料，顯現出一個特色，即充分運用形象語，進行風格之辨析。宋・葉夢得《石林詩話》卷上嘗謂：

> 古今論詩者多矣，吾獨愛湯惠休稱謝靈運爲「初日芙蕖」，沈約稱王筠爲「彈丸脫手」，兩語最當人意。「初日芙蕖」非人力所能爲，而精采華妙之意，自然見於造化之妙。靈運諸詩可以當此者，亦無幾。「彈丸脫手」雖是輸寫便利，動無留礙，然其精圓快速，發之在手，筠亦未能盡也。然作詩審到此地，豈復更有餘事。韓退之〈贈張籍〉（按：應爲張署）「君詩多態度，靄靄（按：原詩應作藹藹）春空雲。」司空圖：「詩人之詞，如藍田日暖，良玉生煙。」亦是形似之微妙者，但學者不能味其言耳。〔註9〕

所謂「多態度」，指張署詩歌擁有多樣之詩歌美感，韓愈以「藹藹春

〔註9〕見宋・葉夢得《石林詩話》卷上，轉引自吳文治《韓愈資料彙編》，第197頁，民國73年4月。

空雲」描述之。至於「張籍學古淡」二句，謂張籍學古淡之風格，而不流於綺靡，恰如乘軒之鶴，而反避雞群。清・顧嗣立《昌黎先生詩集註》云：「張籍二句，即〈調張籍〉詩所謂『騰身跨汗漫，不著織女襄』是也。亡友犀月嘗謂東野、文昌兩君，所得極不相似，而同爲公所許，足見公之才大，可謂知言。」〔註 10〕

評賈島四句，謂其詩狂詞滂沛，繽紛如葩，低昂之間，能見陰陽慘舒，更難得者：能由極端變怪，歸於平淡。由此可知在風格上，韓愈既欣賞賈島雄奇怪麗之詩風，亦接受其古淡平易之風格。至於孟郊「動驚俗」即「敷柔肆紆餘」；「天葩吐奇氛」即「榮華肖天秀」。至於「橫空盤硬語，妥帖力排奡」二語，奡本人名，能陸地行舟。此處形容孟郊作詩，善於橫空出以硬語，卻能涵括物象，貼合事義，則其筆力，似有排奡之力。宋・胡仔《苕溪漁隱叢話》卷五〈李謫仙〉引王荊公語，謂：

> 荊公云：「詩人各有所得，『清水出芙蓉，天然去雕飾』，此李白所得也。『或看翡翠藍苕上，未掣鯨魚碧海中』，此老杜所得也。『橫空盤硬語，妥帖力排奡』，此韓愈所得也。」〔註 11〕

由此可知韓愈詩以雄奇怪麗之風格爲理想。不過，韓愈也在〈醉贈張秘書〉云：「險語破鬼膽，高辭媲皇墳。至寶不雕琢，神功謝鋤耘。」（《集釋》卷四）似乎在險語高辭、艱窮變怪之詩境以外，亦將不加雕琢、混然天成之作，視爲至高境界。韓愈〈答孟郊〉云：「規模背時利，文字覷天巧。」（《集釋》卷一）韓愈〈薦士〉云：「榮華肖天秀，捷疾逾響報。」所謂「天巧」，所謂「天秀」，都是追求天工之美的例證。問題是：這種境界，究竟與渾然天成的自然境界，究竟有何分別？清・潘德輿《養一齋詩話》卷九云：

〔註 10〕 見顧嗣立《昌黎先生詩集注》卷二，第 150 頁，臺灣生書局版，民國 56 年 5 月。

〔註 11〕 見宋・胡仔《苕溪漁隱叢話》卷五，轉引自吳文治《韓愈資料彙編》，第 231 頁，民國 73 年 4 月。

> 昌黎〈贈東野〉云：「文字覷天巧。」此「巧」字講得最精，蓋作人之道，貴拙不貴巧，作文亦然。然至於「天巧」，則大巧若拙，非後世所謂巧也。孟子曰：「能與人規矩，不能使人巧。」巧從心悟，非洞澈天機者，不足語此。若以安排而得，則昌黎所云「規模雖巧何足誇，景趣不遠眞可惜。」也。〔註12〕

錢仲聯《韓昌黎詩繫年集釋》卷一釋云：

> 此謂作家觀察自然，師法自然，擇取其尤美者而寫之。〔註13〕

由潘、錢二氏之說，可知韓愈以師法自然，摹寫自然爲主。韓愈希望透過精心簡擇取捨之功，將人巧發揮極至，達於天工之境。因此，韓愈雄奇怪麗之詩境，乃爲人巧與天工相湊合而成。

二、詩家源流之描述

韓愈繼杜甫之後，採用詩歌形態進行文學批評，〈調張籍〉及〈薦士〉即爲著名之詩例。其〈薦士〉詩云：

> 周詩三百篇，雅麗理訓誥。曾經聖人手，議論安敢到。五言出漢時，蘇李首更號。東都漸瀰漫，派別百川導。建安能者七，卓犖變風操。逶迤抵晉宋，氣象日凋耗。中間數鮑謝，比近最清奥。齊梁及陳隋，眾作等蟬噪，搜春摘花卉，沿襲傷剽盜。國朝盛文章，子昂始高蹈。勃興得李杜，萬類困陵暴。後來相繼生，亦各臻閫隩……。(《集釋》卷五)

本詩作於元和元年，原始目的在推薦孟郊給鄭餘慶。鄭氏兩度爲相，元和元年五月時任太子賓客。本詩首段敘述詩歌源流至爲簡盡，後半揄揚孟郊之詩藝，不遺餘力。從中可以獲悉韓愈對詩學源流所持之觀點。

關於《詩經》，韓愈在〈進學解〉嘗云：「《詩》正而葩。」肯定《詩經》之內涵既合正理，整體又富於雅麗之美，可通於訓誥，故謂：

〔註12〕 見郭紹虞編《清詩話續編》第 2142 頁，臺北：木鐸出版社，民國72年12月初版。

〔註13〕 見錢仲聯《韓昌黎詩繫年集釋》，第 57 頁，臺北：學海出版社，民國74年1月。

「周詩三百篇，雅麗理訓誥。」韓愈以儒家門徒自居，採信孔子刪詩之說，故謂：「曾經聖人手，議論安敢到。」關於五言詩，鍾嶸《詩品》嘗云：「逮漢李陵，始著五言之目。」《文選》又載李少卿〈與蘇武詩〉三首、蘇子卿詩四首。蘇、李詩之爲僞作，今日已成常識，而韓愈顯然不知，故仍主張五言詩始於李陵、蘇武。

漢魏詩人中，韓愈只取建安七子，這是因爲七子不論風格、題材都有極大之創改；而南朝詩人之中，僅推許鮑照、謝靈運二家。〈詩品〉謂鮑照：「善製形狀寫物之詞。」謂謝靈運：「尚巧似」，對照韓愈〈答孟郊〉：「文字覷天巧」一語，可知其意念一致，故謂：「比近最清奧」。値得注意的是：韓愈遺漏隱逸詩人陶淵明，清・沈德潛《唐詩別裁集》解釋爲：「失卻陶公，性所不近也。」而程學恂《韓詩臆說》則謂：「取鮑謝而遺淵明，亦偶即大概言之，非定論也。」

韓愈對於六朝詩歌之態度與李白、杜甫顯然不同。李白自謂：「梁陳以來，豔薄斯極，沈休文又尚以聲律，將復古道，非我而誰歟？」（孟棨《本事詩》引）又謂：「自從建安來，綺麗不足珍。」又謂：「一曲斐然子，雕蟲喪天眞。」（〈古風〉）都主張反對齊梁文學之拘束聲律、藻飾事類，傾向於上承漢魏樂府；杜甫則「熟精文選理」（〈宗武生日〉）認爲：「庾信文章老更成，凌雲健筆意縱橫。」（〈戲爲六絕句〉）又說：「清新庾開府，俊逸鮑參軍。」（〈春日憶李白〉）又說：「頗學陰（鏗）何（遜）苦用心。」（〈解悶〉）可見杜甫傾向於兼賅徐、庾，頗學陰、何，不似韓愈除鮑、謝之外，皆不齒及。韓愈基於衛道之思想立場，對齊梁陳隋之作家作品，持正面否定之態度。故謂：「齊梁及陳隋，眾作等蟬噪，搜春摘花卉，沿襲傷剽盜。」韓愈如此之歷敘詩家源流，歸重一孟東野，可謂推獎至盡。宋・蘇軾〈讀孟郊詩〉譏云：

> 夜讀孟郊詩，細字如牛毛。寒燈照昏花，佳處時一遭。孤芳擢荒穢，苦語餘詩騷。水清石鑿鑿，湍激不受篙。初如食小魚，所得不償勞，又如食蟛蜞，竟日嚼空螯。要當鬥僧清，未足當韓豪。人生如朝露，日夜火銷膏。何苦將兩

耳，聽此寒蟲噭，不如且置之，飲我玉色醪。〔註 14〕

金・元好問〈論詩三十首絕句〉謂：「東野窮愁死不休，高天厚地一詩囚。江山萬古潮陽筆，合在元龍百尺樓。」〔註 15〕亦貶抑甚低。蘇、元二家之苛評，或有過當之處，然韓愈極口推重孟郊詩，並非純就文學之標準立論，殆無可疑。

肆、結　論

韓愈以文章家兼詩人之雙重身份，在詩文兩方面取得極高成就。經由本文之蠡探，可以獲得如下之結論：就韓愈之古文論而言，韓愈是好道而爲文，因文以明道；因此，重視「閎其中而肆於外」之學識修養。重視養氣，要求作家能達到「氣盛言宜」之修養境界。就韓愈之詩歌創作觀念而言，又以〈送孟東野序〉、〈荊潭唱和詩序〉、〈與崔群書〉、〈柳子厚墓誌銘〉、〈送王含秀才序〉等文所傳述之「不平則鳴」說，最具特色。韓愈在〈荊潭唱和詩序〉中，進一步就「不平則鳴」之精神，論「窮苦之言益好」之說。韓愈由於強調「不平則鳴」之創作觀，因此對於創作主體之性質、構思活動之狀態，抱持迥異於佛老之主張。非但不重視「虛靜」之精神境界，反認爲激越之心態，才能產生眞切之生活體驗；有眞切之生活體驗，始可能寫出好作品。韓愈〈送高閑上人序〉即藉書法爲例，對此一問題，提出探討。

再就詩歌風格及詩歌源流理論來看，韓愈既欣賞賈島雄奇怪麗之風格，亦接受其古淡平易之風格。對孟郊作詩，善於橫空出以硬語，卻能涵括物象，貼合事義，更是推服，不免極力獎譽。韓愈詩雖有師法自然，摹寫自然之傾向，顯然更希望透過精心簡擇取捨之功夫，將人巧發揮極至，達於天工之境。而漢魏詩人之中，韓愈僅取建安七子，

〔註 14〕 轉引自錢仲聯《韓昌黎詩繫年集釋》卷五，第 539 頁，臺北：學海出版社，民國 74 年 1 月。

〔註 15〕 參見王師禮卿《遺山論詩詮證》第 117 頁，國立編譯館，中華叢書編審委員會，民國 65 年 4 月印行。

六朝詩人中除陶潛、鮑照、謝靈運之外，皆未齒及。至於對齊梁陳隋之作，持正面否定之態度，則又是基於衛道立場所致。

第五章　韓愈詩與先秦六朝文學關係考

壹、先秦文學對韓愈詩之影響

韓愈自幼好古敏求，對先秦、兩漢之學術，恣意研探。其〈答李翊書〉嘗謂：

> 「非三代兩漢之書不敢觀，非聖人之志不敢存。」其〈進學解〉藉弟子之口自道己業謂：「沉浸醲郁，含英咀華，作爲文章，其書滿家。上規姚姒，渾渾無涯；〈周誥〉〈殷盤〉，佶屈聱牙；《春秋》謹嚴，《左氏》浮夸，《易》奇而法，《詩》正而葩，下逮莊、騷，太史所錄，子雲相如，同工異曲。」所舉正爲先秦、兩漢之作。宋．姜夔《白石道人詩說》即指出韓詩與《詩經》之關係：詩有出於《風》者，出於《雅》者，出於《頌》者。屈原之文，《風》出也；韓、柳之詩，《雅》出也。杜子美獨能兼之。〔註1〕

韓愈之詩歌，既有諷諭之意向，又多憂生、憂世之情懷，固有《風》、《雅》之遺緒。而其與時人倡酬，亦寓褒美、黽勉之旨，其義又通於《頌》，此或爲前賢亟稱「韓詩祖述《詩經》」之原因。清人更進一步言韓愈「約風、騷之旨以成詩」。如：清．陳沆《詩比興箋》云：

〔註1〕 見《集釋》，第1328頁。

> 謂昌黎以文爲詩者，此不知韓者也。謂昌黎無近文之詩者，此不知詩者也。〈謝自然〉、〈送靈〉、〈惠〉，則〈原道〉之支瀾。〈薦孟郊〉、〈調張籍〉，乃譚詩之標幟，以此屬詞不如作論。世迷珠櫝，俗駴駱駝，語以周情孔思之篇，翻同折楊皇荂之笑。豈知排比鋪陳，乃少陵之碔砆；聯句效體，寧吏部之韶頀？以此而議其詩，亦將以諛墓而概其文乎？當知昌黎不特約六經以爲文，亦直約風騷以成詩。〔註2〕

再如清・翁方綱《石洲詩話》亦謂「韓詩直接《六經》之脈」：

> 韓文公約六經之旨而成文，其詩亦每於極瑣碎極質實處，直接六經之脈。蓋爻象繇占，典謨誓命，筆削記載之法，悉醞入風雅正旨，而具有其餘味。自束皙、韋孟以來，皆未有如此沉博也。〔註3〕

由此可知韓詩之於先秦經典，應有密切之關係。然則，韓詩究竟如何採擷上古文學之英華？《六經》之外，何者爲韓詩取資之對象？所謂韓愈「約風、騷以成詩」之說，應如何理解？凡此問題，尚有若干餘義可資探索，本章擬就此一問題，略作檢討，或能提出更富意義之說明。

一、韓詩對《詩經》之取資

韓愈對《詩經》有「曾經聖人手，議論安敢到。」(〈薦士〉) 之語，因此在內涵、韻律、章法方面，對《詩經》頗有取資。例如〈清清水中蒲三首〉云：

> 清清水中蒲，下有一雙魚。君今上隴去，我在與誰居？
> 清清水中蒲，常在水中居。寄語浮萍草，相隨我不如。
> 清清水中蒲，葉短不出水。婦人不下堂，行子在萬里。(《集釋》卷一)

按本詩共分三章，爲貞元九年游鳳翔所作，是韓愈以妻子口氣，代擬懷念之辭。詩中以比興手法，反覆詠歎；三章之起句，或以比起，或

〔註2〕見清・陳沆《詩比興箋》卷四，藝文印書館版，第433頁，民國59年9月。

〔註3〕參見《集釋》，第1345頁。

以興起，完全模擬《詩經・國風》之章法。再如：〈古風〉云：

> 今日何不樂？幸時不用兵。無曰既蹙矣，乃尚可以生。彼州之賦，去汝不顧；此州之役，去我奚適？一邑之水，可走而違；天下湯湯，曷其而歸？好我衣服，甘我飲食，無念百年，聊樂一日。(《集釋》卷一)

按本詩作於貞元十年。自安史亂後，各地方鎮，帥強兵驕，賦役煩苛，本詩正為反映此種現實而作；卻謂「今日何不樂？幸時不用兵。」苦中作樂一番，正言若反，委婉而含諷。胡渭云：「本譏賦役之困，民無所逃，卻言時不用兵，正宜甘食好衣，相與為樂。辭彌婉而意彌痛，〈山樞〉、〈萇楚〉之遺音也。」程學恂亦云：「此等詩，直與《三百篇》一氣。」清・沈德潛《說詩晬語》云：「政繁賦重，民不堪其苦，而〈萇楚〉一詩，唯羨草木之樂，詩意不在文辭之中。」〔註4〕皆說明此詩歌在內涵與寫作技巧方面，取資於《詩經》。再如：韓愈〈駑驥贈歐陽詹〉云：

> 駑駘誠齷齪，市者何其稠？力小苦易制，價微良亦酬。渴飲一斗水，飢食一束芻。嘶鳴當大路，志氣若有餘。騏驥生絕域，自矜無匹儔，牽驅入市門，行者不為留。借問價幾何？黃金比嵩丘。借問行幾何？咫尺視九州。飢食玉山禾，渴飲醴泉流。問誰能為御？曠世不可求。惟昔穆天子，乘之極遐遊，王良執其轡，造父夾其輈。因言天外事，茫惚使人愁。駑駘謂騏驥，餓死余爾羞，有能必見用，有德必見收，孰云時與命，通塞皆自由？騏驥不敢言，低迴但垂頭。人皆劣騏驥，共以駑駘優。喟余獨興歎，才命不同謀。寄詩同心子，為我商聲謳。(《集釋》卷一)

本詩在內涵方面，雖有取於宋玉〈九辯〉：「卻騏驥而不乘兮，策駑駘而取路。」及屈原〈卜居〉：「寧與騏驥亢軛乎？將隨駑馬之兒乎？」然而協韻方面，稠、酬、芻、餘、儔、留、丘、州、流、求、游、輈、

〔註4〕見蘇文擢《說詩晬語詮評》，第54頁，文史哲出版社，民國74年10月。

愁、羞、收、由、頭、優、謀、謳、通押，明顯使用古韻，故清・查慎行曰：「魚模尤侯通用，得之《三百篇》」。

再如韓愈〈鄆州谿堂詩〉云：

> 帝奠九壥，有葉有年。有條不荒，河岱之間，及我憲考，一收正之。視邦選侯，以公來尸，公來尸之，人始未信。公不飲食，以訓以徇。孰飢無食？孰呻孰歎？孰冤不問，不得分願？孰爲邦蟊，節根之螟？羊口狼貪，以口覆城吹之煦之，摩手拊之，箴之石之，膊而磔之。凡公四封，既富以疆。謂公吾父，孰違公令？可以師征，不寧守邦。公作谿堂，播播流水。淺有蒲蓮，深有葭葦。公以賓燕，其鼓駭駭。公宴谿堂，賓校醉飽。流酉跳魚，岸有集鳥既歌以舞，其鼓考考，公在谿堂，公御琴瑟。公暨賓贊，稽經諏律。施用不差，人用不屈。谿有蘋苽，有龜有魚。公在中流，右《詩》左〈書〉。無我斁遺，此邦是庥。（《集釋》卷十二）

此詩與〈元和聖德詩〉同爲韓愈四言名作。全以散文驅駕之法寫成，較之〈元和聖德詩〉，稍減典重之氣。然其音節高古，幾乎逼近《詩經》，而其詩意在抑揚抗墜之間，亦有當代作者所不及。宋・張表臣《珊瑚鉤詩話》卷一稱：「退之〈南山詩〉乃類杜甫〈北征〉，〈進學解〉乃同子雲之〈解嘲〉，〈鄆州谿堂〉之什，依於《國風》，〈平淮西碑〉之文，近於《小雅》。」〔註5〕本詩之勝處在於音節，清・林紓《韓柳文研究法》謂：「此文（按：指〈鄆州谿堂詩序〉）骨髓之重，風貌之古，名曰詩序，直是馬總之德政碑。」對此詩則強調：「宜多讀以領取其聲韻。」〔註6〕

在韓愈詩中，亦有援用《詩經》中之題材而成者。如〈東方半明〉云：

> 東方半明大星沒，獨有太白配殘月。嗟爾殘月勿相疑，同

〔註 5〕見宋・張表臣《珊瑚鉤詩話》卷一，轉引自吳文治《韓愈資料彙編》，第 310 頁，臺灣：學海出版社，民國 73 年 4 月。

〔註 6〕見清・林紓《韓柳文研究法》，轉引自吳文治《韓愈資料彙編》，第 1606 頁，臺灣：學海出版社，民國 73 年 4 月。

光共影須臾期。殘月暉暉，太白睒睒。雞三號，更五點。(《集釋》卷二)

此詩爲貞元二十一年，順宗使太子監國時所作。當時順宗寢疾，而皇太子（憲宗）雖未繼位，已爲海內屬心，故以「東方半明」喻之。時王叔文、韋執誼裡應外合，互爲表裡，故以「獨有太白配殘月」喻之。其後王叔文母死，韋執誼漸不用王叔文之意，二人遂相互猜忌，故曰「同光共影須臾期」。而本詩最爲絕妙之處是末尾四句，在此四句之中，不但改變句式，且語意搖曳，不予逗露。看似枯淡，實有豐富之涵意在其中。清・陳沆《詩比興箋》云：「末語危之快之，亦憫其愚也。」又謂：「此與〈三星行〉，皆出於《小雅・大東》之詩。」〔註7〕深符《詩經》：「責之愈深，其詞愈緩」之意。故程學恂《韓詩臆說》稱之云：「此詩憂深思遠，比興超絕，眞二《雅》也。即以格調論，亦曠絕古今。」〔註8〕

在韓愈規模《詩經》之作品中，以〈元和聖德詩〉最具特色。此詩作於憲宗元和二年正月，據韓愈在〈前序〉所言，係「依古作四言〈元和聖德詩〉一篇，凡一千有二十四字，指事實錄，具載明天子文武神聖，以警動百姓耳目，傳示無極。」(《集釋》卷六）全詩分爲前後兩輻，前半於事變始末，誅流奸臣，縷述甚詳；後半寫憲宗親獻太清宮太廟，祀昊天上帝於郊丘、御丹鳳樓大赦天下之情景。宋・穆修《唐柳先生集・序》謂〈元和聖德詩〉：

辭嚴義偉，制作如經，能崒然聳唐德於盛漢之表。〔註9〕

此詩通章以「皇帝」二字作主，即〈蕩〉八章冠以「文王曰咨」之章法，只是變《雅》爲《頌》而已。自「正月元日，初見宗祖。」二句起，寫郊天之部分，朱彝尊謂「全是本〈楚茨〉化來，追琢可謂甚工，

〔註7〕見清・陳沆《詩比興箋》卷四，第450頁，臺灣：藝文印書館，民國59年9月。

〔註8〕見程學恂《韓詩臆說》卷一，第11頁，臺灣：商務印書館，民國59年7月。

〔註9〕見穆修《河南穆公集》卷二，轉引自吳文治《韓愈資料彙編》，第86頁，臺灣：學海出版社，民國73年4月。

所恨者尤未渾然。」，〔註 10〕蔣之翹以爲〈元和聖德詩〉應列入「銘頌體」，沈德潛《說詩晬語》則視爲四言大篇，以爲「句奇語重，點竄塗改者，雖司馬長卿亦當斂手。」〔註 11〕至於協韻方面，此詩亦有特色，所有韻腳分屬：八語、九麌、十姥、三十三哿、三十四果、三十五馬、四十四有，爲上聲韻。其中語、麌、哿、馬、有五韻通押。此詩雖頌美憲宗爲主，於終篇頌美中，繼以規戒之辭，可謂深得《詩經・雅・頌》之遺意。

誠如清・劉熙載《藝概・詩概》引眞西山所謂：

> 《三百五篇》之詩，其正言義理者蓋無幾，而諷詠之間，悠然得性情之正，即所謂義理也。

劉熙載複加按語曰：

> 余謂詩或寓義於情而義愈至，寓情於景而景愈深，此亦《三百五篇》之遺意也。〔註 12〕

吾人若從此一角度考察韓詩與《詩經》之關係，則韓愈取資於《詩經》之詩例，爲數更多。如：韓愈〈歸彭城〉一詩，憂時傷亂，風刺微婉，正《小雅》之遺意。韓愈〈八月十五夜贈張功曹〉一詩，魏本引樊汝霖謂此詩：「怨而不亂，得《小雅》之風。」（《集釋》卷三引）；韓愈〈赴江陵途中寄贈王二十補闕、李十一拾遺、李二十六員外翰林三學士〉一詩，清高宗御選《唐宋詩醇》即評曰：「意纏綿而詞悽惋，神味極似《小雅》。」（《集釋》卷三引）；韓愈〈三星行〉一詩，程學恂《韓詩臆說》評曰：「此詩比興之妙，不可言喻。傷絕諧絕，眞《風》眞《雅》。」；韓愈〈夜歌〉一首，程學恂《韓詩臆說》評曰：「止三十字，而抵得《大雅》一篇。」，這些詩作，在體製方面早已距離《詩經》甚遠；然而，就內涵精神層面言之，卻依舊保有「怨悱而不亂」

〔註 10〕 見清・顧嗣立《昌黎先生詩集注》卷一，第 102 頁，朱彝尊評語，台灣學生書局，民國 56 年 5 月。

〔註 11〕 見沈德潛《唐詩別裁集》卷四，轉引自吳文治《韓愈資料彙編》，第 1134 頁，臺灣：學海出版社，民國 73 年 4 月。

〔註 12〕 見清・劉熙載《藝概・詩概》，第 50 頁，臺北，華正書局。

之精神。這是「學古人，而求與之遠」，「得其神而不襲其貌」以期建立自我風格之要訣。韓愈對《詩經》之取資，大體如此。

二、韓詩對《楚辭》之取資

韓愈以前之古文家，常有反對《楚辭》之言論者。如：唐・李華〈揚州功曹蕭穎士文集序〉即云：

> 開元、天寶間詞人，……以文學而著於時者，曰：蘭陵蕭君穎士。……君以爲《六經》之後有屈原、宋玉，文甚雄壯而不經。〔註 13〕

李華、蕭穎士反對《楚辭》之理由爲「不經」，其實早在梁・劉勰《文心雕龍・辨騷篇》已提及《楚辭》同於風雅者四事：典誥、規諷、比興、忠怨。其異乎經典者亦有四事：詭異、譎怪、狷狹、荒淫。可知李華、蕭穎士之論，前有所本。另一位反對《楚辭》的古文家是柳冕。唐・柳冕〈謝杜相公論房杜二相公書〉云：

> 且古之文章與今之文章，立意異矣。古之作者，因治亂而感哀樂，因哀樂而爲詠歌，因詠歌而成比興，故大雅作則王道盛，小雅作則王道缺矣。雅變風則王道衰矣，詩不作則王澤竭矣。至於屈、宋，哀而以思，流而不反，皆亡國之音也。……於是風雅之文，變爲形似，比興之體變爲飛動，禮義之情變爲物色，詩之六義盡矣。何則？屈、宋唱之，兩漢扇之，魏晉江左，隨波而不返矣。〔註 14〕

按此實本自《毛詩・序》之美刺說，指出政治之良窳，決定文章之內容，而其所謂「文章」，實混詩與文二者而言之。柳冕基於儒家之詩學觀點，對於《國風》、二《雅》自然十分推崇，但是對於漢賦、《楚辭》以及魏晉以降之駢儷作品，評價甚低，直斥爲亡國之音。細繹柳冕之意，原因是六朝以來在文學形式、內容立意、風格

〔註 13〕 參見《全唐文》卷三百十五，轉引自《楚辭評論資料選》第 40 頁，長安出版社，民國 77 年 9 月出版。

〔註 14〕 見《全唐文》卷五百二十七，轉引自《楚辭評論資料選》第五十頁，長安出版社，民國 77 年 9 月出版。

經精神各方面種種變革，雖使純文學作品日益精緻，益具獨立之藝術價值，但也逐漸失去雅正之風格與教化之作用。柳冕認爲這是「屈宋唱之，兩漢扇之」所致。因此反對《楚辭》。然而韓愈在其詩文中，卻一反李華、蕭穎士、柳冕等人之觀點，屢見稱引屈、宋之行實與作品。如：

屈原《離騷》二十五，不肯餔啜糟與醨。(〈寒食日出遊夜歸張十一院長見示病中憶花九篇因此投贈〉)

靜思屈原沉，遠憶賈誼貶。(〈陪杜侍御游湘西兩寺獨宿有題一首因獻楊常侍〉)

主人看史範，客子讀《離騷》。(〈潭州泊船呈諸公〉)

懷茝傀賢屈，乘桴追聖丘。(〈遠遊聯句〉)

元·祝堯《古賦辨體》卷七，亦以古賦爲例，說明韓愈與《楚辭》之關係，認爲唐代詩人之中：「……惟韓、柳諸古賦一以《騷》爲宗，而超出俳律之外。唐賦之古，莫古於此。」〔註 15〕韓愈文章之中，與《楚辭》最爲神似之作，當推〈柳州羅池廟碑〉之銘詞，詞云：

荔子丹兮蕉黃，雜肴蔬兮進侯堂。侯之船兮兩旗，渡中流兮風泊之，待侯來兮不知我悲。侯乘駒兮入廟，慰我民兮不嚬以笑。鵝之山兮，柳之水：桂樹團團兮，白石齒齒。侯朝出游兮暮來歸，春與嚬吟兮秋鶴與飛。北方之人兮爲侯是非，千秋萬歲兮，侯無我違。福我兮壽我，驅厲鬼兮山之左。下無苦濕兮高無乾。秔稌充羨兮，蛇蛟結盤，我民報事兮無怠其始，自今兮欽於世世。(〈韓昌黎文集〉卷七)

這篇銘詞，在告饗送神之處，簡直就是屈原之手筆，中間仿效《九歌》之格調、句法，以及〈招魂〉之篇意，朱子將此文採入《楚辭後語》，視爲《楚辭》之流裔，不無原因。至若韓愈之詩作，則推〈馬厭穀〉、〈利劍〉、〈忽忽〉最爲神似。按〈馬厭穀〉云：

馬厭穀兮，士不厭糠籺。土被文繡兮，士無裋褐。彼其得

〔註 15〕 見元·祝堯《古賦辨體》卷七，轉引自吳文治《韓愈資料彙編》，第 664 頁，臺灣：學海出版社，民國 73 年 4 月。

志兮不我虞，一朝失志兮其何如？已焉哉，嗟嗟乎鄙夫！

（《集釋》卷一）

此詩之篇意，出於劉向《新序》；然其抒情技巧及句法，則類似《楚辭》。據劉向《新序》所載，燕相得罪將要出亡，召喚門下諸大夫相從。有大夫乘機諫曰：「凶年飢歲，士糟粕不厭，而君之犬馬有餘粟；隆冬烈寒，而君之臺觀，幃簾錦繡，飄飄而弊。財者君之所輕，死者士之所重。君不能施君之所輕，而求得士之所重，不亦難乎？」〔註 16〕若從此詩之創作背景來考察，正是三度上書宰相不獲回報之時。則韓愈用燕相事，意在紓解其政治失意之憤懣；徑氣直達，無半點掩飾，此種寫作方式，肯定學自屈原。除此之外，朱熹在《楚辭後語》卷四〈琴操〉第三十五又引晁補之曰：

> 愈博涉群書，所作十操，奇辭奧旨、如取之室中物。以其所涉博，故能約而爲此也。夫孔子於《三百篇》皆弦歌之，操亦弦歌之辭也。其取興幽渺，怨而不言，最近騷體。騷本古詩之衍者，至漢而衍極，故〈離騷〉、〈琴操〉與詩賦同出而異名，蓋衍復於約者。約故去古不遠，然則後爲騷者，惟約猶及之。〔註 17〕

晁補之對於〈琴操〉之性質提出可貴之說明：首先，他指出「操」和《詩經》一樣，是被之弦歌的樂辭。其次，「操」「取興幽渺，怨而不言」，接近「騷」之性質；但是「操」又不同於「騷」之宏侈，而以簡約爲尚。顯然朱子在《楚辭後語》中把韓韓愈〈將歸操〉、〈龜山操〉、〈拘幽操〉、〈殘形操〉，視爲《楚辭》，當是基於形式方面之類似性所作之認定。〔註 18〕茲舉〈將歸操〉、〈龜山操〉爲例，略作析論，以明〈琴操〉與《楚辭》之關係。

〔註 16〕轉引自錢仲聯《韓昌黎詩繫年集釋》卷一，第 39 頁。

〔註 17〕見宋・朱熹《楚辭集注》，第 277 頁，河洛圖書出版社。

〔註 18〕關於〈琴操十首〉之性質、價值、創作動機、寫作方式，參閱拙作〈韓愈琴操十首析論〉，載中興大學中文系《興大中文學報》第三期，第 185～200 頁，民國 79 年 1 月。

韓愈〈將歸操〉云：

孔子之趙，聞殺鳴犢作。

狄之水兮，其色幽幽。我將濟兮，不得其由。涉其淺兮，石齧我足，乘其深兮，龍入我舟。我濟而悔兮，將安歸尤？歸兮歸兮！無語石鬥兮，無應龍求。(《集釋》卷十一)

按《史記・孔子世家》載：「孔子既不得用於衛，將西見趙簡子。至於河，而聞竇鳴犢、舜華之死也。臨河而嘆曰：『美哉水！洋洋乎！丘之不濟，此命也乎！』子貢趨而進曰：『敢問何謂也？』孔子曰：『竇鳴犢、舜華、晉之賢大夫也，趙簡子未得志之時，須此兩人而後從政，及其已得志，殺之乃從政。丘聞之也，刳胎殺夭，則麒麟不至郊；竭澤涸漁，則蛟龍不合陰陽；覆巢毀卵，則鳳凰不翔，何則？君子諱傷其類也。夫鳥獸之於不義也，尚知辟之，而況丘哉？』乃還，息乎陬鄉，作爲陬操以哀之。」(《史記》卷四一七〈孔子世家〉第十七）此爲韓愈寫作本詩之史實根據，漢・蔡邕曾載其辭曰：「復我舊居，從吾所好，其樂只且。」此段歌辭，自非孔子所作，而是蔡邕手筆。若持與韓愈之擬作相比，蔡作不僅篇幅較短，意韻亦淺。韓愈之〈將歸操〉以騷體寫作，起首四句先提狄水，謂狄水深黑，濟渡爲難。「涉其淺兮」四句，形容其進退失據之貌。「我濟而悔」二句，即〈孔子世家〉「丘之不濟，其命也夫」之意，乃將臨河不濟，歸諸天命。結語二句，謂不與水石頑抗，亦絕不讓蛟龍予取予求。清・陳沆《詩比興箋》卷四以爲〈將歸操〉：「無與石鬥兮，無應龍求」與〈秋懷詩〉：「有蛟寒可罾」，〈題炭谷湫〉：「吁無吹毛刃，血牛蹄殷。」皆有指斥權倖之意。而所斥之對像爲李實、王叔文之輩。其實〈將歸操〉之主要意念來自《史記・孔子世家》：「君子諱殤其類」及「夫鳥獸之於不義也，尚知辟之，而況丘哉？」二語。趙簡子殺鳴犢、舜華，乃當時最不義之事件，孔子獲知此事，遂拒入趙國以示不齒。在韓愈仕宦生涯中，亦多次遭逢不義之打擊，因此，以隱喻象徵之手法，代言孔子不入趙之心聲，是間接表達對孔子之認同。這種手法，當是學自《楚辭》。

又韓愈〈龜山操〉云：

> 孔子以季桓子受齊女樂，諫不從，望龜山而作。
>
> 龜之氛兮，不能雲雨。龜之枿兮，不中梁柱。龜之大兮，祇以奄魯。如將頹隳兮，哀莫余伍。周公有鬼兮，嗟歸余輔。(《集釋》卷十一)

按《史記‧孔子世家》:「桓子卒，三日不聽政，郊又不致膰俎於大夫。孔子時爲大司寇，遂行，宿乎屯。而師己送曰:『夫子則非罪。』孔子曰:『吾歌可乎？』歌曰:『彼婦之口，可以出走；彼婦之謁，可以死敗，蓋悠哉游哉，惟以卒歲。』師己反，桓子曰:『亦何言？』師己以實告，桓子喟然歎曰:『夫子罪我以群婢也夫！』」漢‧蔡邕則載其歌辭云:「予欲望魯兮，龜山蔽之。手無斧柯，奈龜山何？」至於韓愈〈龜山操〉則較前二首更富內涵。全詩十句，以騷體爲之，假龜山爲喻，嘲諷季氏無能而專擅，深哀魯國之將隤。「龜之氛兮」二句，謂龜山之山氣，不能出雲落雨。比喻季氏掌政，不能澤及下民。「龜之枿兮」二句，爲季氏有若龜山之樹，歷經砍伐，重生之枝條，根本不堪任爲樑柱。「龜之大兮」二句，謂龜山之大，不過奄有魯國。此譏季氏權勢再大，不過在魯國興風作浪而已。「知將隳兮」二句，謂魯國即將縗隤，國人之中，無人比我更哀傷。「周公有鬼兮」二句，謂周公地下有知，必使我歸輔魯君。兩句結語，十分沉痛，頗能反映孔子綑款不移之忠心。本詩之作意，陳沆《詩比興箋》謂:「此刺執政之臣，智小謀大，力小任重，無鼎足之望，有棟橈之凶也。」〔註 19〕古操貴在「取興幽渺，怨而不言。」假借古事，攄發憂思，以顯操持，是其述作之最高目的。德宗、憲宗朝，權傾相府，欺姦多端之輩，所在多有，韓愈在詩中，以「典誥之體」、「比興之義」、「忠怨之辭」，抒發「規諷之旨」，完全符合屈賦之精神，此種寫法，肯定學自《楚辭》。再看韓愈〈拘幽

〔註 19〕 見清‧陳沆《詩比興箋》卷四，第 439 頁，臺灣：藝文印書館，民國 59 年 9 月。

操〉云：

> 文王羑里作。
>
> 目窈窈兮，其凝其盲。耳肅肅兮，聽不聞聲。朝不日出兮，夜不見月與星。有知無知兮，爲死爲生？嗚呼！臣罪當誅兮，天王聖明。(《集釋》卷十一)

再如韓愈〈殘形操〉云：

> 曾子夢見一狸不見其首作。
>
> 有獸維狸兮，我夢得之。其身孔明兮，而頭不知。吉凶何爲兮，覺坐而思。巫咸上天兮，識者其誰？(《集釋》卷十一)

〈拘幽操〉最大之成就，不是「爲人臣止於敬注腳。」(清·沈德潛《唐詩別裁》卷七)，而是傳神地呈現周文王之人格情操。具體而言，即「惟見己之不然，不見人之有不然。」(宋·黃震《日抄》語)之人格情操。關於〈殘形操〉，《詩比興箋》謂：「賈謫長沙，問吉凶於鵩鳥；屈放江南，託占筮於巫咸。此詩合而用之，明示放臣之感，故以終篇。」〔註20〕若從韓愈貶潮州加以思考，則陳氏之說，未鑿無見。韓愈論天旱人飢，被貶陽山；諫迎佛骨，竟謫潮州，人生之荒謬，有過於此乎？清夜捫心，能無慨乎？韓愈所謂「巫咸上天兮，識者其誰？」此正慨歎吉凶休咎之荒謬無常。豈不正與屈原〈卜居〉、〈天問〉之心態相似？

再如：〈送陸歙州詩〉云：

> 我衣之華兮，我佩之光。陸君之去兮，誰與翺翔？斂此大惠兮，施於一州。今其去矣，胡不爲留？我作此詩，歌於逵道。無疾其驅，天子有詔。(〈集釋〉卷二)

朱子《韓集考異》曾舉〈離騷〉、〈橘頌〉爲例，對此詩前四句之用韻及語助作一番察考，並稱「韓公深於《騷》者」。並據《騷經》、賈誼〈弔屈原文〉首章爲例，以考定本詩。〔註21〕細察〈送陸歙州詩〉之句法與用韻，其取資於《楚辭》之處甚爲明顯。

〔註20〕 同上，第447頁。

〔註21〕 詳見宋·朱熹《昌黎先生集考異》，卷六，第205～206頁，上海古籍出版社，1985年2月。

貳、韓愈詩與漢魏南朝文學

一、漢魏詩對韓詩之影響

上古時代詩樂不分，至漢朝則文士所作謂之詩，樂工協之律呂謂之樂。樂府歌詩，有「因聲作歌」者、有「因歌造聲」者、亦有「有辭無聲」者。後者雖名爲「樂府」，實未曾被之管絃。如：杜甫所作歌行，大都因意命題，即事名篇，一無依傍。白居易則曾用古題，卻無古義。元稹〈樂府古題序〉云：「自風雅至於樂流，莫非諷興當時之事以貽後代之人。沿襲古題倡和，重複於文，或有短長於義，咸爲贅賸，尙不如寓意古題，刺美見事，猶有詩人引古以諷之義焉。」〔註22〕宋．郭茂倩《樂府詩集》據《宋書》及吳競《樂府古題要解》之分類，加以補充，區分樂府詩爲十二類，樂府詩之體製與性質，始獲得比較合理之銓別。《樂府詩集》卷八十一爲「近代曲辭」、卷八十九爲「雜歌謠辭」、卷九十一至卷一百爲「新樂府辭」，皆爲隋唐五代文人仿製之樂府詩。誠如邱師燮友〈樂府詩導讀〉所云：

> 唐時文人仿製的樂府詩，可歸爲兩大類：一爲盛唐以前沿襲舊題樂府所作的樂府詩，一爲中唐以後白居易、元稹、李紳等所提倡的新題樂府，簡稱爲「新樂府」，新樂府的精神，在於繼承《詩經》的六義，上接建安風骨的寫實諷諭詩，到初唐陳子昂的「漢魏風骨」，杜甫的「即事名篇」社會寫實詩，而開展爲元和年間，以口語入詩，寫「因事立題」的新樂府詩。〔註23〕

大體言之，古樂府皆有原始意旨，後人援用樂府古題，應知題意，以代其人措辭；新題樂府皆自製題目，大多諷諭時事，寓懲惡勸善之旨。古樂府寧拙毋巧、寧疏無鍊；新題樂府則事核而實，辭直而切。清．

〔註22〕見唐．元縝《元氏長慶集》卷二十三，轉引自羅師聯添編《隋唐五代文學批評資料彙編》，第203～205頁，臺北，成文出版社，民國67年9月。

〔註23〕見邱師燮友《品詩吟詩》，第134～135頁，臺北，東大圖書公司，民國78年6月。

王士禎《師友詩傳續錄》云：

> 問：唐人樂府，何以別於漢魏？
>
> 答：漢魏樂府，高古渾奧，不可擬議。唐人樂府不一，初唐人擬〈梅花落〉、〈關山月〉等古題，大概五律耳。盛唐如杜子美之〈新婚〉、〈無家〉諸別，〈潼關〉、〈石壕〉諸吏，李太白之〈遠別離〉、〈蜀道難〉，則樂府之變也。中唐如韓退之〈琴操〉，直溯兩周，白居易、元稹、張籍、王建刱爲新樂府，亦復自成一體。〔註 24〕

由此可見漢魏樂府，不易仿作，而唐代文人所擬樂府，大體都有創新變革之處。惟韓愈〈琴操〉「直溯兩周」，在唐代樂府詩中，擁有極爲特殊之地位。以下即先以韓愈〈琴操十首〉及其他詩例，說明韓愈援用樂府舊題而變其體式之情形，再論析韓愈對漢魏古詩之取資方式，以明韓詩之前承。

（一）援用樂府古題而變其體式

韓愈〈琴操十首〉原未定何年所作，清・方世舉《韓昌黎詩編年箋注》繫於憲宗元和十四年。韓愈在詩中代孔子、周公、文王、古公亶父、尹伯奇、牧犢子、商陵穆子、曾子發抒心聲。此詩之題材，可能來自《孟子》、《史記・周本紀》、《史記・孔子世家》、《孔叢子》、崔豹《古今注》、《水經注》等書。由於氣格高古，語法樸質，頗得古樂府之神韻。宋・郭茂倩特納入《樂府詩集》卷五十七〈琴曲歌辭〉之中。

現存琴曲歌辭共十二首，分別是：〈將歸操〉、〈猗蘭操〉、〈龜山操〉、〈越裳操〉、〈拘幽操〉、〈岐山操〉、〈履霜操〉、〈雉朝飛操〉、〈別鶴操〉、〈殘形操〉、〈水仙操〉、〈懷陵操〉。相傳漢・蔡邕曾將每一操之本事都詳爲敘述，並附上原辭，因此蔡邕〈琴操〉很可能是流傳至今，最早之「琴曲歌辭」。郭茂倩《樂府詩集》引《樂府解題》云：「〈琴

〔註 24〕 轉引自臺靜農《百種詩話類編》下册，第 1559 頁，臺灣：藝文印書館，民國 63 年 5 月。

操〉記事，好與本傳相違。存之者，以廣異聞也。」〔註25〕元・吳萊《古琴操九引曲歌辭》云：「古者琴有五曲、十二操、九引。……古辭或存或亡，而存者類出於後世之傅會。」〔註26〕由此可知郭茂倩《樂府詩集》第五十七、五十八、五十九卷中〈拘幽操〉署名周文王、〈越裳操〉署名周公旦、〈履霜操〉署名尹伯奇、〈雉朝飛操〉署名齊瀆沐子、〈猗蘭操〉、〈將歸操〉署名孔子、〈別鶴操〉署名商陵牧子，都是很有問題的，不可信以爲眞。韓愈對於十二操僅取其中十首，〈懷陵〉、〈水仙〉二操，棄而不擬。其餘十操悉依蔡邕〈琴操〉原次，未曾變更。極可能韓愈是在讀過蔡邕〈琴操〉後，基於相互競勝之心理，仿傚蔡作而成。〔註27〕

「琴曲歌辭」之原始作意，大體都是用來舒散悲憂、表白自身之操持，所以語言形式極不固定。韓愈〈琴操十首〉之中，〈將歸操〉、〈龜山操〉、〈拘幽操〉、〈殘形操〉四首，使用騷體之句式寫作，朱熹收入《楚辭後語》之中，已如前述。而〈猗蘭操〉、〈岐山操〉、〈履霜操〉以整齊四言句式寫作，〈越裳操〉、〈雉朝飛操〉以四言長短句式寫作，〈別鶴操〉以五言長短句式寫作，句法極富變化。在韻律方面，〈將歸操〉協尤韻，〈猗蘭操〉協陽、先、宥、有韻，〈龜山操〉協霽韻，〈拘幽操〉協庚韻，〈岐山操〉協車、陽、語、支韻，〈履霜操〉協支韻，〈雉朝飛操〉協質、微韻，〈別鶴操〉協微韻，〈殘形操〉協支韻，韻部寬、換韻也極爲自由，這些都頗符合古樂府之體式。

但是，韓愈援用樂府古題，亦作成若干變化。就作法而言，古樂府之命題皆有主意，琴曲歌辭更有其史實根據，代言古人心志，本已極爲困難，何況韓愈撰作〈琴操〉之時，已有蔡邕等之「琴曲歌辭」

〔註25〕參見宋・郭茂倩《樂府詩集》第五十七卷〈琴曲歌辭〉一，第822頁，里仁書局。

〔註26〕參見《淵穎吳先生文集》卷九，轉引自吳文治《韓愈資料彙編》第659頁，學海出版社，民國73年4月。

〔註27〕參見朱熹《昌黎先生集考異》卷一，第11頁，上海古籍出版社，1985年2月。

完成在先，韓愈之創作空間十分狹窄。韓愈本其精湛之學養、過人之想像能力，就前人未曾措意之處，契入古聖賢之心靈，將「代言」手法，發揮得淋漓盡致。如〈將歸操〉就「臨河不濟」代孔子抒心聲，〈猗蘭操〉借「蘭性」代言孔子之心志，〈龜山操〉全就「龜山」爲喻，代孔子身申述悃款不移之忠忱，〈越裳操〉以「歸美祖德」代言周公謙敬斂退之情操，〈拘幽操〉以「臣罪當誅，天王聖明」道出文王淳淨之人格，皆與蔡邕〈琴操〉之代言角度不同，因此，韓愈雖有可能受到蔡邕之影響，對於古聖賢心志之掌握，實更具體傳神。

就體製觀之，韓愈〈琴操十首〉誠屬假設模擬之作；然而就內涵而論，則有頗多創新之成分。例如：蔡邕〈將歸〉、〈龜山〉、〈越裳〉三首原辭甚短，僅三兩句；而韓愈則不但篇幅加長，內容增加，而且手法翻新。蔡邕〈拘幽操〉原辭甚長，韓愈則縮短篇幅，以更精確之語句，傳述文王之人格，境界遠高於蔡作。再如〈別鶴操〉，古辭爲七言詩，共三句，且詞冗氣緩，韓愈則以五言長短句寫成。韓愈代孔子、周公、文王、古公亶父抒發心聲，都有對其嘉言懿行表達認同、景仰之意；代尹伯奇鳴冤，意在表彰純孝；代牧犢子訴苦，則在自歎遇合無期；代商陵穆子傾訴仳離之悲，則有憐憫家庭悲劇之意；代曾子說夢，則或有慨歎吉凶無常之意，凡此，皆爲古琴操所無之內涵，可見韓愈雖以擬古之形式寫作，實有新義含藏其中總之，韓愈〈琴操十首〉雖前有所本，屬於沿襲舊題樂府所作的樂府詩；然而，韓愈本其淵博之學問根柢，銳敏之想像能力，精心結撰，不論形式、內涵、技巧，都有高度成就。夏敬觀〈說韓〉嘗云：「〈琴操〉、〈皇雅〉一類詩，皆非深於文者不能作。」〔註 28〕程學恂《韓詩臆說》甚至以爲：「〈琴操十首〉皆勝原辭，皆能得聖賢心事，有漢魏樂府所不能及者。」〔註 29〕揆諸〈琴操十首〉，洵非虛言。

〔註 28〕 見夏敬觀《唐詩說》，第 77 頁，臺灣：河洛圖書出版社，民國 64 年 12 月。

〔註 29〕 見程學恂《韓詩臆說》，第 54 頁，臺灣：商務印書館，民國 59 年 7

〈琴操十首〉之外，韓愈另有不少仿擬樂府舊題之作。如贈劉師命之〈劉生〉詩，便是一例。這首詩作於德宗貞元二十一年，時韓愈在陽山。劉師命本爲俠士，胸懷灑落，有異凡庸；棄家遠游，浪跡天下；曾造訪韓愈於陽山，韓愈以聖賢之道誘進之，久而文字可觀。清．方世舉《韓昌黎詩編年箋注》云：

> 〈古樂府解題〉云：「劉生不知何代人，觀齊、梁以來所爲劉生詩者，皆稱其任俠豪放，周游於五陵三秦之地，大抵五言四韻，意亦相類。」公以師命姓劉，其行事頗豪放，故用舊題贈之，而更爲七言長篇。集中有用樂府舊題而效其體者，如：〈清清水中蒲〉及〈有所思聯句〉是也。有用樂府舊題而變其體者，如：〈猛虎行〉及此詩是也。〔註30〕

〈劉生〉原爲古樂府橫吹曲，以五言爲主，歌詠任俠豪放之題材。韓愈改爲三十一句，句句入韻之七言長篇，朱彝尊稱之爲「燕歌行體」。韓愈不但援用樂府古題，而且兼採其詠豪俠之本旨，然而通篇紀實，也形成一種新體製。由此不難看出韓愈脫化古樂府之方法。

相同之情況亦見之於韓愈〈有所思聯句〉、〈南山有高樹行贈李宗閔〉、〈猛虎行〉等詩。按〈有所思〉本爲樂府古題，在漢代以長短句爲主要形式，六朝以來，始改爲五言八句體。韓愈用之以爲聯句詩，前四爲孟郊所作，後四爲韓愈之手筆。變化運用之妙，令人稱葴。〈南山有高樹行贈李宗閔〉，其體本自古樂府〈飛來雙白鵠〉。韓愈在詩中託鳥爲喻，虛構一則鳥類寓言，表達其對李宗閔貶官之看法。〈猛虎行〉亦爲樂府古題，但是韓愈之〈猛虎行〉篇幅加長，而且託以新意，聲色具厲，不如〈南山有高樹行贈李宗閔〉蘊藉有味。

（二）援用漢代古詩而變其體式

韓愈之古體詩另一個取資來源爲漢魏古詩，例如〈感春四首〉第一首云：

月。

〔註30〕轉引自錢仲聯《韓昌黎詩繫年集釋》卷二，第223頁，學海出版社。

> 我所思兮在何所？情多地遐兮徧處處。東西南北皆欲往，千江隔兮萬山阻。春風吹園雜花開，朝日照屋百鳥語。三盃取醉不復論，一生長恨奈何許！（《集釋》卷四）

按本詩前四句之體式仿自張衡〈四愁詩〉，且比興無端，頗有超越張衡之處。按張衡〈四愁詩〉云：「我所思兮在太山，欲往從之梁甫艱。」、「我所思兮在桂林，欲往從之湘水深。」、「我所思兮在漢陽，欲往從之隴蚰長。」、「我所思兮在雁門，欲往從之雪紛紛。」太山、桂林、漢陽、雁門，分別代表東、南、西、北，明顯可知韓愈前四句倣自張衡〈四愁詩〉之意，但在句法方面，作了改變。

再如韓愈〈病鴟〉一詩係由東漢朱穆與劉伯宗絕交詩脫化而來。所謂鴟，據《說文》，即鳶鳥。是鳥中之貪惡者，性好攫奪而善飛。以鴟爲喻，早在朱穆〈與劉伯宗絕交詩〉中已有先例。詩云：

> 北山有鴟，不潔其翼。飛不定向，寢不定息。飢則木攬，保則泥伏。饕餮貪汙，臭腐是食。塡腸滿嗉，嗜欲無極。長鳴呼鳳，鳳之所趣，與子異域，永從此別，各自努力。〔註31〕

韓愈〈病鴟〉則變四言之體爲五言長篇，詩云：

> 屋東惡水溝，有鴟墮鳴悲。有泥揜兩翅，拍拍不得離。群童叫相召，瓦礫爭先之。計校平生事，殺卻理亦宜。奪攘不愧恥，飽餐盤天嬉。晴日占光景，高風送追隨。遂凌紫鳳群，肯顧鴻鵠悲？今者運命窮，遭逢巧丸韶，中汝要害處，汝能不得施。於吾乃何有，不忍乘其危。丐汝將死命，浴以清水池。朝餐輟魚肉，暝宿防狐狸。自知無以致，蒙德久猶疑。飽入深竹叢，飢來傍階基。亮無責報心，固以聽所爲。昨日有氣力，飛跳弄藩籬。今晨忽徑去，曾不報我知。僥倖非汝福，天衢汝休窺。京城事彈射，豎子豈易欺？勿諱泥坑辱，泥坑乃良規。（《集釋》卷九）

韓愈先述鴟鳥落入水溝，群童爭相抛擲瓦礫，欲擊殺之。再述施以援手，畜養於庭中，療養傷勢。然而，鴟鳥「自知無以致，蒙德久猶疑」，

〔註31〕 轉引自錢仲聯《韓昌黎詩繫年集釋》卷九，第1027頁，學海出版社。

「亮無責報心，固以聽所爲」，最後之回應竟是「今晨忽徑去，曾不報我知」。此詩若持與朱穆之作相較，朱氏以鴟鳥與鳳鳥作爲對比，表達其決裂之意；韓愈則集中表現鴟鳥「受恩而背去」之負面性格，於是鴟鳥遂成爲負心人之象徵。再如韓愈〈利劍〉云：

> 利劍光耿耿，佩之使我無邪心。故人念我寡徒侶，持用贈我比知音。我心如冰劍如雪，不能刺讒夫，使我心腐劍鋒折。決雪中斷開青天，噫！劍與我俱變化歸黃泉。（《集釋》卷二）

本詩初看似在吟詠利劍，細繹詩意，實爲譏刺讒夫而作。全詩語調奇險，迹近風謠。此種詩格顯然學自漢代古詩。再如〈寄崔二十六立之〉云：

> 童稚見稱說，祝身得如斯，儕輩妒且熱，喘如竹筒吹。老婦願嫁女，約不論財貲。老翁不量分，累月笞其韶。攪攪爭附託，無人角雌雄。由來人間事，翻覆不可知。……（《集釋》卷八）

此詩之語調亦本古歌詞，波瀾反覆，極力鋪張，文法自漢、魏而來。清・張鴻即指出：從古樂府出，如：〈木蘭〉、〈羅敷〉諸詩。〔註 32〕詳細比對，則其排比之處，確實與古詩十分神似。此外〈嗟哉董生行〉一詩，長短句式交錯行之，顯然規橅古詩〈洛陽令王君歌〉而來。再如〈瀧吏〉一詩，通篇措辭詼諧，實乃揚雄〈解嘲〉、班固〈賓戲〉之變調。至於〈奉和虢州劉給事使君三堂新題二十一詠〉中〈孤嶼〉一詩：「朝游孤嶼南，暮戲孤嶼北。所以孤嶼鳥，與公盡相識。」（《集釋》卷八）句法明顯汲用〈江南可採蓮〉：「魚戲蓮葉南，魚戲蓮葉北。」並略作變化。

（三）師法建安詩歌之格調

建安詩歌，音情頓挫，明朗剛建。唐・陳子昂提倡漢魏風骨，就是要恢復、發揚建安文學之優良傳統。其〈與東方左史虬修竹篇序〉

〔註 32〕 轉引自錢仲聯《韓昌黎詩繫年集釋》卷八，第 866 頁，學海出版社。

云：「文章道弊，五百年矣，漢魏風骨，晉宋莫傳。」韓愈對此頗有同感，在〈薦士〉詩中亦云：「建安能者七，卓犖變風操。逶迤抵晉宋，氣象日凋耗。」因此，對代表漢魏風骨之建安詩，亦有所師法。宋・范溫《潛溪詩眼》嘗論杜甫、韓愈學建安之作云：

> 建安詩辯而不華，質而不俚，風調高雅，格力遒壯。其言直致而少偶對，指事情而綺麗，得風雅騷人之氣骨，最爲近古者也。一變而爲晉宋，再變而爲齊梁。唐諸詩人，高者學寫陶謝，下者學徐庾。惟老杜李太白韓退之早年皆學建安，晚乃各自變成一家耳。如老杜〈崆峒〉、〈小麥熟〉、〈人生不相見〉、〈新安〉、〈石壕〉、〈新昏〉、〈垂老〉、〈無家別〉、〈夏日〉、〈夏夜歎〉，皆全體作建安語。今所存集第一第二卷中頗多。韓退之〈孤臣昔放逐〉、〈暮行河堤上〉、〈重雲〉、〈贈李觀〉、〈江漢〉、〈答孟郊〉、〈歸彭城〉、〈醉贈張秘書〉、〈送靈師〉、〈惠師〉，並亦皆此體，但頗自加新奇。……〔註 33〕

明・胡震亨《唐音癸籤》卷七〈彙評三〉亦提出相同之論點：

> 昌黎博大而文，其詩橫騖別驅，嶄絕崛強，汪洋大肆而莫能止。〈秋懷〉數首，及〈暮行河堤上〉等篇，風骨頗逼建安。但新聲不類，蓋正中之變也。〔註 34〕

細繹韓愈〈赴江陵途中寄贈王二十補闕李十一員外李二十六員外翰林三學士〉、〈暮行河堤上〉、〈北極一首贈李觀〉、〈重雲一首李觀疾贈之〉、〈江漢一首答孟郊〉、〈答孟郊〉、〈歸彭城〉、〈醉贈張秘書〉、〈送靈師〉、〈送惠師〉各詩或述離別、或攄懷抱、或慰友疾、或刺傷亂、或褒惜僧徒、無不感事陳詞，筆力馳騁；詳切懇惻，氣骨能勁。此當爲韓愈枕藉建安，步武老杜之結果。因能於格調、氣象兩方面，上承漢魏風骨。

〔註 33〕見宋・范溫《潛溪詩眼》，引自郭紹虞《宋詩話輯佚》三一三頁，臺灣華正書局，1981 年 12 月。

〔註 34〕見明・胡震亨《唐音癸籤》卷七〈彙評三〉，轉引自吳文治《韓愈資料彙編》第 831 頁，學海出版社，民國 73 年 4 月。

二、韓詩與六朝文學

（一）韓詩對《文選》之取資

韓愈雖於〈薦士〉詩云：「逶迤抵晉宋，氣象日凋耗。」然因唐代舉進士，試以詩賦，不能不熟讀《文選》，故於選詩，亦有所取資。最早提出此說者爲樊汝霖。據宋・魏仲舉《五百家注昌黎文集》引樊汝霖曰：

> 〈秋懷詩〉十一首，《文選》體也。唐人最重《文選》學，公以《六經》爲諸儒唱，《文選》弗論也。獨於李邠墓誌之曰：『能暗記〈論語〉、〈毛詩〉、《左氏》、《文選》。』而公詩如「自許連城價」、「傍砌看紅藥」、「眼穿長訝雙魚斷」之句，皆取諸《文選》，故此詩往往有其體。〔註35〕

但是此說遭到宋・劉辰翁之反對，謂：「〈秋懷詩〉終是豪宕，非《選》體也。」（《集釋》卷五引）而朱熹〈跋病翁先生詩〉則云：

> 李、杜、韓、柳，初亦皆學選詩者。然杜、韓變多，而柳、李變少。變不可學，而不變可學。故自其變者而學之，不若自其不變者而學之。乃魯男子學柳下惠之意也。〔註36〕

清・方世舉《韓昌黎詩編年箋注》云：

> 樊、劉二説皆有可取，蓋學《選》而自有本色者也。〔註37〕

韓詩學選之問題，清人續有考徵，前北大教授李詳〈韓詩證選〉出，獲得更豐富之驗證。李詳先生長文，發表表於一九〇九年〈國粹學報〉第五十三、五十四、五十七、五十八等四期之中，全面察考韓愈詩，共有七十一首明顯取資《文選》之作品。〔註38〕茲據此文，舉例說明

〔註35〕 見宋・魏仲舉《五百家注昌黎文集》卷一，第30～31頁，臺灣：商務印書館《景印四庫全書》集部二三，民國75年7月。

〔註36〕 見朱熹〈跋病翁先生詩〉，轉引自吳文治《韓愈資料彙編》第410頁，學海出版社，民國73年4月。

〔註37〕 清・方世舉《韓昌黎詩編年箋注》，轉引自錢仲聯《韓昌黎詩繫年集釋》卷五，第561頁，學海出版社。

〔註38〕 參見李詳《韓詩證選》《國粹學報》第五十三期，第7149～7155頁，第五十四期，第7289～7292頁，第五十六期，第7575～7582頁，

韓愈詩取資於《文選》之情形。

「白露下百草，蕭蘭共彫悴」(〈秋懷詩〉十一首)

出自：宋玉〈九辯〉:「白露既下百草兮。」劉孝標〈廣絕交論〉:「蕭艾與芝蘭共盡。」

「駿嗜非貴獻」(〈秋懷詩〉十一首)

出自：嵇康〈與山巨源絕交書〉:「野人有快炙背而美芹子者，欲獻之至尊，雖有區區之意，亦已疏矣。」

「無爲兒女態」(〈北極一首贈李觀〉)

出自：曹植〈贈白白馬王彪〉:「憂思成疾疢，無乃兒女仁。」

「妥貼力排奡」(〈薦士〉)

出自陸機〈文賦〉:「或妥貼而易施。」

「川原遠近蒸紅霞」(〈桃源圖〉)

出自左思〈蜀都賦〉:「蒸雲氣以爲霞」

「天位未許庸夫干」(〈永貞行〉)

出自班固〈王命論〉:「又況么麼不及數子，而欲闇干天位者乎。」

「明珠青玉不足報」(〈鄭群贈簟〉)

出自：張衡〈四愁詩〉:「美人贈我貂襜褕，何以報之明月珠。」又「美人贈我錦繡緞，何以報之青玉案。」

「棗下悲歌徒纂纂。」(〈游青龍寺〉)

出自潘岳〈笙賦〉:「棗下纂纂」歌曰：「棗下纂纂，諸實離離。」

「朝暮盤差惻庭闈」(〈送區宏南歸〉)

出自束皙〈補亡詩〉:「眷戀庭闈，心不遑安，馨爾夕膳，絜爾晨餐。」

「川原曉服鮮，桃李晨妝靚。」(〈東都遇春〉)

出自顏延之〈三月三日曲水詩序〉:「靚妝藻野，炫服縟川。」

第五十七期，第7713～7716頁，1909年3、4、6、7月。份臺灣商務印書館合訂本。

「已呼孺人戛鳴瑟，更遣稚子傳清杯」(〈感春〉)

出自江淹〈恨賦〉:「左對孺人，右顧孺子。」

「珊瑚碧樹交枝柯」(〈石鼓歌〉)

出自班固〈西都賦〉:「珊瑚碧樹，周阿而生。」

「文章自傳道，不仗史筆垂。」(〈寄崔二十六立之〉)

出自曹丕《典論·論文》:「古之作者，寄身於翰墨，見意於篇籍，不假良史之辭，不託飛馳之勢，而聲名自傳於後。」

「長懷絕無已。」(〈遠游聯句〉)

出自江淹〈恨賦〉:「長懷無已。」

「從軍古云樂。」(〈晚秋郾城聯句〉)

出自王粲〈從軍行〉:「從軍有苦樂。」

「空聞漁父叩舷歌。」(〈湘中〉)

出自屈原〈漁父〉:「鼓枻而去。」

「郎署何須歎二毛。」(〈奉和盧四兄元日朝回〉)

出自潘岳〈秋興賦〉:「晉十有四年，余春秋三十有二，始見二毛。以太尉掾兼虎賁中郎將，寓直於散騎之署。」

「傍砌看紅藥。」(〈和韻八十二韻〉)

出自謝朓〈直中書省詩〉:「紅藥當階翻。」

「耳熱何辭數爵頻」(〈酒中留上襄陽李相公〉)

出自楊惲〈報孫會宗書〉:「酒酣耳熱。」曹植〈箜篌引〉:「樂飲過三爵。」

「遠勝登仙去，飛鸞不暇磹。」(〈送桂州嚴大夫〉)

出自江淹〈別賦〉:「磹鸞騰天。」

由此二十例觀之，可見韓愈對《文選》之取資集中在六朝詩文之字句方面，韓愈大體以六朝人之詩文字句爲本源，而臨文之際，重加鑄鍊，此所以能既去陳言，又字字有來歷也。

(二) 韓詩對陶、謝之取資

陶潛天資既高，趨詣又遠，詩風沖淡自然。蘇軾謂其詩：「質而實綺，癯而實腴。」姜夔亦謂：「散而莊，澹而腴。斷不容作邯鄲步也。」(《白石道人詩說》)

唐代詩人之中，王維、孟浩然、韋應物、柳宗元，都以學陶著稱。至於韓愈，其人格氣質與風格特徵，實與陶潛迥不相類。然而，陶詩之根柢，亦有自經術來者。例如〈榮木〉一首，歎流年之既往，恐術業之無成；〈詠貧士〉一詩，不啻為「君子固窮」注腳；〈飲酒〉末章，抱道統絕續之憂；此種襟懷，實與韓愈並無二致。

韓愈在〈薦士〉中論及詩家源流，雖遺漏陶潛，並不意味韓愈與陶詩毫無關聯。在文章方面，韓愈〈送王含秀才序〉曾提及陶潛，謂：

> 吾少時讀〈醉鄉記〉，私怪隱居者無所累於世，而猶有是言，豈誠旨於味邪？及讀阮籍、陶潛詩，乃知彼雖偃蹇不欲與世接，然猶未能平其心，或為事物是非相感發，於是有託而逃焉者也。若顏氏之操瓢與簞，曾參歌聲若出金石，彼得聖人而師之，汲汲每若不可及，其於外也固不暇，尚何麴櫱之託而昏冥之逃邪？吾又以為悲醉鄉之徒不遇也。(〈校注〉卷四)

可知韓愈讀阮籍、陶潛詩，洞悉其內蘊，視陶潛為「有託而逃者」，並以「不得聖人而師之」為憾。在詩歌方面，另有〈桃源圖〉涉及陶潛。此詩本為題畫詩，卻是反對道教神仙思想之代表作之一。

按陶潛〈桃花源詩并記〉云：「奇蹤隱五百，一朝敞神界。」本與神仙無涉，然因好事者轉相祖述，遂附會神仙之說。王維〈桃源行〉云：「初因避地去人間，更問成仙遂不還。」又云：「春來遍是桃花水，不辨仙源何處尋。」已推求過度，混入神仙之語。劉禹錫有〈游桃源詩一百韻〉中述神仙事云：「羽人顧我笑，勸我稅歸軛，因話近世仙，聳然心神惕。……言畢依庭樹，如煙去無迹。」完全描述昇仙。康駢《劇談錄》云：「淵明所記桃花源，今鼎州桃花觀即是其處。自晉宋以來，由此上昇者六。」《雲笈七籤》引司馬紫薇〈天地宮府圖〉云：

「第三十五桃源山洞，周迴七十里，名曰白馬玄光天，在玄州武陵縣，屬謝眞人治之。」錢仲聯先生曰：「公詩所破，乃此類神仙誕說，及夢得所詠近事也。」〔註39〕

韓愈取法陶潛之作，並非上述兩例，而是別有其他作品。如〈北極一首李觀疾贈之〉，蔣抱玄評曰：「不求奇而層折有致，頗得淵明沖淡之致。」(《集釋》卷一引)；〈秋懷詩十一首〉清・朱彝尊評曰：「以精語運淡思，兼陶謝兩公。」(〈集釋〉卷五引)；〈晚菊〉一首，清・朱彝尊評曰：「興趣近淵明，但氣脈太今。」(《集釋》卷七)；〈南溪始泛〉三首，宋・胡仔《苕溪漁隱叢話》引《蔡寬夫詩話》云：「退之詩豪健雄放，自成一家，世恨其深婉不足。〈南溪始泛〉三篇，乃末年所作，獨爲閒遠，有淵明風氣。」(《集釋》卷十二引)由此可知韓愈確曾師法陶詩。然而這一類詩歌，在韓愈作品中，究竟屬於極少數之例子。韓愈嘗謂：「姦窮變怪得，往往造平淡。」關於韓詩學陶之問題，或許應作如是觀。

至於謝靈運，前賢多賞其天資奇麗，運思精鑿，以險爲主，自然爲工，鮑照比之爲「初日芙蓉」，湯惠休擬之如「芙蓉出水」，敖孫陶喻之爲「東海揚帆，風日流麗。」韓愈〈薦士〉謂：「中間數鮑謝，比近最清奧。」靈運好山水之遊，所作山水詩，於流覽閒適之餘，時時浹洽理趣。故清・方東樹《昭昧詹言》卷四嘗謂：

> 讀陶公詩，專取其眞事、眞景、眞情、眞理、眞不煩繩削而自合，謝鮑則專事繩削，其佳處則在以繩削而造於眞。〔註40〕

「眞實自然」與「巧奪天工」，殆爲陶謝詩最大分野。誠如清・姚範所言：「康樂詩頗多六代強造之句，其音響作澀，亦杜韓所自出。』」〔註41〕謝詩匠心獨運，思深氣沉，不輕率爲文，其用字之嚴，較之韓愈、黃庭堅，實不遑多讓。方東樹《昭昧詹言》卷四又云：

〔註39〕參見錢仲聯《韓昌黎詩繫年集釋》卷八，第913頁，學海出版社。
〔註40〕見清・方東樹《昭昧詹言》卷四，廣文書局，民國51年8月。
〔註41〕見清・方東樹《昭昧詹言》卷四，廣文書局，民國51年8月。

……學者取鮑謝奇警句法，而仍須自加以神明作用乃妙。深觀杜韓，則謝之爲謝，杜韓之爲善學，而妙皆自見矣。蓋杜韓能兼鮑謝，鮑謝不能有杜韓也。〔註42〕

方東樹《昭昧詹言》卷四又云：

謝之比杜韓，則謝似班固，杜韓似史遷。〔註43〕

韓愈每作山水之遊，皆有詩紀其事。如遊洛北惠林寺有〈山石〉，貶陽山時，有〈湘中〉、〈同冠峽〉、〈貞女峽〉；由郴州赴江陵途中遊衡嶽廟，有〈謁衡岳廟遂宿嶽寺題門樓〉、〈岣嶁山〉；過洞庭有〈岳陽樓別竇司直〉之作，都是著名的紀遊之作。至於〈送惠師〉、〈遠游聯句〉則爲記載他人之游蹤，寫景入細，而句法峭折，清新遠奧，此種格調，當淵源有自。如〈同冠峽〉、〈次同冠峽〉，清・朱彝尊評謂：「大抵師謝客而加以俊快。」。〈南山詩〉，清・徐震自山水詩之發展角度評曰：

以韻語刻畫山水，原於屈宋。漢人作賦，鋪張雕繪，益增繁縟。謝靈運乃變之以五言短篇，務爲清新清麗，遂能獨闢蹊徑，擅美千秋。昌黎〈南山〉，取杜陵五言大篇之體，攝漢賦鋪張雕繪之工，又變謝氏軌躅，亦能別開境界，前無古人。〔註44〕

再看韓愈詩在字句方面，取資謝靈運詩之處，更能說明兩人之淵源關係。如：

「明昏無停態，頃刻異狀候。」(〈南山〉)

出自：謝靈運〈石壁精舍還湖中作〉：「昏旦變氣候。」

「顧眄勞頸脰。」(〈南山〉)

出自：謝靈運〈初發彊中作〉：「顧眄脰未悁。」

「空懷焉能果。」(〈赴江陵途中寄贈王二十補闕李十一員外李二十六員外翰林三學士〉)

出自：謝靈運〈富春渚〉：「始果遠游諾。」李善注曰：「果猶遂。」

〔註42〕 見清・方東樹《昭昧詹言》卷四，廣文書局，民國51年8月。
〔註43〕 見清・方東樹《昭昧詹言》卷四，廣文書局，民國51年8月。
〔註44〕 轉引自錢仲聯《韓昌黎詩繫年集釋》，第462頁，學海出版社。

「日攜青雲客，探勝窮濱涯。」（〈送惠師〉）

出自：謝靈運〈登石門最高頂〉：「安得同懷客，共登青雲梯。」

「輾轉嶺猿鳴，曙燈青睒睒。」（〈陪杜侍御游湘西兩兩寺獨宿有題一首因獻楊常侍〉）

出自：謝靈運〈從巾竹澗越嶺西行〉：「猿鳴誠知曙。」

「猿鳴鐘動不知曙。」（〈謁衡岳廟遂宿嶽寺題門樓〉）

出自：謝靈運〈從巾竹澗越嶺西行〉：「猿鳴誠知曙。」而翻用之。

「孤游懷耿介。」（〈送湖南李正字〉）

出自：謝靈運〈過始寧墅〉：「束髮懷耿介。」

「心跡兩屈奇」（〈寄崔二十六立之〉）

出自：謝靈運〈齋中讀書〉：「心跡雙寂寞。」

「孰謂衡霍期，近在王侯宅。」（〈和裴僕射相公〉）

出自：謝靈運〈初發石首城〉：「息必廬霍期。」

「祕魂安所求。」（〈遠游聯句〉）

出自：謝靈運〈入彭蠡口〉：「異人祕精魂。」〔註47〕

上述諸例，縱不能完全印證韓詩師法謝詩，然而韓愈飽飫謝靈運之作品，變化運用其詞句、意旨，殆爲不爭之事實。

參、結　語

就本文之考察，韓愈對先秦文學之取資，堅守「建立本色」之原則。因此，不論是體製、內涵、風格、氣象，或句法、用韻各方面，都視作品實際需要變化運用。對於《詩經》特別重視其諷諭之精神、比興之手法；對於《楚辭》，則倣法其憂愁幽思、怨而不亂之情懷，此所以能創造出典雅而不失自我風格之作品來。

至於韓愈對於漢代詩歌，有（一）援用樂府古題而變其體式者，如：〈琴操〉十首、〈劉生〉、〈有所思聯句〉、〈南山有高樹行贈李宗閔〉、

〔註47〕同註38。

〈猛虎行〉等詩。(二)援用漢代古詩而變其體式者，如:〈感春四首〉、〈病鴟〉、〈利劍〉、〈寄崔二十六立之〉、〈嗟哉董生行〉等詩。(三)有師法建安之格調者，如:〈赴江陵途中寄贈王二十補闕李十一員外李二十六員外翰林三學士〉、〈暮行河堤上〉、〈北極一首贈李觀〉、〈重雲一首李觀疾贈之〉、〈江漢一首答孟郊〉、〈答孟郊〉、〈歸彭城〉、〈醉贈張秘書〉、〈送靈師〉、〈送惠師〉各詩或述離別、或攄懷抱、或慰友疾、或刺傷亂、或褒惜僧徒、無不感事陳詞，筆力馳騁；詳切懇惻，氣骨遒勁。此當爲韓愈枕籍建安，步武老杜之結果。因能於格調、氣象兩方面，上承漢魏風骨。

韓愈雖於〈薦士〉詩云:「逶迤抵晉宋，氣象日凋耗。」然因唐代舉進士，試以詩賦，不能不熟讀《文選》，故於選詩，亦有所取資。本文曾舉二十詩例爲證，說明韓詩學《文選》。由此二十例觀之，可見韓愈對《文選》之取資，集中在六朝詩文之字句方面。清・章學誠嘗謂:「韓退之曰:『記事者必提其要，纂言者必鉤其玄。』……蓋亦不過尋章摘句，以爲撰文之資助爾。」韓詩之學《文選》亦可作如是觀。清・方東樹《昭昧詹言》卷五云:「以新意清詞意陳言熟意，惟明遠退之最嚴。政如顏魯公變右軍書，爲古今一大界限。」韓愈顯然激賞〈文選〉諸作之鍊字功夫，亦深知文字是日新之物，若陳陳相因，必日趨臭腐。故韓愈大體以六朝人之詩文字句爲本源，而臨文之際，重加鑄鍊，此所以能既去陳言，又字字有來歷也。至於陶、謝詩，韓愈亦有所取資。於陶，取其天資高、趣詣遠，詩風沖淡自然。於謝，則取其運思精鑿，履險如夷。此所以韓愈山水之遊所作諸詩，每每鏤景入細，句法峭折也。

第六章　韓愈與李杜關係之察考

壹、前　言

韓愈繼李杜之後，崛起於中唐，成爲貞元元和時期之大詩人。然而古人對韓愈之詩歌作品卻呈現愛憎參半之兩極態度；愛者認爲「雖杜甫亦有所不及」，憎者則貶爲「雖健美富贍，終不是詩」。其實，韓詩自有一種「雄直之氣，恢詭之趣，足以鼎峙天壤，模範百世。」〔註1〕李、杜、韓三家詩各有極詣，早在唐司空圖〈題柳柳州集後〉，即已指出：「韓吏部歌詩數百首，其驅駕氣勢，若掀雷挾電，撐抉於天地之間，物狀奇怪，不得不鼓舞而徇其呼吸也。」〔註2〕清沈德潛《唐詩別裁集》卷七亦云：「昌黎從李杜崛起之後，能不相沿襲，別開境界，雖縱橫變化不迨李杜，而規模堂廡，彌見闊大，洵推豪傑之士。」〔註3〕韓愈在詩史中獨樹一幟、自成家言之地位誠然不可動搖。然而論及韓愈與前輩作家之關係時，又以杜甫最受矚目。歷代詩文評論者，對杜韓關係也有較多討論。本文擬根據現存資料，針對韓詩學杜之問題，進行較爲細密之探討。或能印證前賢之論見，對韓愈與杜甫之關係，更深入了解。

〔註 1〕 參見陳三立序程學恂《韓詩臆說語》，臺灣商務印書館。
〔註 2〕 見《古典文學研究資料彙編柳宗元卷》，第 16 頁，臺灣明倫出版社。
〔註 3〕 見吳文治編《韓愈資料彙編》，第 1135 頁，臺灣：學海出版社。

貳、韓愈詩中之杜甫

就《韓昌黎集》來看，韓愈僅僅對少數當代詩人表示推許。如：〈送孟東野序〉云：「唐之有天下，陳子昂、蘇源明、元結、李白、杜甫、李觀，皆以所能鳴。其存而在下者，孟郊東野始以其詩鳴，其高出魏晉，不懈而及於古，其他浸淫乎漢氏矣。」就是一個明顯的例證。宋祈《新唐書・杜甫傳》特別指出：「昌黎韓愈於文章慎許可，至歌詩獨推日：『李杜文章在，光燄萬丈長』誠可信云。」（《新唐書》卷二百零一）統計韓愈提及杜甫之詩篇，共有六首，分別是：〈醉留東野〉、〈感春四首〉之二、〈薦士〉、〈石鼓歌〉、〈酬司門盧四兄雲夫院長望秋作〉、〈調張籍〉。

貞元十四年春，孟郊離開汴州，臨行賦詩作別，韓愈作〈醉留東野〉以酬之。其中有四句云：「昔年因讀李白杜甫詩，常恨二人不相從。吾與東野生並世，如何復躡二子蹤？」在此，透露韓愈昔年嘗讀李杜詩，對於李杜不能長相過從，深感遺憾。細察李杜相互投贈之作，至少有下列數首：如杜甫〈送孔巢父〉詩云：「南尋禹穴見李白，道甫問訊今如何。」〈不見〉詩云：「不見李生久，佯狂眞可哀。」〈春日憶李白〉詩云：「何時一樽酒，重與細論文？」李白〈送杜二〉詩云：「何時石門路，重有金樽開？」〈沙丘城下寄杜甫〉詩云：「思君若汶水，浩蕩寄南征。」這些詩，大概便是「常恨兩人不相從」一語之所本。而韓愈儼然將自己與李杜相提並論。

此外，韓愈在〈感春四首〉之二有六句云：「近憐李杜無檢束，爛漫長醉多文辭，屈原〈離騷〉二十五，不肯餔啜糟與醨。惜哉此子巧言語，不到聖處寧非癡？」這四首詩是韓愈於憲宗元和元年掾江陵，擔任法曹參軍時所作。憲宗即位，雖使韓愈自郴州移官江陵，卻仍受到朝中政敵之制壓，心中之抑鬱，自不待言。因此不免認同李杜之頹廢好酒、爛漫長醉來！按李白〈春日醉起言志〉云：「處世若大夢，胡爲勞其生？所以終日醉，頹然臥前楹。」又〈月下讀酌〉四首之三云：「一尊齊死生，萬事固難審。醉後失天地，兀然就孤枕。」

杜甫〈杜位宅守歲〉詩云：「誰能更拘束，爛醉是生涯。」這種酒傾愁即不來，醉後不知有身之生活態度，對照堅持獨醒的屈原，那麼屈原顯然是個不到「聖處」（酒）之癡人。韓愈之眞意其實並不是譏嘲屈原，而是借屈原發洩自身之感慨。

又韓愈在〈薦士〉詩中云：「國朝盛文章，子昂始高蹈。勃興得李杜，萬類困陵暴。後來相繼生，亦各臻閫隩。」這是就詩歌源流論述唐以來重要詩人。所謂「萬類困陵暴」，當是以奇險硬語形容李杜勃然崛起、無人抵擋之態勢，意在表達韓愈極度之推崇。至如〈石鼓歌〉曰：「張生手持〈石鼓文〉，勸我試作石鼓歌。少陵無人謫仙死，才薄將奈石鼓何？」又〈酬司門盧四兄雲夫院長望秋作〉曰：「嗟我小生值強伴，怯膽變勇神明鑑。馳坑跨谷終未悔，爲利而止眞貪饞。高揖群公謝名譽，遠追甫白感至諴。樓頭完月不共宿，其奈就缺行攙攙。」則以十分虔敬之語氣表示李杜在心中之份量。

韓集提及李杜之詩篇，最值得重視的當推〈調張籍〉，詩云：

> 李杜文章在，光焰萬丈長。不知群兒癡，那用故謗傷？蚍蜉撼大樹，可笑不自量。伊我生其後，舉頸遙相望。夜夢多見之，晝思反微茫。徒觀斧鑿痕，不矚治水航。想當施手時，巨刃磨天揚。垠崖劃崩豁，乾坤擺雷硠。惟此兩夫子，家居率荒涼。帝欲長吟哦，故遣起且僵。翦翎送籠中，使看百鳥翔。平生千萬篇，金薤垂琳琅。仙官敕六丁，雷電下取將。流落人間者，太山一毫芒。我願生兩翅，捕逐出大荒。精神忽交通，百怪入我腸。刺手拔鯨牙，舉瓢酌天漿。騰身跨汗漫，不著織女襄。顧語地上友，經營無太忙。乞君飛霞珮，與我高頡頏。（《集釋》卷九）

這首詩，據清・方世舉《昌黎先生詩集注》之說法，是「有爲而作」的。因爲，同代詩人白居易在〈與元九書〉中大肆抨擊李杜詩缺乏風雅比興，頗有「李杜交譏」之傾向，而與白居易倡和之元稹也在〈杜工部墓誌銘〉之中「揚杜貶李」；韓愈深不以爲然，遂作此詩以平抑元、白。張籍雖爲韓門弟子，其樂府詩卻與元、白之作風相近，因此，韓愈在詩題中著一「調」字，除了「調侃嘲戲」之外，恐怕也有一份「啓發調教」之意！

全篇四十句，起首六句是讚美李杜之名言。謂李杜詩文留存後世，如萬丈光燄，千古常照。不知何故，竟有愚兒，詆毀中傷？猶如蚍蜉欲撼大樹，可笑不知量力。「伊我」四句，描述自己對李杜之崇仰。所謂「舉頸相望」、「夜夢」、「晝思」，都在表白嚮慕之誠。「徒觀」六句，以夏禹治水作比，謙稱雖讀李杜詩文，未能窮源竟委，一探李杜之創作歷程。猶如雖見治水遺跡，卻難知夏禹治水之航程。續以夏禹疏鑿山峽比擬李杜之下筆爲文，設想巨斧一揮，垠堐分裂，參天巨石，搖落谷底，發出如雷巨響。這種化虛爲實之手法，雖非韓愈之獨創，然就比擬之巧、氣勢之雄、造語之奇而言，韓愈堪稱獨步。「惟此」六句，筆峰一轉，接敘李杜家居荒涼、不遇於時之命運。韓愈將李杜在世之處境歸爲天意，謂係天帝欲其永遠吟哦，遂使二人苦樂相繼、沉浮不定，一如剪去翮羽之籠鳥，無法振翅高翔。「平生」六句，敘李杜詩文留存至今，不過百千之一而已，其作有如金薤之書、琳琅美玉，早爲天帝勑令六丁六甲所收取，此蓋暗指今人所見，既非全文，豈可妄自謗傷？「我願」八句，謂己願化生兩翅，於天地八荒之中，上下求索；出於至誠，往往能與李杜之精神相感通，吸取千奇百怪之詩境，入我肚腸。吾詩遂能高至於酌天漿，深至於能拔鯨牙；騰身跨上汗漫宇宙，無需穿著織女之天衣。在此，韓愈自述追隨李杜之心得，可謂是對李杜無上之推崇。結尾四句，評論張籍作詩，經之營之，無乃太忙？因而奉勸他一同向李杜學習。

誠如宋・胡仔《苕溪漁隱叢話》引《雪浪齋日記》所評：「退之參李杜，透機關，於〈調張籍〉詩見之。」〔註4〕韓愈在〈調張籍〉詩中，觝排後人對李杜詩之苛責，揭示李杜詩之精神特質，貢獻自己上下求索、追隨李杜之經驗，並且以這一首詩作爲示範。不論創意鑄

〔註 4〕 見宋・胡仔〈苕溪漁隱叢話前集〉卷十六〈韓吏部〉上，轉引自吳文治編〈韓愈資料彙編〉，第 233 頁，臺灣：學海出版社。

言，都是戛戛獨造，本身便是光燄萬丈之奇觀。

由於前述六首韓詩，皆為李杜並舉，因此，一些清代詩評者如：沈德潛在〈唐詩別裁〉卷七、趙翼《甌北詩話》卷三，皆主張：「昌黎則李杜並尊。」其實，韓愈學杜多於學李，歷代詩評者對於杜、韓關係之討論也遠超過李、韓。根據錢仲聯〈韓愈詩繫年集釋〉所附〈集說〉來統計，前人論及韓愈學杜或持與杜詩作比較之篇章，至少有：（一）〈青青水中蒲〉（二）〈此日足可惜一首贈張籍〉（三）〈古意〉（四）〈答張十一功曹〉（五）〈赴江陵途中寄贈王二十補闕李十一拾遺李二十六員外翰林三學士〉（六）〈岳陽樓別竇司直〉（七）〈永貞行〉（八）〈寒食日出游夜歸張十一院長見示病中憶花九篇因此投贈〉（九）〈答張徹〉（十）〈南山詩〉（十一）〈贈崔立之評事〉（十二）〈送文暢師北游〉（十三）〈祖席二首〉（十四）〈送侯參謀赴河中幕〉（十五）〈石鼓歌〉（十六）〈奉和庫部盧四兄曹長元日朝迴〉（十七）〈盆池五首〉（十八）〈晉公破賊回重拜台司以詩示幕中賓客愈奉和〉（十九）〈左遷至藍關示姪孫湘〉（二十）〈宿曾江口示姪孫湘二首〉（二一）〈詠燈花同侯十一〉（二二）〈早春呈水部張十二員外二首〉（二三）〈奉和杜相公太清宮紀事陳誠上李相公十六韻〉（二四）〈和水部張員外宣政衙賜百官櫻桃詩〉。而前人論及韓愈學李之篇章僅僅以下數篇：（一）〈調張籍〉（二）〈雜詩〉（三）〈盧郎中雲夫寄示送盤谷子詩兩章歌以和之〉。

清・王闓運《湘綺樓說詩》卷一便指出：「韓愈並推李、杜，而實專於杜。」〔註5〕考其原因，或是性情與信念上的差異所致。李白天才橫溢、狂放不羈、好酒鍊丹、學仙學劍、從來不是適合官場之人；而韓愈則為學問篤實、排拒佛道的官紳型詩人，一生宦海浮沉，飽經世故，卒於官守。按宋・周必大《二老堂詩話》云：

> 子美詩「自比稷與契」，退之詩云「事業窺稷契」。子美未

〔註5〕見清・王闓運〈湘綺樓說詩〉卷一，轉引自吳文治編《韓愈資料彙編》，第1560頁，臺灣：學海出版社。

免儒者大言，退之實欲踐之也〔註6〕

又清・方東樹《昭昧詹言》卷八云：

杜韓盡讀萬卷書，其志氣以稷、契、周、孔爲心，又於古人詩文變態萬方，無不融會於胸中，而以其不世出之筆力，變化出之，此豈尋常齷齪之士所能辨哉！〔註7〕

可見韓愈與杜甫有較多之相似性，韓愈學杜多於學李，也就不難理解。

參、前賢對杜韓關係之討論

歸納前人評論杜韓關係之資料，大概可分爲五類：一是杜韓作風之比較，二是自用韻推測詩作之承襲關係，三是自句法之相類說明韓愈之學杜，四是自用意之相類推斷韓愈之學杜，五是自作法之相類推斷韓愈之學杜。

（一）關於杜韓作風之分析比較。如宋・張戒《歲寒堂詩話》卷上有云：

退之詩，大抵才氣有餘，故能擒能縱，顛倒崛奇，無施不可。放之則如長江大河，瀾翻洶湧，滾滾不窮；收之則藏形匿影，乍出乍沒，姿態橫生，變怪百出，可喜可愕，可畏可服也。蘇黃門子由有云：唐人詩當推韓、杜，韓詩豪，杜詩雄，然杜之雄亦可以兼韓之豪也。此論得之。詩文字畫，大抵從胸臆中出，子美篤於忠義，深於經術，故其詩雄而正；李太白喜任俠，喜神仙，故其詩豪而逸；退之文章侍從，故其詩文有廊廟氣。退之詩正可與太白爲敵，然二豪不並立，當屈退之第三。〔註8〕

此段評論分析比較李、杜、韓、三家詩之作風，十分精闢，值得注意。

〔註 6〕 見宋・周必大《二老堂詩話》，轉引自吳文治編《韓愈資料彙編》，第 383 頁。

〔註 7〕 見清・方東樹《昭昧詹言》卷八，臺灣：廣文書局。

〔註 8〕 見清・張介《歲寒堂詩話卷》上，轉引自吳文治編《韓愈資料彙編》，第 258 頁，臺灣：學海出版社。

轉引蘇子由之精語，尤有意義。張戒強調韓愈之才情，認爲韓詩雄奇變怪、波瀾壯闊之風格，都是才情所致，若從〈進學解〉來看，韓愈其實下過極深的學者功夫。杜甫也自稱「讀書破萬卷」，可見杜韓都是以學問爲根柢的詩人。韓文杜詩所以號稱「不蹈襲」，所以被譽爲「無一字無來歷」，原因在此。韓愈「約六經爲文」，杜甫「篤於忠義，深於經術」，卻同樣對於古人詩文種種技巧境界，融會胸中，變化運用。然因性情或際遇之相異，而有不同之作風。就所謂「韓詩豪，杜詩雄，然杜之雄亦可以兼韓之豪也。」不難獲悉杜甫之博大。此外，明・李東陽《懷麓堂詩話》云：

> 詩有五聲，全備者少，惟得宮聲者最優。蓋可以兼眾聲也。李太白、杜子美之詩爲宮，韓退之爲角，以此例之雖百家可知也。〔註 9〕

其所謂「杜爲宮聲，韓爲角聲」從某一角度來看，正是「杜可以兼韓」之意。至於清・王士禎《帶經堂詩話》卷一則云：

> 宋明以來詩人，學杜子美者多矣。予謂退之得杜神，子瞻得杜氣，魯直得杜意，獻吉得杜體，鄭繼之得杜骨，它如李義山、陳無己、陸務觀、袁海叟輩又其次也，陳簡齋最下。《後村詩話》謂簡齋以簡嚴掃繁縟，以雄渾代尖巧，其品格在諸家之上，何也？〔註 10〕

則是從另一角度分析杜韓作風之關係。王士禎是清代「神韻說」之代表人物，其所謂「神」、「氣」、「意」、「體」、「骨」，皆有詩學批評之特定意義，在此不擬深入探討其內涵；但是，由此不難獲悉韓愈之學杜，絕非僅僅在形式一面，而是在精神氣象一面。清・方東樹《昭昧詹言》云：

> 韓、蘇之學古人，皆求與之遠，故欲離而去之以自立。明

〔註 9〕 見明・李東陽《懷麓堂詩話》，轉引自吳文治編《韓愈資料彙編》，第 712 頁。臺灣：學海出版社。

〔註 10〕 見清・王士禎《帶經堂詩話》卷一，轉引自吳文治編《韓愈資料彙編》，第 712 頁，臺灣：學海出版社。

以來詩家，皆求與人似，所以成剽竊滑熟。〔註11〕

清高宗御選《唐宋詩醇》亦云：

其壯浪縱恣，擺去拘束，誠不簡於李，其渾涵汪洋，千彙萬狀，誠不減於杜。而風骨崚嶒，腕力矯變，得李杜之神而不襲其貌，則又拔奇於二子之外，而自成一家。〔註12〕

皆爲極正確之看法。所謂「學古人，求與之遠」、所謂「得其神而不襲其貌」也是學古人作品之金科玉律。然則韓愈學杜，究在何處別開生面？清・吳喬《圍爐詩話》卷二云：

于李杜後，能別開生路自成一家者，惟韓退之一人。既欲自立，勢不得不行其心之所喜奇崛之路。于李杜韓後，能別開生路者，惟李義山一人。既欲自立，勢不得不行其心之所喜深奧一路。〔註13〕

清・趙翼《甌北詩話》卷三云：

韓昌黎生平所心摹力追者，惟李杜二公。顧李杜之前，未有李杜：故二公才氣橫恣，各開生面，遂獨有千古。至昌黎時，李杜已在前，縱極力變化終不能再闢一徑。惟少陵奇險處，尚有可推擴，故一眼覷定，欲從此闢山開道，自成一家。此昌黎注意所在也。然奇險處亦自有得失。蓋少陵才思所到，偶然得之；而昌黎則專以此求勝，故時見斧鑿痕跡。有心與無心異也。其實昌黎自有本色，仍在「文從字順」中，自然博大，不可捉摸，不專以奇險見長。恐昌黎亦不自知，後人平心讀之自見。若徒以奇險求昌黎，轉失之矣。〔註14〕

吳喬指出韓愈爲求自立，勢不得不走「奇崛」之路，以「奇崛」作爲韓詩之基本風格，自然是十正確之看法。但看韓愈〈調張籍〉、〈薦士〉、

〔註11〕 見清・方東樹《昭昧詹言〉卷八，臺灣：廣文書局。

〔註12〕 見清高宗御選《唐宋詩醇》卷二七，第568頁，臺灣中華書局。

〔註13〕 見清・吳喬《圍爐詩話》卷二，轉引自吳文治編《韓愈資料彙編》，第963頁，臺灣：學海出版社。

〔註14〕 見清・趙翼《甌北詩話》卷三，廣文書局，古今詩話叢編本，《甌北詩話》，1971年9月出版。

〈送無本師歸范陽〉、〈嘲鼾睡〉、〈南山詩〉諸作即可證明。趙翼進一步說明韓愈追求「奇險」之原因，認爲韓愈生平心摩力追之人惟李白、杜甫，而李杜早已各有樹立、不易超越，惟有杜甫「奇險」一面，尚有開拓空間，遂專力於此。然而韓詩尚有「文從字順」一面堪稱本色，値得注意。細按趙氏之說，頗爲近實，像〈陸渾山火一首和皇甫湜用其韻〉、〈月蝕詩效玉川子作〉、〈雙鳥詩〉之類怪怪奇奇之作，或〈嗟哉董生行〉之類介乎詩文之間的詩篇，固然眩人耳目；較受後世注目的仍是：〈答張十一〉、縣齋讀書〉、〈盆池五首〉、〈晚春〉、〈題楚昭王廟〉之類平易沖淡的律絕；或〈山石〉、〈秋懷詩〉、〈感春四首〉、〈岳陽樓別竇司直〉、〈八月十五夜贈張功曹〉、〈謁衡岳廟遂宿岳寺題門樓詩〉之類，揉合陽剛、陰柔風格之古體詩。

（二）自用韻之相類推斷韓詩學杜。如如宋・邵博《邵氏聞見後錄》卷十八曰：

> 杜子美〈飲中八仙歌〉「知章騎馬似乘船」，又「天子呼來不上船」，用兩「船」字韻；「汝陽三斗始朝天」，又「舉頭白眼望青天」，用兩「天」字韻。「蘇晉長齋繡佛前」，又「皎如玉樹臨風前」，又「脱帽露頂王公前」，用三「前」字韻。「眼花落井水底眠」，又「長安市上酒家眠」，用兩「眠」字韻。〈牽牛織女詩〉「蛛絲小人態，曲綴瓜果中」，又「防身動如律，竭力機杼中」，用兩「中」字韻。李太白〈高陽歌〉云：「鸕鶿杓，鸚鵡杯，百年三萬六千日，一日須傾三百杯」，用兩「杯」字韻。〈廬山謠〉云：「影落前湖青黛光，金闕前開三峰長」，又「翠影紅霞映朝日，鳥飛不到吳江長」，用兩「長」字韻。韓退之〈李花〉詩「冰盤夏薦碧實脆，斥去不御慚其花」，又「誰將平地萬堆雪，剪刻作此連天花」，用兩「花」字韻。〈雙鳥〉詩「兩鳥各閉口，萬象銜口頭」，又「百舌舊饒聲，從此常低頭」，用兩「頭」字韻。〈示爽〉詩「冬岂不夜長，達旦燈燭然」，又「此來南北近，里閭故依然」，用兩「然」字韻。〈猛虎行〉「猛虎死不辭，但慚前所爲」，又「親故且不保，人誰信汝爲」，用

兩「爲」字韻。子美、太白、退之，於詩無遺恨矣。當自有體耶？〔註15〕

又宋・蔡夢弼《草堂詩話》卷二及宋・魏慶之《詩人玉屑》卷七亦有相似意見。〔註16〕《詩人玉屑》引《孔毅夫雜記》指責「韓愈好押狹韻累句以示工，而不知重疊用韻之爲病也。」〔註17〕歷來都認爲韓愈這類用韻方式學自杜甫〈飲中八仙歌〉。其實《昭明文選》所收〈古詩〉、曹子健〈美女篇〉、謝靈運〈述祖德詩〉、〈南圃〉、〈初去郡〉，陸機〈擬古詩〉、阮籍〈詠懷詩〉、江淹〈雜體詩〉、王粲〈從軍詩〉，都有重疊用韻之現象，例證甚多，屢見不鮮。因此蔡夢弼以爲「杜子美、韓退之蓋亦傚古人之作。」魏慶之又另舉出韓愈〈贈張籍〉、〈岳陽樓別竇司直〉、〈盧郎中雲夫寄示盤谷子詩兩章歌以和之〉、〈此日足可惜〉等作亦重疊用韻。

（三）自句法之相類推斷韓愈之學杜。如宋・王楙《野客叢書》卷七，〈韓用杜格〉曰：

杜子美〈逢李龜年〉詩曰：「岐王宅裡尋常見，崔九堂前幾度聞。正是江南好風景，落花時節又逢君。」韓退之〈井〉詩曰：「賈宜宅中今始見，葛洪山下昔曾窺。寒池百尺空看影，正是行人暍死時。」杜詩：「老妻畫紙爲棋局，稚子敲針作釣鉤。」韓詩：「已呼儒人戛鳴瑟，更遣稚子傳清杯。」因知韓詩亦自杜詩來。〔註18〕

又宋・范晞文《對牀夜語》卷一也自句法說明韓愈之學杜甫：

子厚：「西岑極遠目，毫末皆可了。」老杜有：「齊魯青未了。」劉禹錫：「一方明月可中庭。」老杜有「清池可方舟。」

〔註15〕見宋・邵博《邵氏聞見後錄》卷十八，轉引自吳文治編《韓愈資料彙編》，第210頁，臺灣：學海出版社。

〔註16〕見宋・魏慶之《詩人玉屑》，臺灣：商務印書館，人人文庫本，第133頁，1983年9月。

〔註17〕同上。

〔註18〕見宋・王楙《野客叢書》卷七，〈韓用杜格〉，新文豐出版公司，叢書集選本，《野客叢書》，第63頁，1984年6月。

> 退之：「綠淨不可唾。老杜：「自爲青城客，不唾青城池。」乃知老杜無所不有。〔註19〕

杜甫聲稱「語不驚人死不休」，韓愈力求「橫空盤硬語，妥貼力排奡」，韓愈在句法上肯定學自杜甫。從上引二例，已使用「不易其意而造其語」之法，此種變化成句的方法，正是黃山谷的換骨法。

（四）自用意之相類推斷韓愈之學杜。宋・王楙《野客叢書》卷二三，〈韓杜詩意〉曰：

> 子美〈螢〉詩曰：「幸因腐草出，敢近太陽飛。未足臨書卷，時能點客衣。隨風隔幔小，帶雨傍林微。十月霜露重，飄零何處歸。」退之詩曰：「朝蠅不須驅，暮蚊不須拍。蠅蚊滿八區，可盡與相革。得時能幾時，與汝恣啖咋。涼風九月到，埽不見蹤跡。」二詩皆一意，所以諷當世小人妄作威福者爾。〔註20〕
>
> 宋・范晞文曰：「疾惡之意一也。然杜婉微而韓急迫。」〔註21〕

此種不變詩旨而改變措辭之法，正是黃山谷「規模其意而形容之」的奪胎法。

（五）自作法之相類推斷韓詩之學杜。如清・方東樹《昭昧詹言》卷十一〈總論七古〉曰：

> 詩中夾以世俗情態、困苦危險之情，杜公最多，韓亦有之。山水風月，花鳥物態，千奇萬狀，天機活潑，可驚可喜，太白、杜公、坡公三家最長。古今興亡成敗，盛衰感慨，悲涼抑鬱，窮通哀樂，杜公最多，韓公亦然。以事實典重飾其用意，加以造創奇警，語不驚人死不休，此山谷獨有；然亦從杜中得來者，不過加以造句耳。雜以嘲戲，諷諫詼諧，莊語

〔註19〕見宋・范晞文《對牀夜語》卷一，轉引自吳文治編《韓愈資料彙編》，第590頁，臺灣：學海出版社。

〔註20〕見宋・王楙《野客叢書》卷二十三，〈韓杜詩意〉，新文豐出版公司，叢書集選本《野客叢書》，第229頁，1984年6月。

〔註21〕見錢仲聯《韓昌黎詩繫年集釋》，第244頁，臺灣：學海出版社。

悟語，隨興生感，隨事而發，此東坡之獨有千古也。〔註22〕

再如清・陳衍《石遺室詩話》卷二十四曰：

杜陵古詩，往往將後面意撮在前面預說，使人不易看出線索。退之作文之善於蔽掩，即此法也。〔註23〕

杜韓在作法方面確有許多相似之處，據筆者之考察，杜甫詩〈惡樹〉、〈枯柟〉、〈病柏〉〉、〈枯椶〉、〈江頭五詠〉等託物爲喻之手法，韓愈皆加以承襲，在韓詩〈岐山下〉、〈鳴雁〉、〈雜詩四首〉、〈雙鳥詩〉、〈病鴟〉、〈射訓狐〉、〈南山有高樹行贈李宗閔〉等託鳥爲喻之詩作中，充分發揮運用。詳見拙著〈試論韓愈七首託鳥爲喻之古體詩〉。〔註24〕

肆、韓詩學杜之審辨

在前賢論杜韓二家關係之資料中，亦有直指某首韓詩出於某首杜詩者，此種資料數量最多，出入也較大，茲舉數例。如宋・曾季貍《艇齊詩話》曰：「韓退之〈南山〉詩，用杜詩〈北征〉詩體作。」清・朱彝尊〈批韓詩〉謂韓愈〈岳陽樓別竇司直〉、〈赴江陵途中寄贈王二十補闕李十一拾遺李二十六員外翰林三學士〉「近〈北征〉」。清・黃鉞《昌黎詩增注證訛》謂韓詩〈此日足可惜一首贈張籍〉「頗似老杜〈北征〉，第微遜其紆餘卓犖耳。」清・沈欽韓《韓集補注》謂韓詩〈古意〉「與杜甫〈望西嶽〉作意趣同。」清・顧嗣立《昌黎先生詩集注》謂韓詩〈答張徹〉「通首用對句，而以生峭之筆行之，便與律詩大別。少陵〈橋陵〉詩便是此種。」清・李黼平《讀杜韓筆記》謂韓詩〈送侯參謀赴河中幕〉可以和杜甫〈送樊侍御赴漢中〉、〈送長孫

〔註22〕 見清・方東樹《昭昧詹言》卷十一〈總論七古〉，臺灣：廣文書局。

〔註23〕 見清・陳衍《石遺室詩話》卷二十四，轉引自吳文治編〈韓愈資料彙編〉，第1586頁，臺灣：學海出版社。

〔註24〕 詳見《文史學報》十九期，第37～53頁，國立中興，大學，民國78年3月。

侍御赴武威判官〉、〈送從弟亞赴河西判官〉、〈送韋評事充同谷判官〉諸作爭勝。清・朱彝尊謂韓詩〈盆池五首〉「俚語俚調，直寫胸臆，頗似少陵〈漫興〉、〈尋花〉諸絕。」宋・范溫《潛溪詩眼》謂韓詩〈和水部張員外宣政衙賜百官櫻桃詩〉蓋學老杜〈櫻桃詩〉，「然搜求事跡，排比對偶，其言出於勉強，所以相去甚遠。」〔註25〕茲略作審辨如次：

首就韓愈〈古意〉與杜甫〈望岳〉來看，兩詩皆以華山之傳說爲題材。韓愈是從華山之千葉蓮生出感興，強烈表示一種期待君上「膏澤下流」之意旨。而杜甫則句句點題，對華山路徑之險仄，極力形容一番，最後以華山多仙跡，亟欲尋訪仙源作結。二詩之作意，其實性質不同。其次就韓愈〈縣齋有懷〉、〈答張徹〉來看，與杜甫〈橋陵三十韻因呈縣內諸官〉最大的相似處是：皆爲五言長篇排律體。而〈縣齋有懷〉之篇幅達八十句，〈答張徹〉之篇幅達一百句，均較杜作六十句爲長。〈答張徹〉刻意使用生峭之筆法、新奇之屬對，組構成篇；〈縣齋有懷〉還使用仄韻變格，不論運思、對仗都比杜作遒鍊。

再就韓愈〈此日足可惜一首贈張籍〉與〈南山〉來看，其承襲杜甫〈北征〉之跡象則較爲明顯。〈此日足可惜一首贈張籍〉與〈北征〉同爲一百七十句，七百字之長篇五古。韓愈在詩中追溯與張籍結交之初以至今日相別之經過，字字從胸中流出，時而縷敘自身之經歷，全無對偶，卻不覺冗長零散。至於〈南山〉一首極力鋪張南山形勢之險峻，靈異飄緲，光怪陸離。尤其中間連用五十一或字，再用十一疊字，雄奇恣縱，若無過人之才華，必不敢輕易嘗試。其實〈南山〉之格調與〈北征〉並不相同。清・方世舉以文章比況五言長篇，認爲杜甫之〈北征〉屬「序體」，而〈南山〉屬「賦體」。程學恂《韓詩臆說》謂〈南山詩〉，乃「變杜之體與相抗者也」。如〈此日足可惜一首贈張籍〉則是「同杜之體與相和者也。」〔註26〕

張夢機先生曾比較杜甫〈北征〉與韓愈〈南山〉，謂：

〔註25〕詳見錢仲聯《韓昌黎詩繫年集釋》各相關篇目，臺灣：學海出版社。
〔註26〕見程學恂《韓詩臆說》，第4頁，臺灣商務印書館。

在風格上，〈北征〉憂念時事，沉壯鬱勃，〈南山〉以賦爲詩，奇崛壯麗。在用筆上，〈北征〉工敘情事，善用景情相契的創作手法；〈南山〉虛摹物狀，極盡翻空逞奇的高度技巧。在章法上，〈北征〉波瀾老成，開闔盡變；〈南山〉蹊徑曲折，鍼縷細密。至於聲律上，則〈北征〉〈南山〉都平側相諧，音調合古。四者之中，三異一同，各臻極詣，互有千秋。」〔註27〕

由此可見韓愈學杜，又處處想超越杜甫之精神十分堅定。

再看韓愈〈送侯參謀赴河中幕〉與杜甫〈送樊侍御赴漢中〉、〈送長孫侍御赴武威判官〉、〈送從弟亞赴河西判官〉、〈送韋評事充同谷判官〉四首。據〈舊唐書〉：至德二載二月，肅宗幸鳳翔，杜甫至鳳翔在夏四月，拜左拾遺。杜甫在鳳翔所作之五古作品，送判官者即有四篇，各篇之章法、結構皆不同。其時戰亂方殷，天子蒙塵，朝中急需賢臣。杜甫在四首詩中，或敘時事、或詳委任，或表諸判官氣節、才幹、弘濟之能；或敘彼此交誼，或寫諸判官之勤於王事；無不感慨悲壯，諄諄付託，冀其撥亂反正，與尋常之送別迥然不同。韓愈與侯繼於貞元八年同舉進士，元和四年又曾同官學省，韓愈擔任過國子博士，侯繼擔任助教。當時侯繼應河中晉絳慈隰節度使王鍔之辟，因作，〈送侯參謀赴河中幕〉一詩以贈之。此詩亦五古長篇，前半追敘彼此交誼，後半正敘赴河中幕；詩中殷殷寄望侯繼襄助王鍔討平亂事，活彼黎烝。韓愈此詩前人雖有「板實」、「粗硬」之誚，與杜甫四首，確有若干相近之處。然非亦步亦趨之仿擬，而是承襲杜甫眞誠告語，諄諄付託之精神。

再看韓愈〈盆池五首〉與杜甫〈漫興〉、〈尋花〉諸絕句。杜甫經營草堂之時間大致是在上元元年，旅況客愁，極無聊賴，興之所至，遂用竹枝樂府之情調，寫成〈絕句漫興九首〉、〈江畔獨步尋花七絕句〉。〈絕句漫興九首〉是惱春之詞，失意之人，雖見春光爛漫，亦覺

〔註27〕 見張夢機〈杜甫北征與韓愈南山詩之比較〉，《學粹》十七卷二期，民國64年6月。

無所聊賴。「客愁」既為九首之主腦，因此，杜甫借春風以寄牢騷，借燕子以寓感慨；時而有及時行樂之意，時而有傲睨萬物之思。於是酌酒而飲，聊以自適，感慨以終篇。仇註引申涵光之評語謂此九首，頗有鄙俚之語如：「恰似春風相欺得，夜來吹折數枝花」、「莫思身外無窮事，且盡生前有限杯」、「糝徑楊花鋪白氈」，都是例子。這種絕句之寫法，既不似王龍標之渾圓一氣，亦不同於李太白之超軼絕塵，因此不可仿傚。〈江畔獨步尋花七絕句〉亦為徜徉於浣花溪畔之作，與九絕句可視為一類。這七首借「獨步尋花」自嘲顛狂。首章言為花所惱，末章卻疼惜花盡。原來「不是愛花即欲死，只恐花盡老相催」；「悲老惜少」才是全詩之主旨。綜觀杜甫十六首絕句之情調，除去「俚語俚調」、「諧語為戲」之外，與韓愈之〈盆池五首〉並不相同。韓愈多一份體物入微之情趣，而無客愁、悲老之牢騷，小小盆池，寫得熱鬧非凡；其中「忽然分散無蹤影，惟有魚兒作對行」、「且待夜深明月去，試看涵泳幾多星」頗為後人所樂道。

再看韓愈〈石鼓歌〉與杜甫〈李潮八分小篆歌〉。〈李潮八分小篆歌〉一向被視為韓愈、蘇軾〈石鼓歌〉之祖。李潮是杜甫之外甥，擅長八分書，留存後世之書跡有〈唐慧義寺彌勒像碑〉、〈彭元曜墓誌〉，在當時名氣很高。大曆初，相逢於巴東，杜甫作此詩盛讚其成就。此詩為七言古體，共二十八句，大略分為四節：先敘篆書源流，次稱李潮書法，中讚其書得古人眞宗，末結以作歌之意。篇中敘書學源流十分詳備，拉雜緣引古今書家，作為陪襯，以突顯李潮八分書之特異出眾。「書貴瘦硬方通神」是杜甫論書之宗旨，又以「快劍長戟森相向」、「蛟龍盤拏肉倔強」等形像語形容李潮八分書之瘦硬，末尾「我今衰老才力薄，潮乎潮乎奈汝何」二句極力讚歎李潮作結。對照韓愈之〈石鼓歌〉起首四句，「張生手持〈石鼓〉文〉，勸我試作石鼓歌。少陵無人謫仙死，才薄將奈石鼓何？」歷來都認為學自杜甫。〈石鼓歌〉之章法，亦可分為四節：首敘石鼓之來源，次讚張生之紙本；中發議論，力促朝廷重視石鼓；末以石鼓亟待收拾，感歎作結。讚歎石鼓文紙本字形有「年深豈免有缺畫，快劍斲斷生蛟鼉。鸞翺鳳翥眾仙下，珊瑚碧樹交枝柯。金繩鐵索鎖紐壯，古鼎躍水龍騰梭。」之句，明顯承襲杜甫。清・王士禎《池北偶談》云：

> 《筆墨閒錄》云：退之〈石鼓歌〉，全學子美〈李潮八分小篆歌〉。此論非是。杜此歌尚有敗筆，韓〈石鼓〉詩雄奇怪偉，不啻倍蓰過之，豈可謂後人不及前人也。〔註 28〕

清・翁方綱《石洲詩話》則謂：

> 〈石鼓歌〉固卓然大篇，然較之〈李潮八分小篆歌〉，則杜有停蓄抽放，韓稍直下矣。但謂昌黎〈石鼓歌〉學杜，則亦不然，韓此篇又自有妙處。〔註 29〕

李潮爲杜甫之親戚，使杜甫作詩揄揚，不免著有主觀情感之色彩。頓挫節奏，較多縱橫轉折之妙。韓愈基於文物之關懷，較能客觀，爲喚起朝廷重視石鼓，自不免一氣直下，缺乏「停蓄抽放」藻潤之美。然〈石鼓歌〉以形似之語，經營出典重瑰奇之氣勢，杜韓二詩其實各有所長。

最後看韓愈〈和水部張員外宣政衙賜百官櫻桃詩〉與杜甫〈野人送朱櫻〉。據唐・李綽《歲時記》云：「四月一日，內園薦櫻桃寢廟，薦訖，班賜各有差。」〔註 30〕據《新唐書・文藝傳》：「中宗景龍二年夏，宴蒲桃園，賜朱櫻。」自此成爲朝廷慣例。上元寶應年間，杜甫在成都，鄉民贈以西蜀朱櫻，忽憶昔日朝賜櫻桃之事，心有所感，因作七律〈野人送朱櫻〉一首。杜甫之外，唐人著名之詠櫻桃詩，尚有王維、韓愈二家。而韓愈一首，歷來皆被視爲學杜之作。其實二詩感興不同。杜作發諸自然，韓詩則爲唱和之作；杜作八句上四紀事，下四感懷，韓詩八句首二溯源，三四敕賜，五六正寫櫻桃，結二句慚汗欲報無路。杜甫因旅居成都，遙隔長安，故有「金盤玉箸無消息，此

〔註 28〕見清・王士禎《池北偶談》，錢仲聯《韓昌黎詩繫年集釋》，第 808 頁，臺灣：學海出版社。

〔註 29〕清・翁方綱《石洲詩話》轉引自錢仲聯《韓昌黎詩繫年集釋》，第 808 頁。臺灣：學海出版社。

〔註 30〕見清・仇兆鰲《杜詩詳註》卷十一，里仁書局，第 902 頁。

日嘗新任轉蓬」之歎；而韓愈則因穆宗昏庸，不足有爲，故有：「食罷自知無所報，空然慚汗仰皇扃」之感。可知韓愈〈和水部張員外宣政衙賜百官櫻桃詩〉或有取法杜甫〈野人送朱櫻〉之處，若謂此詩完全承襲杜甫，並不正確。

伍、結　語

從以上之察考，可知宋代以降，論及韓愈與杜甫關係之資料，數量既多，且層面甚廣。韓愈平生心摹力追李杜，於杜甫詩藝，尤其嚮往。前賢不論自作風比較、用韻模式、作法作意各方面進行銓衡，都能發現韓愈取法杜甫之蛛絲馬跡，「韓詩學杜」實爲無可置疑之客觀事實。

宋人對杜韓下過極深工夫，對韓詩如何學杜，曾有發人深省之揭示，如：王楙《野客叢談》〈韓用杜格〉、〈韓杜詩意〉，已經指出韓愈學杜之密訣近似黃山谷「奪胎」「換骨」之法；只是爲未曾理論化，並給與定名而已。宋・陳善《捫蝨新話》云：「文人自是好相採取，韓文杜詩號不蹈襲者，然無一字無來處。」又云：「大抵文字中自立語最難，用古人語又難於不露筋骨，此除是倒用大司農印手段始得。」〔註31〕以高明之融鑄功夫，變化成句、吸納舊義，使之成爲自家血肉筋骨，杜甫最是能手。韓愈詩之所以能橫空硬語、奇情鬱起，肯定學自杜甫。

清人趙翼對韓愈走向「奇崛」之路，作了甚具說服力之解釋，但亦提醒後人，韓愈「文從字順中自然博大」之作，更應重視。清人對韓愈繼承杜甫之後發揚光大之詩體，以五七言古體詩最爲留意，認爲：韓愈不僅不相沿襲，而且別開生面。這些意見，已是文學史之定論。

無可否認，某些直指某首韓詩「近似」杜詩，或某首韓詩「出於」杜甫之資料，固有其內在評斷標準，其說亦具一定參考價值；但是，

〔註31〕見宋・陳善《捫蝨新話》卷三，叢書集選本，《捫蝨新話》，第30頁，新文豐出版公司，1984年6月。

單就題材、作法、結構方式之雷同，比附某首韓詩學杜，已不能饜足今人之要求，設若更從創作緣由、思想、意念、風格、諸層面檢視杜韓之類似性，或將更有理論意義。

第七章　韓愈詩內涵之探究

壹、韓愈詩之諷諭色彩

世人論及中唐之諷諭詩，常舉元稹、白居易爲代表，實則韓愈亦有出色之諷諭詩。韓詩之諷諭色彩，常以寓言寄意、託物諷諭、借題發揮，或就事議論之型態呈現。以詩議論，宋人視爲病疵。嚴羽《滄浪詩話》云：「近代諸公以議論爲詩，終非古人之詩。」明．楊愼《升庵詩話》亦云：「唐人詩主情，去《三百篇》爲近；宋人詩言理，去《三百篇》卻遠。」然而，古詩並非完全不可議論。清．沈德潛《說詩晬語》卷下即云：「人謂詩主性情，不主議論。似也，而不盡然。試思二《雅》中，何處無議論？老杜古詩中〈奉先詠懷〉、〈北征〉、〈八哀〉諸作；近體中，〈蜀相〉、〈詠懷〉、〈諸葛〉諸作，純乎議論。但議論須帶情韻以行，勿行傖父面目耳。戎昱〈和番〉云：『社稷依明主，安危託婦人。』亦議論之佳者。」〔註 1〕就《韓昌黎集》來看，韓詩之議論，雖不乏「湊韻」、「取姸」之缺失，大體能帶情韻以行，而非乾枯之論說。其內涵包括「評議時政」、「反映民情」、「規戒官場」、

〔註 1〕 見蘇文擢《說詩晬語詮評》，第 514 頁，文史哲出版社，1985 年 10 月版。

「嘲諷世人」等。此外，亦有針對某些特定人、事、物之諷刺詩，茲舉具體詩例說明之。

一、評議時政，反映民情

韓愈於德宗貞元十二年，應董晉之聘擔任汴州推官，自此步入仕途。三年之後董晉逝世，汴州兵變。總留後事之行軍司馬陸長源被殺。四鄰諸鎮，坐視不救。朝廷君相，更無積極處置。韓愈作〈汴州亂〉二首，記述此一事件。詩中所謂：「諸侯咫尺不能救，孤士何者自興哀。」、「廟堂不肯用干戈，嗚呼奈汝母子何？」皆爲針對當日局勢所發之感歎。此詩在韓愈批評時事諸作中，雖非最早，卻是韓愈以藩鎮屬僚身份，對朝廷政策提出質疑之第一首。

貞元十五年三月，朝廷以河陽、懷州節度使李元淳爲昭義節度使，韓愈在〈送河陽李大夫〉詩中，又云：

> 四海失巢穴，兩都困塵埃。感恩由未報，惆悵空一來。裘破氣不暖，馬羸鳴且哀。主人情更重，空使劍鋒摧。(《集釋》卷一)

即對於時局之紊亂，深感無奈。是年，鄭州、滑州大水，朝士仍無作爲，韓愈又作〈齪齪〉以譏之。詩云：

> 齪齪天下士，所憂在飢寒，但見賤者悲，不聞貴者歎。大賢事業異，遠抱非俗觀。報國心皎潔，念時心汍瀾。妖姬坐左右，柔指發哀彈，酒肴雖日陳，感激寧爲歡？秋陰欺白日，泥潦不少乾，河堤決東都，老弱隨驚湍。天意固有屬，誰能詰其端？願辱太守薦，得充諫諍官。排雲叫閶闔，披腹呈琅玕。致君豈無路，自進誠獨難。(《集釋》卷一)

吾人僅需誦讀前八句，必爲韓愈襟期之宏大，氣度之深厚所震懾。所謂「願辱太守薦，得充諫諍官。排雲叫閶闔，披腹呈琅玕。」絕非一時之虛言，因爲四年後，韓愈在長安任監察御史，即曾上〈天旱人饑疏〉。可知韓愈所感至深，而劍及履及之大賢風範，令人感佩。

貞元十六年，韓愈赴京師朝正，旋歸徐州，作〈歸彭城〉一詩，再次對於彰義軍節度使吳少誠反，鄭州、滑州水災，所帶來之動亂饑饉，表示關切。詩云：

> 天下兵又動，太平竟何時？訏謨者誰子？無乃失所宜。前年關中旱，閭井多死飢。去歲東郡水，生民爲流屍。上天不虛應，禍福各有隨。我欲進短策，無由至彤墀。刳肝以爲紙，瀝血以書辭。上言陳堯舜，下言引龍夔。言詞多感激，文字少葳蕤。一讀已自怪，再尋良自疑。食芹雖云美，獻御固已癡。緘封在骨髓，耿耿空自奇。昨者到京城，屢陪高車馳。周行多俊異，議論無瑕疵，見待頗異禮，未能去皮毛，到口不敢吐，徐徐俟其巇。歸來戎馬間，驚顧似羈雌，連日或不語，終朝見相欺。乘間輒騎馬，茫茫詣空陂，遇酒即酩酊，君知我爲誰？（《集釋》卷一）

詩中充滿無從發洩之痛苦，因爲韓愈憂時傷亂、感憤無聊之情懷，無法藉此次進京之機會，進言於當局。而朝中雖多「俊異」之士，見待亦頗周至，在韓愈看來，不過是虛禮而已；因爲，他們對百姓之痛苦，根本缺乏關顧之心。因此，「歸來戎馬間，驚顧似羈雌，連日或不語，終朝見相欺。乘間輒騎馬，茫茫詣空陂，遇酒即酩酊，君知我爲誰？」數句，較之窮途之哭，更爲沉痛。

再如韓愈〈讀東方朔雜事〉云：

> 嚴嚴王母宮，下維萬仙家。噫欠爲飄風，濯手大雨沱。方朔乃豎子，驕不加禁訶，偷入雷電室，輷輘掉狂車。王母聞以笑，衛官助呀呀。不知萬萬人，生身埋泥沙。簸頓五山踣，流離八維蹉。曰吾兒可憎，奈此狡獪何？方朔聞不喜，褫身絡蛟蛇，瞻相北斗柄，兩手自相挼。群仙急乃言，百犯庸不科？向觀睥睨處，事在不可赦，欲不布露言，外口實喧嘩。王母不得已，顏嚬口齎嗟，頷頭可其奏，送以紫玉珂。方朔不懲創，挾恩更矜誇。詆欺劉天子，正晝溺殿衙。一旦不辭訣，攝身淩蒼霞。（《集釋》卷八）

據宋・魏仲舉《五百家注》引樊汝霖曰：「《漢武帝內傳》云：『帝好長生，七夕，西王母降其宮。有頃，索桃七枚，以四枚與帝，自食三枚，曰：此桃三千年一實。時東方朔從殿東廂鳥牖中窺母，母謂帝曰：此窺牖兒嘗三來偷吾此桃，昔爲太山上仙官，令到方丈，擅弄雷電，激波揚風，風雨失時，陰陽錯遷，致令蛟鯨陸行，崩山壞境，海水暴竭，黃馬宿淵，於是九源丈人乃言於太上，遂謫人間。其後朔一旦乘雲龍飛去，不知所在。』」韓愈素不喜神仙之說，然本詩全本《漢武帝內傳》，意有所譏刺。清・朱彝尊謂：「刺天后時事。」方世舉謂：「刺張宿也。」陳沆《詩比興箋》謂：「此爲憲宗用中官吐突承璀而作也。」。〔註 2〕三家對詩旨之推測，出入甚大。程學恂《韓詩臆說》之意見最爲可採。

誠如程氏所云：「此詩本事點染，以刺當時權倖，且諷時君之縱容，已釀爲禍害也。」〔註 3〕韓愈在詩中，以「王母」比時君，以「東方朔」比權倖，「噫欠爲飄風，濯手大雨沱。」喻時君之權勢，無可比擬。「入電室」，「掉狂車」，喻權倖之興風作浪、翻雲覆雨。「不知萬萬人，生身埋泥沙。」四句，正說明時君寵倖權臣，爲百姓帶來無窮禍害。韓愈或爲全身遠禍，刻意汲取《漢武帝內傳》之故事結構，以遊戲之筆調，譏刺時君。詩旨容或刻意隱誨，欲以此詩「補察時政」之用心則十分明顯。

韓愈除對於時政有所評議之外，於百姓之疾苦，亦有所反映。如〈古風〉一首，即爲貞元以來，各方藩鎮之賦役煩苛而作。詩中所謂：「彼州之賦，去汝不顧；此州之役，去我奚適？」正是善良百姓爲賦役所困，走頭無路之悲慘寫照。再如貞元十九年，京畿饑荒，韓愈在〈赴江陵途中寄贈王二十補闕李十一拾遺李二十六員外翰林三學士〉一詩曾詳盡描述，詩云：

> 是年京師旱，田畝少所收，上憐民無食，征賦半已休。有司恤經費，未免煩徵求。富者既云急，貧者固已流。傳聞閭里間，赤子棄渠溝。持男易斗粟，掉臂莫肯酬。我時出

〔註 2〕見清・陳沆《詩比興箋》卷四，第 481 頁，臺北：藝文印書館，民國 59 年 9 月。

〔註 3〕見程學恂《韓詩臆說》卷三，第 50 頁，臺北：商務印書館，民國 59 年 7 月。

衢路，餓者何其稠？親逢道邊死，佇立久咿嚘。歸舍不能食，有如魚中鉤。適會除御史，誠當得言秋，拜疏移閤門，爲忠寧自謀？上陳人疾苦，無令絕其喉；下言畿甸內，根本理宜優。……（《集釋》卷三）

詩中所述，與魏・王粲〈七哀詩〉所述後漢民間之慘狀，前後輝映。蔣之翹云：「此詩詳切懇惻，其述饑荒離別二段，亦彷彿工部，較勝〈南山〉數籌。」再如：〈宿曾江口示侄孫湘二首〉之一云：

雲昏水奔流，天水漭相圍。三江滅無口，其誰識涯圻？暮宿投民村，高處水半扉。雞犬俱上屋，不復走與飛。篙舟入其家，暝聞屋中唏。問知歲常然，哀此爲生微。海風吹寒晴，波揚眾星輝。仰視北斗高，不知路所歸。（《集釋》卷十一）

所謂曾江口，指廣東增江入東江之口，元和十四年，韓愈貶潮州，途經此地，又見百姓爲水患所苦。大水漭漭，不見涯圻，雞犬上屋，篙舟入家，寫出一幅災民圖。生民之苦、逐客之感，交揉於一詩之中。語語沉痛，悲不能抑。此種反映百姓疾苦之作，惟杜甫〈三吏〉、〈三別〉可以媲美。

二、隱喻政情，攄發感慨

韓愈夙負青雲之志，頗有用世之忱，然而官場生涯屢遭挫折。故韓詩每於觸事讒謗，感慨憤激之餘，以隱曲之筆，揭示當時之政治情態。如貞元十九年所作〈苦寒〉、〈詠雪贈張籍〉、〈題炭谷湫祠堂〉三首，以曲折之筆法，揭示之內容，正是德宗末年任用京兆尹李實、及王叔文、韋執誼等朋黨比周之情形。

以〈詠雪贈張籍〉爲例，全詩之前半，寫雪之飄颻；後半寫雪之積累。但是，字裡行間，充滿弦外之音。此詩前四句云：「只見縱橫落，寧知遠近來。飄颻還自弄，歷亂竟誰催？」清・朱彝尊之評語即謂：「全是隱刺時相，起四句已見大意。以此意看去，方有味。只鑿空形容，更不用套語，眞是妙手。」〔註 4〕本詩後半自「松篁遭挫抑，

〔註 4〕見清・顧嗣立《昌黎先生詩集注》卷九，朱彝尊評語，臺北學生書

糞壤獲饒培」起，嘲諷政局之跡象，更爲鮮明。例如：「隔絕門庭遽，擠排陛級纔。豈堪裨嶽鎮，強欲效鹽梅。隱匿瑕疵盡，包羅委瑣該。」再如：「水官夸傑黠，木氣怯胚胎。……巧借奢豪便，專繩困約災，威貪陵布被，光怪離金罍。」這些句子，其形容刻繪既寓不平之氣，其指摘之具體對象，顯然指向王叔文、韋執誼。此詩雖有清人姚範認爲「凡陋可笑」，然韓愈亟欲揭示德宗朝末期之政治情態，十分明顯。再如〈題炭谷湫祠堂〉亦爲譏訕王、韋之作。詩云：

> 萬生都陽明，幽暗鬼所寰。嗟龍獨何智，出入人鬼間。不知誰爲助？若執造化關。厭處平地水，巢居插天山。列峰若攢指，石盂仰環環。巨靈高其捧，保此一掬慳。森沉固含蓄，本以儲陰姦。魚鼈蒙擁護，群嬉傲天頑。翾翾棲託禽，飛飛一何閑，祠堂像侔眞，擢玉紆烟鬟。群怪儼伺候，恩威在其顏。我來日正中，悚惕思先還。寄立尺寸地，敢言來途艱。吁無吹毛刃，血此牛蹄殷。至令乘水旱，鼓舞寡與鰥。林叢鎮冥冥，窮年無由删。妍英雜豔實，星瑣黃朱班。石級皆險滑，顛躋莫牽攀。尨區雛眾碎，付與宿已頒。棄去可奈何，吾其死茅菅。(《集釋》卷二)

詩中之炭谷湫祠堂在長安城終南山下，祈雨之所也。韓愈表面題詠炭谷湫祠堂，實則所有筆墨皆集中在湫中之龍及倚附其旁之魚鼈禽鳥。詩中之湫龍「出入人鬼間」，「巢居插天山」，且有石盂仰環、巨靈高捧、魚鼈擁護、禽鳥託棲。但是，韓愈以「陰姦」形容之；又謂「群怪儼伺候，恩威在其顏」，又此龍不獨執造化之關，且司恩威之柄。若對照王叔文、王伾等人之傳記，則知詩中數語正指王、韋黨之借機掌權，及德宗幸臣李齊運、李實之倚附亂政。奈此時之王、韋黨人氣燄方殷，故謂「尨區雛眾碎，付與宿已頒。」，鑑於此妖之作怪滋甚，因有有「吁無吹毛刃，血此牛蹄殷」之歎。韓愈自恨不能手刃此妖，僅可伏處待盡，故謂「棄去可奈何，吾其死茅菅」。總之，此詩不論

局版，第465頁，民國56年5月。

自創作緣動機或詩歌內容來考察，皆與德宗末期之政事相關。

順宗即位，不能親政。韋皋上表，請皇太子監國，時憲宗在東宮，已成海內屬心。韓愈作〈東方半明〉云：

> 東方半明大星沒，獨有太白配殘月。嗟爾殘月勿相疑，同光共影須臾期。殘月暉暉，太白睒睒。雞三號，更五點。(《集釋》卷二)

詩中以「東方半明大星沒」喻指順宗使太子監國之事。王叔文、韋執誼時已孤立，仍互為表裡，故以「太白」喻韋執誼，以「殘月」喻指王叔文。據王元啓《讀韓記疑》，順宗時，王叔文用事，執誼不敢違逆叔文，及叔文母死，執誼遂不用其語。

王叔文甚為震怒，擬於復起之後，盡誅悖逆之徒。故篇中殘月相疑之句，正指王叔文之怨怒於韋執誼也。〔註5〕

再如〈龍移〉一詩，則以更為隱曲之筆調，揭示順宗傳位後之情態。詩云：

> 天昏地黑蛟龍移，雷驚電激雄雌隨。清泉百丈化為土，魚鼈枯死吁可悲。(《集釋》卷三)

據清・方世舉《韓昌黎詩編年箋注》云：「以愚推之，此是寓言，乃為順宗傳位而作。『天昏地黑』謂永貞朝事，『蛟龍移』謂內禪，『魚鼈枯死』謂伾、文以及黨人皆斥逐也。」〔註6〕有關順宗朝王、韋黨之記述，尚有〈永貞行〉、〈憶昨行和張十一〉，本文第三章已論及，茲不贅述。

韓愈在元和以後所作詩，亦有多首涉及憲宗朝事。如〈元和聖德詩〉頌揚朝廷討平劉闢、楊惠琳之亂；〈陸渾山火一首和皇甫湜用其韻〉，與元和三年詔舉賢良方正，皇甫湜、牛僧儒、李宗閔指斥時政相關。〈月蝕詩效玉川子作〉為宦官吐突承璀而作。〈瀧吏〉譴責臣僚

〔註5〕見錢仲聯《韓昌黎詩繫年集釋》卷二，第255頁，臺北：學海出版社，民國74年1月。

〔註6〕見清・方世舉《韓昌黎詩編年箋注》，轉引自錢仲聯《韓昌黎詩繫年集釋》卷三，第331頁，臺北：學海出版社，民國74年1月。

誤國；〈猛虎行〉爲殘忍、暴虐、不恤將士諸節度作。皆有其反映現實，揭示眞象之用意。

以〈瀧吏〉而言，韓愈借瀧頭吏之口，罵盡天下不適任之官員。詩云：

……聖人於天下，於物無不容。比聞此州囚，亦有生還儂。官無嫌此州，固罪人所徙。官當明時來，事不待說委。官不自謹愼，宜即引分往。胡爲此水邊，神色久懭慌？甂大缾罌小，所任自有宜。官何不自量，滿溢以取斯？工農雖小人，事業各有守。不知官在朝，有益國家不？得無虱其間，不武亦不文，仁義飾其躬，巧姦敗群倫。(《集釋》卷十一)

此詩作於元和十四年貶謫潮州途中，本欲表現貶所之遠、環境之惡。卻藉瀧頭吏以吳語野諺，訓誡一番。韓愈在此以設爲問答之方式，數落自己，亦何嘗不是對朝中官僚之批評？因此，瀧吏口中所謂「官不自謹愼，宜即引分往」、「甂大缾罌小，所任自有宜。官何不自量，滿溢以取斯」、「得無虱其間，不武亦不文，仁義飾其躬，巧姦敗群倫。」皆有強烈批判現實之意義。再如〈猛虎行〉云：

猛虎雖云惡，亦各有匹儕。群行深谷間，百獸望風低。身食黃熊父，子食赤豹麛。擇肉於熊豹，肯視兔與貍？正晝當谷眠，眼有百尺威。自矜無當對，氣性縱以乖。朝怒殺其子，暮還食其妃。匹儕四散走，猛虎還孤棲。虎鳴門兩旁，烏鵲從噪之。出逐猴入居，虎不知所歸。誰云猛虎惡？中路正悲啼。豹來銜其尾，熊來攫其頤。猛虎死不辭，但慚前所爲。虎坐無助死，況如汝細微。故當結以信，親當結以私。親故且不保，人誰信汝爲？(《集釋》卷十一)

韓愈此詩，取古樂府〈猛虎行〉名篇，當非無爲之作。方世舉以爲：「大抵爲殘忍受暴虐不恤將士諸節度作。其人非一人，其文非一事也。歷考《唐書》如貞元間宣武劉士寧、橫海程懷直，元和間魏博田季安、振武李進賢，或淫虐游畋，或殺戮無度，後皆爲將士所逐，奪其兵柄，故詩以猛虎比之。『群行山谷間』以下，寫其殘忍受暴虐之狀也。『出逐猴入居，虎不知所歸』以下，寫其爲將士所，或奔京師，或奔他軍，或死於將士之手也。故當結以私，爲大眾說法也。」沈欽韓注謂：「此篇似指李紳輩作。大約爲爭臺參事也。」錢仲聯《補釋》則謂：「〈南山有高樹行〉，通篇皆比體，篇中汝字指何山鳥，亦即指李宗閔，故大體可以人物比附。此詩則借虎爲興，至『虎坐無助死，況如汝細微』，方轉入所刺之人。兩汝字皆指人而非虎。其上敘猛虎事，固不必全以人事附合坐實也。謂刺宗閔或李紳皆可通，惟謂爲刺宗閔則可，謂爲贈宗閔則不可。」〔註 7〕

由前賢之論見觀之，〈猛虎行〉之譏刺對象不論指李宗閔或者李紳，都難以確鑿之資料，加以驗證。若喻指德宗、憲宗時期之藩鎮跋扈，則較有合理詮釋之可能。依筆者愚見，「狐鳴」、「鵲噪」等八句，寫狐鳴鵲噪於外，猛虎出逐，猴入其穴，虎不所知歸；「誰云猛虎惡」八句，寫熊、豹聯手攻擊，猛虎無助而死；此正爲當時藩鎮相互攻伐、彼此虐殺之寫照。韓愈或因有感於此，遂借虎取興，規諷當時之藩鎮，切莫乖縱氣性，而應以愛（私）、信相交結。

綜觀上述諸詩，足見韓愈不論以何種詩題、何等隱曲之筆法，不論其動機在言事、譏刺、或自我解嘲，其主要意旨大多在反映現實政治，解讀這些詩篇，即多少能掌握德宗、憲宗朝之政治情態以及韓愈之感興。

三、規戒官場，嘲諷世人

韓愈明道入世，託庇官場，對官場百態所作臧否，極爲深刻。韓愈批評之對象有權臣、僚友，甚至唐代皇帝之陵寢制度，亦勇於提出異議。如：憲宗元和元年七月所作之〈豐陵行〉即爲顯例。豐陵爲順宗李誦之陵寢，順宗於永貞元年十月病逝，次年七月，葬於豐陵。韓愈有感於當時之葬儀、陵制，奢華而荒唐，故作此詩以諷之。詩云：

羽衛煌煌一百里，曉出都門葬天子。群官雜沓馳後先，宮

〔註 7〕 見錢仲聯《韓昌黎詩繫年集釋》卷十二，第 1216～1217 頁，臺灣學海出版社，民國 74 年 1 月。

官穰穰來不已。是時新秋七月初，金神按節炎氣除。清風飄飄輕雨灑，偃蹇旂旆卷以舒。逾梁下坂笳鼓咽，嵽嵲逐走玄宮閭，哭聲訇天百鳥噪，幽坎晝閉空靈輿。皇帝孝心深且遠，資送禮備無贏餘，設官置衛鎖嬪妓，供養朝夕象平居。臣聞神道尚清淨，三代舊制存諸書。墓藏廟祭不可亂，欲言非職知何如。（《集釋》卷五）

按唐代葬儀制度，皇帝陵寢皆置宮殿，內設官曹嬪妓侍衛，一如在世之時。陳寅恪《元白詩箋證稿》引《通鑑》二四九〈唐紀・宣宗紀〉大中十二年二月甲子條，胡注亦略云：「凡諸帝升遐，宮人無子者悉遣詣山陵供奉朝夕，具盥櫛，治衾枕，事死如事生。」此當然是不合人道之制度。韓愈認爲事死之道應以清淨爲要，三代舊制，具載典籍之中，昭昭可考，不可淆亂。奈何身爲國子博士，不具進諫資格，故有「欲言非職知何如」之感歎。

在韓愈規戒官場諸作中，〈南山有高樹行贈李宗閔〉，藉用寓言表達規戒之意，無疑爲最特出之一首。詩云：

南山有高樹，花葉何衰衰。上有鳳凰巢，鳳凰乳且棲。四旁多長枝，群鳥所託依。黃鵠據其高，眾鳥接其卑。不知何山鳥，羽毛有光輝。飛飛擇所處，正得眾所希。上承鳳凰恩，自期永不衰。中與黃鵠群，不自隱其私。下視眾鳥群，汝徒竟何爲？不知挾丸子，心默有所規。彈汝枝葉間，汝翅不覺摧。或言由黃鵠，黃鵠豈有之？慎勿猜眾鳥，眾鳥不足猜。無人語鳳凰，汝屈安得知？黃鵠得汝去，婆娑弄毛衣。前汝下視鳥，各議汝瑕疵。汝豈無朋匹，有口莫肯開。汝落蒿艾間，幾時復能飛？哀哀故山友，中夜思汝悲。路遠翅翎短，不得持汝歸。（《集釋》卷十二）

此詩作於穆宗長慶元年，時韓愈擔任國子監祭酒，受贈之對象李宗閔，正貶爲劍州刺史。李宗閔在唐代「牛李黨爭」中，屬於牛黨。元和十二年，董晉征淮西，韓愈爲行軍司馬，李宗閔擔任節度判官。兩人是董晉幕下之僚友。〈南山有高樹行贈李宗閔〉自然是對宗閔之貶官，表達深切同情與關懷。但因詩中出現多種鳥類，且以擬人化之寫作方式，敘述一曲折之故事情節，於是引起種種臆測。據清・王元啓《讀韓記疑》之察考，〈南山有高樹行贈李宗閔〉有一複雜之寫作背景。李宗閔之所以貶官，與錢徽、楊汝士知貢舉時，未能錄取段文昌、李紳推薦之人選有關。王元啓云：「《資治通鑑》長慶元年：錢徽與楊汝士同知貢舉，段文昌、李紳各以書屬所善進士於徽。榜出，皆不預。而宗閔之婿、汝士之弟皆獲第。文昌、紳及德裕、元稹共言不公。徽貶江州刺史，宗閔劍州刺史，汝士開江令。」〔註 8〕

韓愈託鳥爲喻，虛構一個鳥類社會，揭示一則關於政治生態環境之寓言，表達自身對於李宗閔貶官之看法。南山高樹此一鳥類社會，正是人間官場之縮影。韓愈在此一則寓言中，以「何山鳥」來規諷李宗閔，委婉地暗示他，既已「飛飛擇所處，正得眾所希。」那麼，「上承鳳凰恩，自期永不衰。中與黃鵠群，不自隱其私。下視眾鳥群，汝徒竟何爲？」便是極大之錯誤。如今，既已「彈汝枝葉間」，所該做的是「愼勿猜眾鳥，眾鳥不足猜。」，是深入檢討在官場上之所做所爲。尤其應反醒何以朋匹之中，「有口莫肯開」。如此，則雖暫時落入蒿艾之間，假以時日，未嘗無再飛之可能。韓愈作此詩時，已近晚年，三年之後，即已離開人世。一生宦海浮沉，飽經滄桑，對官場生涯，有獨特深入之體驗，故能給與李宗閔充滿政治智慧之建言。

韓愈除規戒官場，亦將如椽之筆，指向時俗風氣。如〈短燈檠歌〉云：

> 長檠八尺空自長，短檠二尺便且光。黃簾綠幕朱户開，風露氣入秋堂涼。裁衣寄遠淚眼暗，搔頭頻挑移近牀。太學儒生東魯客，二十辭家來射策。夜書細字綴語言，兩目眵昏頭雪白。此時提攜當案前，看書到曉那能眠。一朝富貴還自恣，長檠高張照珠翠。吁嗟世事無不然，牆角君看短

〔註 8〕 轉引自錢仲聯《韓昌黎詩繫年集釋》卷十二，第 1212 頁，臺北：學海出版社，民國 74 年 1 月。

繫棄。(《集釋》卷五)

唐代士人，皆有強烈之功名欲望。未登第前，孜孜矻矻；既已得志，則鄙棄糟糠，前後判如兩人。韓愈作此詩時，官國子博士，故所諷陳之對象，正爲當時之太學生。前人以燈檠爲題，甚爲多見，古詩有：「燈檠昏魚目」之句，王筠有〈燈檠詩〉，均較韓愈爲早。至如東坡〈侄安節遠來夜坐〉:「免使韓公悲世事，白頭還對短燈檠。」已是韓愈影響之產物。

此詩借燈檠爲喻，旨在諷刺貧士得志忘本。先以對照之方式，點出短檠之實用，再寫思婦燈下裁衣念遠；「太學」六句，敘離家在外之太學生，燈下讀書作文之勤勉。但是，一朝得志，富貴到手，即放縱自恣。此時，長檠高張，燈下所照已非糟糠之妻，而是滿頭珠翠之美人。末句回至本題，戛然而止，世態炎涼，躍然紙上。與此意旨接近之詩作尙多，如〈秋懷詩十一首〉第二首云：

白露下百草，蕭蘭共雕悴。青青四牆下，已復生滿地。寒蟬暫寂寞，蟋蟀鳴自恣。運行無窮期，稟受氣苦異。適時各得所，松柏不必貴。(《集釋》卷五)

這些詩篇，顯然承襲《楚辭》託草木爲喻之傳統，以翻案之語，對世俗風氣，進行嘲諷。他如〈雜詩四首〉以朝蠅暮蚊、烏噪鵲鳴，譏諷競進之徒；〈利劍〉託劍爲喻，以刺讒夫；〈射訓狐〉託鵂鶹爲喻，嘲諷時人朋黨相扇；〈病鴟〉託鴟爲喻，嘲諷背德負恩之人。揆其內涵，都有針砭時俗之意。

貳、韓愈詩之思想意識

韓愈〈答竇秀才書〉云:「愈少駑怯，於他藝能自度無可努力，又不通時事，而與世多齟齬，念終無以樹立，益發憤於文學。又〈上宰相書〉自謂:「其業則讀書著文歌頌堯舜之道，孜孜焉亦不爲利，其所讀皆聖人之書，楊、墨、釋、老之學無所入於其心，其所著皆約《六經》之旨而成文」。可知韓愈之文章，以《六經》爲根源。再看韓愈〈納涼聯句〉云：「儒庠恣游息，聖籍飽商摧。」，〈招揚之罘〉云：「先王遺文章，綴緝實在余。《禮》稱獨學陋，《易》貴不遠復。作詩招之罘，晨夕抱飢渴。」，則韓愈作詩，亦每在理念之層面，接續儒家思想。以下擬分「觝排異端，攘斥佛老」、「篤志好古，張皇儒術」及「頌揚節行，樂道人善」三點，論析說明之。

一、觝排異端，攘斥佛老

唐代佛、道二教盛行，知識分子無不深受影響。對於唐代文學與宗教之關係，吾人應釐清「迷信與教義」、「宗教與宗教文化」、「宗教思想與唐朝文人之接受、理解、發揮」三方面之不同。〔註 9〕韓愈雖與僧徒、道士時有往來，在少數詩文中，也有接受佛教教義與佛教藝術之傾向；然而，其思想立場卻始終堅定，對於佛道信仰爲政經社會及倫常禮教所帶來之弊害，經常大力抨擊。其〈送僧澄觀〉云：

> 浮屠西來何施爲？擾擾四海爭奔馳。構樓架閣切星漢，跨雄鬥麗止者誰？僧伽後出淮泗上，勢到衆佛尤恢奇。越商胡賈脫身罪，珪璧滿船寧計資……。（《集釋》卷一）

此雖針對被唐中宗尊爲國師之僧伽大師而發，但是佛教勢力，至此益加恢張，殆爲不爭之事實。詩中描述越商胡賈爭捨資財以祈福攘災，則王侯貴臣、庶士豪家之誇雄鬥麗，不難推想而知。爲求福田利益，於是招提櫛比，寶塔駢列；社會更出現被供養之新興僧侶階級，他們不事生產，賦役全免，對唐代社會經濟，日益產生不良影響。〈送靈師〉所述正是此種情況，詩云：

> 佛法入中國，爾來六百年。齊民逃賦役，高士著幽禪。官吏不之制，紛紛聽其然。耕桑日失隸，朝署時遺賢……。（《集釋》卷二）

此與〈原道〉、〈論佛骨表〉之基本觀念，完全相同。誠如陳寅恪〈論韓愈〉所言：「其所持排斥佛教之論點，此前已有之。實不足認爲退

〔註 9〕 上述觀念，採自孫昌武先生而略作修改。詳見氏所著《唐代文學與佛教》〈前言〉，臺北：谷風出版社，1987 年 5 月。

之之創見。特退之所言更較精闢，勝於前人爾。」〔註 10〕又云：「蓋唐代人民擔負國家直接稅及勞役者爲『課丁』，其得享有免除此種賦役者爲『不課丁』，『不課丁』爲當日統治階級及僧尼道士女冠等宗教徒。而宗教徒中佛教徒佔最多數，其有害國家財政社會經濟之處在諸宗教中，尤爲特著，退之排之亦最力，要非無因也。」〔註 11〕

至於韓愈排擊道教神仙之篇章，則見諸〈題木居士二首〉、〈遊青龍寺贈崔大補闕〉、〈記夢〉、〈誰氏子〉、〈桃源圖〉、〈謝自然詩〉、〈華山女〉等作。〈題木居士二首〉之一云：

> 火透波穿不計春，根如頭面幹如身。偶然題做木居士，便有無窮求福人。（《集釋》卷三）

所謂「木居士」類似臺灣民間庶物崇拜之「樹頭公」，此詩前賢或謂譏諷趨赴王伾、王叔文之徒。但對於聾俗無知，諂祭庶物之荒謬，無異一語勘破。又如〈記夢〉云：「乃知仙人未聖賢，護短憑愚邀我敬。我能屈曲自世間，安能從女巢仙山。」〈誰氏子〉云：「神仙雖然有傳說，知者盡知其妄矣。」〈桃源圖〉云：「神仙有無何渺茫，桃源之說何荒唐。」其基本論點，都集中在神仙思想之虛妄。

〈謝自然〉與〈華山女〉則採較長之篇幅，大力抨擊道徒之妖媚惑眾。謝自然是出身於果州南充（今四川省南充縣）之貧家女，入道學仙，相傳於貞元十年十一月二十日辰時白日飛昇。郡守李堅奏報長安，朝廷賜詔褒諭，可謂轟動一時之奇聞。韓愈寫作此詩，當亦得自傳聞，因此前幅複敘謝自然之事蹟，後段則斷言謝自然係妖道幻術所貿遷。故義正詞嚴，力陳此事之無妄。詩云：

> ……余聞古夏后，象物知神姦，山林民可入，魍魎莫逢旃。逶迤不復振，後世恣欺謾。幽明紛雜亂，人鬼更相殘。秦皇雖篤好，漢武洪其源；自從二主來，此禍竟連連。木石生變怪，狐狸騁妖患。莫能盡性命，安得更長延。人生處

〔註 10〕 見羅師聯添編《中國文學史論文選集》第三冊，第 895 頁，臺北：學生書局，民國 68 年 3 月。

〔註 11〕 同上。第 986 頁。

萬類，知識最爲賢；奈何不自信，反欲從物遷。往者不可悔，孤魂抱深冤；來者猶可誡，余言豈空文。人生有常理，男女各有倫，寒衣及飢食，在紡織耕耘。下以保子孫，上以奉君親。苟異於此道，皆爲棄其身。噫乎彼寒女，永託異物群。感傷遂成詩，昧者宜書紳。(《集釋》卷一)

由詩中「莫能盡性命，安得更長延。」、「人生有常理，男女各有倫」、「苟異於此道，皆爲棄其身。」諸句，可知韓愈對轟傳一時之謝自然飛昇事件，採取不爲所惑之理性態度，直斷爲虛妄，從而發出「孤魂抱深冤」、「永託異物群」之悲憫。

至於〈華山女〉，則寫出身華山之女道士，借其姿色，以仙靈之說惑眾。詩云：

街東街西講佛經，撞鐘吹螺鬧宮廷。廣張罪福資誘脅，聽眾狎恰排浮萍。黃衣道士亦講說，座下寥落如晨星。華山女兒家奉道，欲驅異教歸仙靈。洗粧拭面著冠帔，白咽紅頰長眉青。遂來昇座演眞訣，觀門不許人開扃，不知誰人暗相報，訇然振動如雷霆。掃除眾寺人跡絕，驊騮塞路連輜軿。觀中人滿坐觀外，後至無地無由聽。抽釵脫釧解環佩，堆金疊玉光青熒。天門貴人傳詔召，六宮願識師顏形。玉皇頷首許歸去，乘龍駕鶴來青冥。豪家少年豈知道，來繞百匝腳不停。雲窗霧閣事慌惚，重重翠幔深金屏。仙梯難攀俗緣重，浪憑青鳥通丁寧。(《集釋》卷十一)

此詩作於憲宗元和十四年，前四句所述正是憲宗迎佛骨時之景象。「華山女兒」以下十四句，敘華山女道亦升座演述仙家眞訣。但見她洗粧拭面，身著冠帔；頸白頰紅，黛眉修長。離奇的是閉門說道，不許開扃，此種神秘作法，反而招來無數慕道之群眾，大家爭捨金銀環釧，以爲奉獻。「天門貴人」以下十句，韓愈以迷離惝恍之語句傳述諷刺之意。朱子指出：「譏刺時君未能詳察眞僞，竟使失行婦人得入宮禁耳。觀其卒章，豪家少年，雲窗霧閣，翠幔金屏，青鳥丁寧諸語，褻慢甚矣。豈眞似神仙處之哉？」此詩之諷意全在結尾數句。從天門貴人傳詔入宮，至豪家少年圍繞不去，再由「雲窗霧閣」、「翠幔金屏」之重重阻隔，步步暗示華山女道在宮中之活動眞象令人「慌惚難明」。結以「仙梯」二句，字面似在說明登仙之難；而更強烈之諷意，全隱在言外。

相較之下，〈誰氏子〉一詩，略顯直致，對道徒力行險怪，戕害倫常之弊端，有更深之譴責。詩云：

> 非癡非狂誰氏子？去入王屋稱道士。白頭老母遮門啼，挽斷衫袖留不止。翠眉新婦年二十，載送還家哭穿市。或云欲學吹鳳笙，所慕靈妃媲蕭史。又云時俗輕尋常，力行險怪取貴仕。神仙雖然有傳說，知者盡知其妄矣。聖君賢相安可欺，乾死窮山竟何俟？嗚呼余心誠豈弟，願往教誨究終始。罰一勸百政之經，不從而誅未晚耳。誰其友親能哀憐，寫吾此詩持送似？（《集釋》卷七）

據清・方世舉《韓昌黎詩編年箋注》，此詩寫河南少尹李素之子李炅拋妻棄母入王屋山學道之事。既知其名而稱「誰氏子」，顯然在表達賤惡之意。起首六句寫李炅入山學道，老母、新婦挽之不止。「所云」八句，先按後斷，謂「慕靈妃」、「取貴仕」皆不可能如願，因爲，神仙之說，世人皆知其妄；倘若欲藉入道，作爲仕宦捷徑，聖君賢相，必將洞悉其用心。末尾六句，揭出勸戒教誨之主旨。

綜觀韓愈觝排佛道諸作，可謂義正辭嚴，不稍寬假。或明言，或暗諭，總在指斥佛教信仰，妨礙社會經濟之正常發展；道教神仙，敗壞倫常，蠱惑庶眾。諸詩雖因過度使用議論，以致削弱文學、藝術性，而其內涵，卻最能眞實呈現韓愈之思想內涵。

二、篤好古道，張揚儒術

韓愈〈進學解〉藉弟子之口云：「觝排異端，攘斥佛老，補苴罅漏，張皇幽眇。尋墜緒之茫茫，獨旁搜而遠紹。障百川而東之，迴狂瀾於既倒。先生之於儒，可謂有勞矣。」其〈答陳生書〉坦率指出：「愈之志在古道，又甚好其言辭。」韓愈曾於若干詩篇中顯現篤好古道之態度。如〈秋懷〉之五云：「歸愚識夷途，汲古得修綆。」〈秋懷〉之八云：「退坐西壁下，讀詩盡數篇。作者非今士，相去時已千，其言有感觸，使我復悽酸。」前者說明回歸愚拙，體認出人生之坦途；而汲取古道，獲得智慧的線索。後者則顯示其篤好古人作品，因此對於千年之前的古人情懷，也能感通共鳴。

由於好古，韓愈對於〈石鼓歌〉未能收進《詩經》深感遺憾，如〈石鼓歌〉即云：「陋儒編《詩》不收入，二《雅》褊迫無委蛇。孔子西行不到秦，掎摭星宿遺羲娥。嗟余好古生也晚，對此涕淚雙滂沱。」，也由於對古道之了解，韓愈堅信：「文書自傳道，不仗史筆垂。」（〈寄崔二十六立之〉），同時也在〈符讀書城南〉之中訓戒兒子：「人不通古今，馬牛而襟裾。」

然則，韓愈所尊奉之古道，其內涵若何？在〈赴江陵途中寄贈王二十補闕李十一拾遺李二十六員外翰林三學士〉透露：「生平企仁義，所學皆周、孔。」在〈君子法天運〉有四句云：「君子法天運，四時可前知。小人惟所遇，寒暑不可期。」可知其所謂古道：超越言之，為常行常則；具體言之，便是周公、孔子之學說。

在〈讀皇甫湜公安園池詩書其後二首〉韓愈即告誡皇甫湜，為學應務其大，誠能通曉古道，必可盱衡古今。他舉《春秋》與《爾雅》為例，認為孔子作《春秋》進行人物褒貶，揆其用意，不在誅責其人而已，而是在替萬世訂立常則，此種襟期，豈是《爾雅》之類，蟲魚瑣碎者所能比？故曰：「《春秋》書王法，不誅其人身。《爾雅》注蟲魚，定非磊落人。」區區園景，何足掛懷；孔、顏事業，才是終身努力之目標，故韓愈勸勉皇甫湜：「用將濟諸人，捨得業孔、顏。」，務必及時進業，勿再流連光景，耗費心思於無意義之事物上。

韓詩之中，最富於儒家色彩者，當推〈琴操十首〉。〈琴操十首〉有：〈將歸操〉、〈猗蘭操〉、〈龜山操〉、〈越裳操〉、〈拘幽操〉、〈岐山操〉、〈殘形操〉七首之內容牽涉到儒家人物。〈將歸操〉之主要意念來自〈史記・孔子世家〉，乃以代言之手法，描述孔子聞殺鳴犢之後，不入趙國之心聲。〈猗蘭操〉借蘭爲喻，大力頌揚蘭性，以發抒孔子不遇於時之心聲。〈龜山操〉代孔子表達悃款不移之忠心。〈越裳操〉代周公歌詠周之先祖，以彰顯周公謙謙之德。〈拘幽操〉代文王表達囚禁於羑里之心情，傳神呈現文王之人格情操。〈岐山操〉以周公之語氣，代古公亶父表達遷居岐山意在避免戰爭。〈殘形操〉代曾子敘述夢見無頭狸之經過。這些詩，若就形式而言，誠然爲假設模擬之作；就其內涵而言，韓愈代孔子、周公、文王、古公亶父抒發心聲，都有對其嘉言彝行表示敬仰認同之意。韓愈借〈琴操〉張揚儒門之用心，十分明顯。

三、頌揚懿行，樂道人善

韓愈本於儒家立場，對於愛好古學、遵行古道或忠、孝、節、義之士總是極力頌揚。例如貞元二年，韓愈曾至河中，對於隱居在中條山之高士陽城萬分仰慕，深以未能從學爲憾，因作〈條山蒼〉表示心意；此爲韓詩頌揚節行諸作，最早一首。再如貞元九年，韓愈已登進士第，應博學宏辭科尚未有成，即曾作詩二首頌揚孟郊。其一爲〈長安交游者一首贈孟郊〉，另一爲〈孟生詩〉。

〈長安交游者一首贈孟郊〉云：「長安交游者，貧富各有徒。親朋相過時，亦各有以娛。陋室有文史，高門以有笙竽。何能辨榮悴？且欲分賢愚。」（《集釋》卷一）此詩指出：貧者文史之樂，勝於富者笙竽之樂。其原意本在撫慰孟郊在〈長安道〉、〈長安羈旅行〉等詩怨誹之言，然而，韓愈也在詩中以顏回、曾參爲典範，道出窮居陋室、安貧樂道之可貴。

〈孟生詩〉則爲韓愈薦孟郊於張建封之作。由詩中：「孟生江海士，古貌又古心。嘗讀古人書，謂言古猶今。作詩三百首，窅默咸池音。騎驢到京國，欲和薰風琴。」與「朅來游公卿，莫肯低華簪。諒非軒冕族，應對多差參。」以及「誰憐松桂性，競愛桃李陰。」等句觀之，韓愈最激賞孟郊之「古貌」、「古心」、「讀古人書」及不諧俗之品格。

在〈此日足可惜一首贈張籍〉詩中，韓愈先是感歎：「孔丘歿已遠，仁義路久荒，紛紛百家起，鬼怪相披猖。長老守所聞，後生習爲常。少知誠難得，純粹古已亡。譬彼植園木，有根易爲長。」（《集釋》卷一）再述張籍嶄露頭角之情形：

> 州家舉進士，選試謬所當，馳辭對我策，章句何煒煌。相公朝服立，工席歌〈鹿鳴〉，禮終樂亦闋，相拜送於庭。之子去須臾，赫赫流盛名，竊喜復竊歎，諒知有所成。

韓愈在詩中對於張籍應舉時，對策得當、文章煒煌，誠心推許；又對張籍在上流公卿間，漸有盛名，而感慶幸。此種愛才之心，頗令後人感佩。相同之情況，見諸〈贈族姪〉、〈題合江亭寄刺史鄒君〉、〈贈崔立之評事〉、〈送區弘南歸〉、〈送劉師服〉、〈送侯參謀赴河中幕〉、〈寄盧仝〉、〈送諸葛覺往隨州讀書〉、〈別趙子〉等詩。韓愈在這些詩中，或賞其術，或美其政，或勸以韜養，或勉其行道，或勉其收斂讀書，或許其抱才，或稱其氣高。不論尊卑貴賤，無不就其才行、文德加以稱美，或寄以厚望。當韓愈獲知張建封不顧生命安全，進行危險之馬球遊戲，韓愈曾作〈汴泗交流贈張僕射〉微諷之：

> ……此誠習戰非爲劇，豈若安坐行良圖。當今忠臣不可得，公馬莫走須殺敵。（《集釋》卷一）

含蓄敦促張建封保有健全之身體，以便報効君國。此雖引起張建封之不悅，韓愈似乎毫未顧及。此種與人爲善之態度，顯然出於天性。

當韓愈聞知壽州董召南有慈孝之名，更以樂府詩之句調作〈嗟哉董生行〉一詩加以頌揚。詩云：

> 淮水出桐柏山，東馳遙遙千里不能休。淝水出其側，不能千里，百里入海流。壽州屬縣有安豐，唐貞元時，縣人董生召南隱居行義於其中。刺史不能薦，天子不聞名聲。爵祿不及門，門外惟有吏，日來徵租更索錢。嗟哉董生朝出耕，夜歸讀古人書。盡日不得息。或山於樵，或水於漁。入廚具甘旨，上堂問起居。父母不慼慼，妻子不咨咨。嗟

哉董生孝且慈。人不識，惟有天翁知。生祥下瑞無休期。家有狗乳出求食，雞來哺其兒，啄啄庭中拾蟲蟻，哺之不食鳴聲悲，徬徨躑躅久不去，以翼來覆待狗歸。嗟哉董生誰將與儔？時之人夫妻相虐兄弟爲讎，食君之祿，而令父母愁。亦獨何心？嗟哉董生無與儔！（《集釋》卷一）

本詩前半敘董召南隱居行義於壽州安豐縣，朝耕夜讀，採樵捕魚以維生計。父母無憂慼之感，妻兒無咨嗟之歎，有慈孝之名。下半敘物類相感，刻意將家中雞狗相乳鋪張一番，說明董召南之慈孝，已感應於雞狗等家畜。此種思想，源於《易經・中孚》「信及豚魚」；細碎描述處，又有《詩經・東山》一詩之影響。屬於直白少文、句法參差之作，卻十分警動人心。

參、韓愈詩之山水勝蹟

韓愈詩中，有大量紀遊之作。此因遊山玩水本爲唐代上流社會之風氣。據宋・計有功《唐詩紀事》卷九〈李適〉載：「凡天子饗會游豫，爲宰相及學士得從，春幸梨園並渭水祓除，則賜柳圈辟癘；夏宴蒲萄園，賜朱櫻；秋登慈恩浮圖，獻菊花酒稱壽；冬幸新豐，歷白鹿觀，上驪山，賜浴湯池，給香粉蘭澤。從行給翔麟馬、品官黃衣各一。帝有所感，即賦詩，學士皆屬和，當時人所欽慕。」〔註12〕帝王既好宴游，因此，朝廷也鼓勵群臣出游。每月之旬假，群臣「例得尋勝地宴游」（《唐音癸籤》卷二十七）韓愈多次在京畿爲官，故能暢游終南山、曲江、青龍寺、太平公主山莊、杏園等地，各有詩記之。另一原因是韓愈貶陽山、潮州，赴任途中及移宦他處時，亦有詩篇記載南方風物，描寫沿途山水名勝。而從征蔡州及宣撫鎭州兩度軍旅活動，亦對沿途形勝，有所記述。以下擬分「寺觀園林之描繪」、「壯麗山河之歌詠」兩部分舉詩例說明之。

〔註12〕 見王仲鏞《唐詩紀事校箋》卷九，第208頁，四川，巴蜀書社，1989年8月。

一、寺觀園林之描繪

韓愈自德宗貞元之初，即有紀遊詩篇。貞元二年所作之〈條山蒼〉，貞元八至十年間所作之〈岐山下二首〉都是著名之例子。前者旨在頌美陽城，後者爲韓愈進謁鳳翔節度使邢君牙，至岐山下，有感而作。兩詩之寫作目的，皆非以寫景爲主，因此不能視爲單純之寫景詩。在韓愈描寫寺觀之紀遊詩中，以德宗貞元十七年遊惠林寺所寫之〈山石〉、順宗永貞元年遊衡岳廟所寫之〈謁衡嶽廟遂宿嶽寺題門樓〉、順宗永貞元年遊岳麓寺所寫之〈陪杜侍遊湘西兩寺獨宿有題一首因獻楊常侍〉、憲宗元和元年遊長安青龍寺所寫之〈游青龍寺贈崔大補闕〉，最具特色。

貞元十七年七月二十二日，韓愈偕李景興、侯喜、尉遲汾，魚於溫洛，夜宿洛北惠林寺，寫成〈山石〉一詩。此詩不事雕琢而辭奇意幽，頗爲後世所稱道。詩云：

> 山石犖确行徑微，黃昏到寺蝙蝠飛。昇堂坐階新雨足，芭蕉葉大梔子肥。僧言古壁佛畫好，以火來照所見稀。鋪牀拂席置羹飯，疏糲亦足飽我飢。夜深靜臥百蟲絕，清月出嶺光入扉。天明獨去無道路，出入高下窮煙霏。山紅澗碧紛爛漫，時見松櫟皆十圍。當流赤足蹋澗石，水聲激激風吹衣。人生如此信可樂，豈必局束爲人鞿。嗟哉吾黨二三子，安得至老不更歸。(《集釋》卷二)

此詩以「山石」爲題，卻非吟詠山石。而是宿寺之後，補作之遊記。詩由前晚敘起，先寫黃昏寺景之蒼茫。接敘一行人昇堂小憩、同觀壁畫以及寺僧殷勤招待情形。再寫夜深靜臥，清月出嶺之景象。「天明」以下，寫辭去之後所見之山光水色。然後揭出「人生如此信可樂，豈必局束爲人鞿」之主旨。末尾以感歎作結。此詩在時間上包含黃昏、深夜、天明三個時段，夾敘夾寫，如以「行徑微」、「蝙蝠飛」點染黃昏景象；以「百蟲絕」、「光入扉」點染清月出嶺、萬籟具寂之夜景；「山紅澗碧」、「松櫪十圍」則由晦轉明，寫出亮麗晨景。寫景之外，不時插敘韓愈一行在寺中之活動。敘觀畫、敘鋪牀、拂席、置飯，敘天明之後，濯足溪流之情趣。通篇凡寫景之處，多濃麗之語；敘事部分，以淡語出之。並未刻意雕琢，卻自有精采之處。程學恂《韓詩臆說》謂：「李杜〈登太山〉、〈夢天姥〉、〈望岱〉、〈西嶽〉等篇，皆渾言之，不盡游山之趣也，故不可一例論。」〔註 13〕程氏言下之意，似指〈山石〉之寫法與李杜〈登太山〉等篇不同。清・查晚晴謂：「寫景無意不刻，無語不僻；取徑無處不斷，無意不轉。」清・方東樹謂：「敘寫簡妙，猶是古文手筆。」皆能說明此詩融合寫景、敘事之成就。

順宗永貞元年韓愈由陽山令，遇大赦，由郴州赴江陵府（今湖北江陵），任法曹參軍，途經衡山遊衡岳廟作〈謁衡嶽廟遂宿嶽寺題門樓〉，是另一首別具特色之記遊詩。詩云：

> 五嶽祭秩皆三公，四方環鎮嵩當中。火維地荒足妖怪，天假神柄專其雄。噴雲泄霧藏半腹，雖有絕頂誰能窮？我來正逢秋雨節，陰氣晦昧無清風。潛心默禱若有應，豈非正直能感通。須臾靜掃眾峰出，仰見突兀撐晴空。紫蓋連延接天柱，石廩騰擲堆祝融。森然魄動下馬拜，松柏一逕趨靈宮。粉牆丹柱動光彩，鬼物圖畫塡青紅。升階傴僂薦脯酒，欲以菲薄明其衷。廟令老人識神意，睢盱偵伺能鞠躬。手持盃珓導我擲，云此最吉餘難同。竄逐蠻荒幸不死，衣食纔足甘長終。侯王將相望久絕，神縱欲福難爲功。夜投佛寺上高閣，星月掩映雲朣朧。猿鳴鐘動不知曙，杲杲寒日生於東。（《集釋》卷三）

全詩可分爲四段，起首「五嶽」六句爲一段，以議論之筆調，總提遊意。先總述五岳，再寫衡嶽在諸山之中，擁有極崇高之地位。「我來正逢」以下十二句爲一段，爲本詩主要寫景段落，就衡嶽之難於攀登，而作者誠心默禱及所見山景，大力摹寫一番。韓愈在詩中，爲突出衡嶽之形勢與氣象，使用奇創穠麗之語句加以摹寫。衡山有七十二峰，

〔註 13〕 見程學恂《韓詩臆說》卷一，第 7 頁，臺灣商務印書館，民國 59 年 7 月。

紫蓋、天柱、石廩、祝融是其中最高之山峰。韓愈以「紫蓋連延接天柱，石廩騰擲堆祝融」四峰並俳，構成高峻之形象，暗示他已站上最高頂。韓愈默禱開霽，獨立蒼茫，使其有森然魄動、直趨靈宮之舉。而對於衡嶽廟之直接描述僅二句，此即「粉牆丹柱動光彩，鬼物圖畫填青紅。」在此，韓愈以顏色字描述廟中之靈怪圖畫，不但形象鮮明，且句句生造。「升階傴僂」以下六句，寫祭拜擲珓之感想。韓愈在廟令老人之敬謹協助下，擲得吉珓。但是，自覺能由蠻荒之地，僥倖生還，衣食無虞，已甘心長此以終，侯王將相之希望，早已斷念，即便嶽神願意庇福，恐亦難於為力。「夜投」以下敘宿寺作結。綜觀此詩，融合寫景、敘事、抒情於一體，意境開闊，章法井然，允為韓愈紀遊詩之極品。

至於順宗永貞元年，韓愈自衡州至潭州，作〈陪杜侍遊湘西寺獨宿有題一首因獻楊常侍〉，亦為寫景入細，句法峭仄之作。詩云：

> 長沙千里平，勝地猶在險。況當江闊處，斗起勢非漸。深林高玲瓏，青山上琬琰。路窮臺殿闢，佛事煥且儼。剖竹走泉源，開廊架崖广。是時秋之殘，暑氣尚未斂。群行忘後先，朋息棄拘檢。客堂喜空涼，華榻有清簟。澗蔬屬蒿芹，水果剝菱芡。伊余夙所慕，陪賞亦云忝。幸逢車馬歸，獨宿門不掩，山樓黑無月，漁火燦星點。夜風一何喧，杉檜屢磨颭。猶疑在波濤，怵惕夢成魘。靜思屈原沉，遠憶賈誼貶。椒蘭爭妬忌，絳灌共讒陷。誰令悲生腸？坐使淚盈臉。翻飛乏羽翼，指摘困瑕玷。珥貂藩維重，政化類分陝。禮賢道何優，奉己事苦儉，大廈棟方隆，巨川檝行剡，經營誠少暇，游宴固已歉。旅程愧淹留，徂歲嗟荏苒，平生每多感，柔翰遇頗染，展轉嶺猿鳴，曙燈青睒睒。(《集釋》卷三)

詩中之湘西寺，即今湖南長沙湘江西岸岳麓山上之岳麓寺。楊常侍，即楊憑，時任湖南觀察使。杜侍御則不知其名。本詩「長沙千里平」十句，寫岳麓寺之所在。韓愈本擬寫寺，卻先將岳麓寺所在之山描寫一番。「斗起」形容岳麓山之突兀險峻。「玲瓏」指深林高大而空明；

「琬琰」謂青山蒼翠如玉。山徑之深處，佛殿樓臺，依山而闢，佛事正在進行。寺外架竹引泉，沿崖構屋築廊，十足世外淨土。「是時秋之殘」八句，寫一行人入寺後之情形。謂暑氣未消，故爭先進入客堂，渾然忘記彼此身份地位。山僧以華榻清簟、澗蔬蒿芹、水果菱芡殷勤招待。「伊余夙所慕」以下，由「陪賞」轉入「獨宿」。前十句寫夜景，後八句抒夜思。但見山樓無月，一片漆黑；遠方漁火，燦若星點。耳聞夜風喧吸，杉檜磨颭，猶如置身波濤，令人心生怵惕，夜夢成魘。於是想起屈原自沉汨羅，賈誼遠貶長沙；前者係因令尹子蘭、子椒之讒言妬害，後者則因周勃、灌嬰之猜忌所陷。其人之遭遇與己何其相類？由是心生悲悽，熱淚盈面。「翻飛乏羽翼，指摘困瑕玷」二句，表面在為屈原、賈誼抱不平，實則暗示自己雖自陽山遇赦，卻仍被讒人所壓抑。「珥貂藩維重」八句，頌揚楊憑。謂其坐鎮長沙，禮賢下士，奉己甚儉。猶如國之棟廈，川之檠檝，固無餘裕遊宴。「旅程」六句，以「愧淹留」、「嗟荏苒」暗示自己之虛度光陰，感歎作結。此詩一如前引諸作，以散文筆法撰成。但是，不乏詩情畫意。全詩層折自然，感情起伏甚大，故能動人心脾。

至於〈游青龍寺贈崔大補闕〉，則為另一種造境。詩云：

秋灰初吹季月管，日出卯南暉景短。友生招我佛寺行，正值萬株紅葉滿。光華閃壁見神鬼，赫赫炎官張火傘。然雲燒樹大實駢，金烏下啄赬虬卵，魂翻眼倒忘處所，赤氣沖融無間斷。有如流傳上古時，九輪照燭乾坤旱。二三道士席其間，靈液屢進頗黎盌。忽驚顏色變韶稚，卻信靈山非怪誕。桃源迷路竟茫茫，棗下悲歌徒纂纂。前年嶺隅鄉思發，躑躅成山開不算。去歲羈帆湘水明，霜楓千里歸隨伴。猿呼鼯叫鷓鴣啼，惻耳酸腸難濯澣。思君攜手安能得？今者相從敢辭懶。由來鈍騃寡參尋，況是儒官飽閑散。惟君與我同懷抱，鋤去陵谷置平坦。年少得途未要忙，時清諫疏尤宜罕。何人有酒身無事？誰家多竹門可款？須知節候即風寒，幸及亭午猶妍暖。南山逼冬轉清瘦，刻劃圭角出

崖窾。當憂復被冰雪埋，汲汲來窺誠遲緩。（《集釋》卷五）

青龍寺在長安南門之東，憲宗元和元年九月，韓愈遊青龍寺，作此詩贈老友崔群。起首四句，敘遊寺之時間，正當季秋之月，寺中萬株柿樹，綴滿紅葉。「光華閃壁見神鬼」以下八句，即運其奇想之筆，對此柿樹，夸飾形容一番。謂其光華，神不可測，有如炎官張傘；紅若燃雲，爛若燒樹；其柿實碩大，駢列枝枒，又似金烏啄卵，令人魂翻眼倒，不知所處。而其赤氣沖融，又似九日燭照天地。由「火傘」、「赬虬卵」、「九日照燭」等語，可知韓愈夸張描繪之重心，在柿熟之狀。「二三道士」四句，謂二三有道之士，席坐其間，被紅赤所照耀，儼然變衰老而爲韶稚之顏。雖欲採信神仙，而桃源無路，棗下徒歌，亦無如之何。「前年嶺隅」八句，謂前年自陽山移官江陵，竢命郴州，亦曾見及滿山躑躅（按：紅花名），花開無數；去歲移官，羈留湘水，亦嘗霜楓千里，相隨而行。由「桃源」、「棗下」、「躑躅」、「霜楓」四樣紅色，可知韓愈刻意藉「紅色」一線相貫，攄發感興，揭出「亟思相從」之題旨。「由來鈍騃」八句，謂鈍騃之士，從來即少參尋；而身爲博士，復多閒散。末六句，以節候尚宜，速來同覽奇觀作結。清・沈曾植謂此詩：「從柿葉生出波瀾，烘染滿目，竟是〈陸渾山火〉縮本。吾嘗論詩人興象，與畫家景物感觸相通，密宗神祕於中唐，吳、盧畫皆依爲藍本。讀昌黎、昌谷詩，皆當以此意會之。」〔註14〕足見韓愈係以畫家敷色之方式，大力渲染柿樹，故能絢爛滿目，蔚爲奇觀，在紀遊作品中，獨樹一幟。

在描寫園林之紀遊詩中，以元和八年遊長安太平公主山莊所作〈太平公主山莊〉、元和八年遊虢州三堂所作〈奉和虢州劉給事使君三堂新題二十一詠〉、元和年間遊城南所作〈游城南〉十六首中〈題于賓客莊〉、〈題韋氏莊〉二首，長慶一年遊長安城南杏園所作〈杏園送張徹侍郎〉、長慶二年遊長安楊尚書林亭所作〈早春與張十八博士

〔註14〕見清・沈曾植《護德瓶齋簡端錄》轉引自吳文治《韓愈資料彙編》第1588頁，臺北：學海出版社。

籍遊楊尚書林亭寄楊白二閣老〉最具特色。

〈游太平公主山莊〉云：

> 公主當年欲占春，故將臺榭壓城闉。欲知前面花多少，直到南山不屬人。(《集釋》卷八)

太平公主爲武則天之女，在先天二年時，謀廢太子，事敗逃入南山，賜死於第。其宅賜與寧、申、岐、薛四王。元和八年韓愈遊山莊時，已成故址。本詩雖爲紀遊之作，而暗藏微詞，蘊藉深厚。前半二句追懷當年。謂公主欲獨佔春天，其臺榭之氣派，幾乎壓過城闉。春不可佔，謂公主「占春」意在暗示公主之貪婪，則其山莊之廣袤，臺榭之奢華，不言可喻。第三句問花，與前「占春」相映帶，不問山莊之規模而問「花多少」，亦使語氣轉折，引出新意。果然，「直到南山不屬人」;「不屬人」，正透示首句之「占」意。「直到」云云，形式上在感歎山莊之廣，實則暗寓褒貶之意。

韓愈對於虢州刺史宅中之亭臺島渚所作之二十一首絕句，又是另一種境界。據其〈奉和虢州劉給事使君三堂新題二十一詠〉〈序〉云：

> 虢州刺史宅連水池竹林，往往爲亭臺島渚，目其處三堂。劉君自給事中出刺此州，在任逾歲，職修人治，州中稱無事。頗復增飾，從子弟而游其間；又作二十一詩以詠其事，流行京師，文士爭和之。余與劉善，故亦同作。(〈集釋〉卷八)

據《舊唐書》:「劉伯芻，字素芝，洺州廣平人。登進士第，累遷考功郎中，集賢院學士，轉給事中。出爲國州刺史。」另據《冊府元龜》四十八載：「元和七年六月魁丑，以給事中劉伯芻爲虢州刺史，以疾求出故也。」〔註15〕韓愈在這一組詩中，一改縱肆矜張之作風，出以平實自然之筆調，以五言絕句之體式，對三堂中所有景物一一加以描繪。此二十一景分別是：新亭、流水、竹洞、月臺、渚亭、竹溪、北湖、花島、柳溪、西山、竹逕、荷池、稻畦、柳巷、花源、北樓、鏡

〔註15〕 以上資料轉引自錢仲聯《韓昌黎詩繫年集釋》卷八，第八八九頁，臺北：學海出版社，民國74年1月。

潭、孤嶼、方橋、梯橋、月池。首首自出新意，展現獨特之風貌。如：

竹洞何年有？公初斫竹開。洞門無鎖鑰，俗客不曾來。(〈竹洞〉)

自有人知處，那無步往蹤？莫教安四壁，面面看芙蓉。(〈渚亭〉)

柳樹誰人種？行行夾岸高。莫將條繫纜，著處有蟬號。(〈柳溪〉)

柳巷還飛絮，春餘幾許時？吏人休報事，公作送春詩。(〈柳巷〉)

這些詩皆有清新脫俗，體貼物態之境趣。再看〈鏡潭〉云：

非鑄復非鎔，泓澄忽此逢。魚蝦不用避，只是照蛟龍。

〈孤嶼〉云：

朝游孤嶼南，暮戲孤嶼北。所以孤嶼鳥，與公盡相識。

〈花源〉云：

源上花初發，公應日日來。丁寧紅與紫，慎莫一時開。

〈稻畦〉云：

罫布畦堪數，枝分水莫尋。魚肥知已秀，鶴沒覺初深。(《集釋》卷八)

則無不詩中有畫，頗饒情韻。雖與王維、孟浩然、裴迪一派自然詩風頗為接近，但內涵仍有差別。蓋王、孟之詩境一片寧靜祥和，而韓愈之詩境卻寓動態之美感。至於〈游城南〉十六首中，〈題于賓客莊〉云：

榆莢車前蓋地皮，薔薇蘸水筍穿籬。馬蹄無入朱門跡，縱使春歸可得知？(《集釋》卷九)

據清．方世舉引《舊唐書．憲宗紀》云：「元和八年二月，宰相于頔貶恩王傅。九月，以為太子賓客。十年十月，以太子賓客于頔為戶部尚書。」又〈于頔傳〉：「頔，字允元。貞元十四年，為山南東道節度。憲宗即位，歸朝入覲，冊拜司空平章事。貶恩王傅，改授太子賓客。十三年，表求致仕，宰臣擬授太子少保，御筆改為賓客。其年八月卒。」此詩當寫於于頔貶官之後，以景象之衰敗為表現中心，謂于氏莊園但見榆莢、車前蓋滿一地，薔薇垂在水中，筍尖突出竹籬；因無馬蹄進入朱門之跡，縱然春色已歸，亦何人能察覺？言下不勝傷感。又〈題韋氏莊〉云：

> 昔者誰能比，今來事不同。寂寥青草曲，散漫白榆楓。架倒藤全落，籬崩竹半空。寧須惆悵立？翻覆本無窮。(《集釋》卷九)

據鄭樵《通志》:「韋曲在樊川，唐韋安石之別業。」韋曲與杜陵之名相埒。由於韋氏是外戚，聲勢最盛之時，有「城南韋杜，去天尺五」之謠諺，韓愈作此詩時，莊園已衰，故所表現之景象是寥落與蕭索。

二、壯麗山河之歌詠

韓愈之紀遊詩中，亦有歌詠壯麗山河之篇章。韓愈之遊蹤，最富傳奇性質者莫過於登華山。相傳韓愈在貞元十八年登華山時，曾發生「發狂痛哭」之趣聞。據唐·李肇《唐國史補》卷中云:「韓愈好奇，與客登華山絕峰，度不可返，乃作遺書，發狂痛哭，華陰令百計取之，乃下。」〔註 16〕韓愈在〈答張徹〉也提及登華山云:「洛邑得休告，華山窮絕陘。倚巖睨海浪，引袖拂天星。日駕此迴轄，金神所司刑。泉紳拖脩白，石劍攢高青。磴蘚澾拳跼，梯飆颭伶俜。悔狂已咋指，垂誡仍鐫銘。……(《集釋》卷四)由此知韓愈尋確曾在登華山時有不尋常之舉動。羅師聯添嘗戲謂:「假使李肇所記屬實，韓愈可能患有懼高症。」正由於韓愈平生好作山水之遊，故對於好遊之僧徒，較生好感。其〈送惠師〉一詩，即全以山水作爲表現重心。例如敘其初遊四明、天台，則云：

> 發跡入四明，梯空上秋旻，遂登天台望，眾壑皆嶙峋。夜宿最高頂，舉頭看星辰，光芒相照燭，南北爭羅陳。茲地絕翔走，自然嚴且神。微風吹木石，澎湃聞韶鈞。夜半起下視，溟波銜日輪。魚龍驚踊躍，叫嘯成悲辛。怪氣或紫

〔註 16〕見唐·李肇《唐國史補》卷中，轉引自吳文治《韓愈資料彙編》第 42 頁，臺北：學海出版社，民國 73 年 4 月。

赤，敲磨共輪囷。金鴟既騰翥，六合俄清新。（《集釋》卷二）

在此大量運用想像，設想惠師之遊蹤，彷彿韓愈自身親臨一般，形成瑰麗而奇壯之圖象。再如敘惠師遊廬山、羅浮則謂：

凌江詣廬嶽，浩蕩極游巡。崔崒沒雲表，陂陀浸湖淪。是時雨初霽，懸瀑垂天紳。前年往羅浮，步戛南海濱。大哉盛陽德，榮茂恆留春。鵬騫墮長翮，鯨戲側脩鱗。（《集釋》卷二）

在此以精鍊之語句追述惠師遊廬嶽之情形，吾人並不確知韓愈是否已到廬嶽，然而透過韓愈簡鍊之詩筆，四明、天台、廬山、羅浮之勝概，一一呈現眼前。再如〈送靈師〉描述靈師遊黔江、瞿塘之情形謂：

尋勝不憚險，黔江屢洄沿。瞿塘五六月，驚電讓歸船，怒水忽中裂，千尋墮幽泉。環迴勢益急，仰見團團天。投身豈得計，性命甘徒捐。浪沫蹙翻涌，漂浮再生全。同行二十人，魂骨俱坑填，靈師不掛懷，冒涉道轉延。……（《集釋》卷二）

靈師以嗜好、技能不同於一般僧徒，而受到韓愈之愛重。此段描寫靈師放浪山水，旨在表彰其膽勇。而韓愈對於夔州瞿塘峽之水勢，有令人驚心動魄之描寫。「驚電讓歸船」謂歸舟行於奔流之中，急於驚電；「怒水忽中裂，千尋墮幽泉」狀江灘之高低不平；「環迴勢益急，仰見團團天」寫峽谷之曲折蜿蜒，都是奇景如繪，令人歎爲觀止。

貞元二十年，韓愈因奏請朝廷停徵京兆府稅錢及田租，被貶爲連州陽山縣令。赴任途中過湘中、同冠峽、貞女峽等地，有詩記之。如寫同冠峽之懸巖則謂：「落英千尺墮」，寫同冠峽之石鐘乳則謂：「泄乳交巖脈」，寫瀑布則謂：「懸流揭浪摽。」寫貞女峽之驚湍則謂：「江盤峽束春湍豪，雷風戰鬬魚龍逃。」都具有雄峻恢奇之特色。然而最讓世人津津樂道者，莫過於永貞元年所作〈岳陽樓別竇司直〉及元和元年所作之〈南山〉。

按〈岳陽樓別竇司直〉云：

洞庭九州間，厥大誰與讓？南匯群崖水，北注何奔放。瀦爲七百里，吞納各殊狀。自古澄不清，環混無歸向。炎風日搜攪，幽怪多冗長。軒然大波起，宇宙隘而妨，巍峨拔嵩華，騰踔較健壯。聲音一何宏，轟輵車萬輛，猶疑帝軒轅，張樂就空曠。蛟螭露筍簴，縞練吹組帳，鬼神非人世，節奏頗跌碭，陽施見誇麗，陰閉感悽愴。朝過宜春口，極北缺隄障，夜纜巴陵洲，叢芮纔可傍。星河盡涵泳，俯仰迷下上。餘瀾怒不已，喧聒鳴甕盎。明登岳陽樓，輝煥朝日亮。飛廉戢其威，清晏息纖纊。泓澄湛凝綠，物影巧相況。江豚時出戲，驚波忽蕩瀁。時當冬之孟，隙竅縮寒漲。前臨指近岸，側坐眇難望。滌濯神魂醒，幽懷舒以暢。……

（《集釋》卷三）

竇司直，名庠，韓皋出鎮武昌，辟爲幕府。陟大理司直，權領岳州刺史。竇庠五昆弟皆工詞章，有《聯珠集》。岳陽樓爲唐代詩人張說貶謫岳州時所建，爲我國歷史名蹟之一。韓愈在永貞元年自陽山赴江陵，道出巴陵岳陽樓，作此詩酬竇庠，對洞庭湖之景象，鏤刻一番。關於洞庭湖，韓愈在〈八月十五夜贈張功曹〉已有：「洞庭連天九疑高，蛟龍出沒猩鼯號。」之句，其〈洞庭湖阻風贈張十一署〉亦有：「十月陰氣盛，北風無時休。蒼茫洞庭岸，與子維雙舟。霧雨晦爭泄，波濤怒相投。犬雞斷四聽，糧絕誰與謀？」之記述，若論涵蓄之深遠，氣象之宏放，當以〈岳陽樓別竇司直〉爲最。

此詩前半寫景，後半敘事。既表現韓愈開闊之胸襟，亦展露驚人之筆力。起首八句，總寫洞庭湖之廣闊。謂其南匯群崖之水，北注長江之中，積聚七百里湖面，其深不可測，其勢渾涵無定向。「炎風日搜攪」十六句，詳寫洪濤之壯觀。先寫東北風吹拂翻攪。湧起高浪，頓覺宇宙狹隘，凌越嵩、華；而濤聲轟轟，如萬輛兵車並行其間。續以示現筆法，藉音樂爲喻，寫洞庭之濤聲。謂其聲有若軒轅皇帝，大張〈咸池〉之樂。但見樂器架上，雕鏤蛟螭，白色帷帳之內，吹起仙樂。但聞節奏抑揚，頓宕變化。高音張施時，雄偉壯麗；低音合聚時，悽涼悲愴。「朝過宜春口」以下八句，寫夜泊洞庭所見所聞。但見星河倒映湖中，隨波俯仰上下，而岸邊餘瀾，仍喧聒未休，一如甕、盎之聲。「明登岳陽樓」以下十四句，寫清曉登樓所見。此時風神收威，湖面清晏，波平如鏡，岸景與倒影相對，江豚不時嬉戲其間。「時當冬之孟」六句，述湖水淹沒湖岸之隙竅，在樓前瞻望，湖水若在岸邊；在樓側遠眺，又覺一望無際。神魂蕩滌，頓感清醒；幽懷舒解，無限暢快。此詩寫景之工巧有致，筆力之雄豪勁健，並世諸詩人中，有所不逮。宋・范仲淹〈岳陽樓記〉，似從此詩前半，脫胎而出。

至於〈南山詩〉，是韓愈於憲宗元和元年，由江陵奉召擔任國子博士之後所作之長篇五古。全詩二百零四句，一千零二十字，篇幅既長，又以賦體作法寫成。全詩依清・徐震〈南山詩評釋〉可分爲七段，自「吾聞京城南」至「粗敘所經覯」爲第一段，自「嘗升崇丘望」至「頃刻異狀候」爲第二段，自「西南雄太白」至「陰霰縱騰糅」爲第三段，自「昆明大池北」至「峙質能化貿」爲四段，自「前年遭譴謫」至「脫險逾避臭」爲第五段，自「昨來逢清霽」至「蠢蠢駭不懋」爲第六段，自「大哉立天地」至「惟用贊報酭」爲第七段。

第一段說明作詩之緣起，末段以歌頌作結。其餘六段都是記述韓愈實地遊覽南山之情形。中間除第三段略爲跳脫本題，寫太白山之高寒，略見章法之變化。其餘都爲第六段七十八句蓄勢。試看〈南山詩〉第六段云：

> 昨來逢清霽，宿願忻始副。崢嶸躋冢頂，倏閃雜鼯鼬。前低劃開闊，爛漫堆眾皺。或連若相從；或蹙若相鬥；或妥若弭伏；或竦若驚雊；或散若瓦解；或赴若輻輳；或翩若船遊；或決若馬驟；或背若相惡；或向若相佑；或亂若抽筍；或嵲若炷灸；或錯若繪畫；或繚若篆籀；或羅若星離；或蓊若雲逗；或浮若波濤；或碎若鋤耨；或如賁育倫；賭勝勇前購，先強勢已出，後鈍嗔詎譳；或如帝王尊，叢集朝賤幼，雖親不褻狎，雖遠不悖謬；或如臨食案，肴核紛飣餖；又如遊九原，墳墓包槨柩；或纍若盆甖；或揭若登豆；或覆若曝鼈；或頹若寢獸；或蜿若藏龍；或翼若搏鷲；或齊若友朋；或隨若先後；或迸若流落；或顧若宿留；或

> 戾若仇讎；或密若婚媾；或儼若峨冠；或翻若舞袖；或屹若戰陣；或圍若蒐狩；或靡然東注；或偃然北首；或如火熺焰；或若氣饙餾；或行而不輟；或遺而不收；或斜而不倚；或弛而不彀；或赤若禿鬝；或燻若柴槱；或如龜坼兆；或若卦分繇；或前橫若剝；或後斷若姤。(《集釋》卷四)

誠如徐震〈南山詩評釋〉所云：「連用五十一或字，一氣鼓盪，勢極排奡。以既登絕頂，殫睹千山萬壑之變態，如此形容，以便總攝，用筆殊爲巧妙。且與上文自山下瞻望，及兩次登山之所見，寫法迥異，尤爲善于變化。」〔註17〕但是，亦有對此提出惡評者。如清‧趙翼《甌北詩話》即謂：「此詩不過鋪排山勢，及景物之繁富。而以險韻出之，層疊不窮，覺其氣力雄厚耳。世間名山甚多，詩中所詠，何處不可移用，而必於南山耶？」〔註18〕雖然如此，韓愈〈南山詩〉雕鏤物狀，而雄奇恣肆；險語疊出，而布置停當，無韓愈之才，絕不能作；有韓愈之才，未必敢作，誠爲難得一睹之偉觀。

綜觀韓愈之紀遊詩，常取以理觀物之態度，對客觀景象作細膩之刻繪。甚少在景物中涵融個人感情。所用詩語，根柢經傳，造成典重札實、字字有據之特色。寫景之間，喜夾雜敘事，或混入議論。從整體風格看，實較偏向謝靈運之作風。

肆、韓愈詩之生活情調

關於韓詩所反映之生活內涵，以歐陽修在《六一詩話》中所論最具啓發性。按歐陽修云：「退之筆力無施不可，而嘗以詩爲文章末事，故其詩曰：『多情懷酒伴，餘事作詩人』也。然其資談笑，助諧謔，敘人情，狀物態，一寓於詩，而曲盡其妙。」〔註19〕就歐氏所謂「敘

〔註17〕 轉引自錢仲聯《韓昌黎詩繫年集釋》卷四，第四五五頁，臺北：學海出版社，民國74年1月。

〔註18〕 見清‧趙翼《甌北詩話》卷三，轉引自吳文治編《韓愈資料彙編》，第1317頁，臺北：學海出版社，民國73年4月。

〔註19〕 《六一詩話》見清‧何文煥《歷代詩話》本272頁。

人情，狀物態」之角度來看《韓昌黎詩集》，不難發現韓愈重視生活，且勤於將生活細節及各種生命情境之感受，以「無施不可」之筆力，予以表露。以下擬就飲酒、垂釣、賞花、騎馬、打獵、鬭雞、落齒、生病，等項各徵詩例說明之。

一、常置美酒，終身健飲

今傳韓愈詩最早一首爲〈芍藥歌〉，其末四句有云：「一樽春酒甘若飴，丈人此樂無人知，花前醉倒歌者誰？楚狂小子韓退之。」，可知韓愈自少好酒。又〈贈鄭兵曹〉有云：「罇酒相逢十載前，君爲壯夫我少年。罇酒相逢十載後，我爲壯夫君白首。」，可知韓愈中年好酒。又〈杏園送張徹侍郎〉有云：「歸來身已病，相見眼還明。更遣將詩酒，誰家逐後生？」足見韓愈晚年雖已老病，依然嗜飲。因此，韓愈終身與酒結下不解之緣。〈遣興〉一詩，所謂：「斷送一生惟有酒」，應屬眞實之感喟。試觀〈東都遇春〉描述韓愈少年時節，何其狂放：

> 少年眞氣狂，有意與春競。行逢二三月，九州花相映。川原曉服鮮，桃李晨糚靚。荒乘不知疲，醉死豈辭病。飲啖惟所便，文章倚豪橫。（《集釋》卷七）

不過此詩之詠醉飲，僅在表現少年豪情，並無情思之深度。至韓愈仕途遭遇挫折，眼見朝廷亂象，其詠醉酒，便有深刻之感情含藏其中。〈醉後〉云：

> 煌煌東方星，奈此眾客醉。初喧或忿爭，中靜雜嘲戲，淋漓身上衣，顚倒筆下字。人生如此少，酒賤且勤置。（《集釋》卷二）

此詩若就貞元末之政局來考察，則其極言眾客之醉，當係喻指朝中政客。而所謂「人生如此少，酒賤且勤置」也就成爲一種雙關語，既嘲諷政客之恣意忘形，亦兼發抒內心之忿懣。相同之情況見諸〈贈鄭兵曹〉，詩云：

> 罇酒相逢十載前，君爲壯夫我少年。罇酒相逢十載後，我爲壯夫君白首。我材與世不相當，戢鱗委翅無復望。當今

> 賢俊皆周行，君何爲乎亦遑遑？杯行到君莫停手，破除萬事無過酒。(《集釋》卷四)

此詩作於憲宗元和元年，時韓愈在江陵任法曹參軍，而鄭群以殿中侍御史在江陵佐鄂岳使裴鈞。韓愈自認爲材性與世相忤，將如魚鳥之戢鱗委翅，無復寄望。暗示鄭群之情況大致相同，故以「當今賢俊皆周行，君何爲乎亦遑遑？」相詰，並以多飲酒杯莫停，俾能破除萬事相勸勉。

〈鄆城晚飲奉贈副使馬侍郎及馮李十二員外〉謂：「偶上城南土骨堆，共傾春酒兩三盃」可知韓愈在春日飲酒；〈秋懷詩〈之一謂：「胡爲浪自苦，得酒且歡喜。」則秋日有懷亦飲。無飲伴時，亦嘗言：「我來無伴侶，把酒對南山。」聊以自愉悅。座中有美人相伴，則亦嘗有「眼穿長訝雙魚斷，耳熱何辭數爵頻。銀燭未銷窗送曙，金釵半墮座添香」之浪漫意興。在〈醉贈張祕書〉中，嘲諷長安富兒不解「文字之飲」，謂：

> 長安眾富兒，盤饌羅羶葷，不解文字飲，惟能醉紅裙。雖得一餉樂，有如聚飛蚊。……

韓愈在本詩論及門弟諸友之詩作，謂張署：「君詩多態度，藹藹春空雲。」謂孟郊：「東野動驚俗，天葩吐奇芬。」謂張籍：「張籍學古淡，軒鶴避雞群。」。可見那種偕友生考評道術、商榷詩藝之聚飲，方爲韓愈之最愛。此時，往往能「性情漸浩浩，諧笑方云云。」眞正能享有飲酒之興味。

二、坐厭刑柄，時傍釣車

韓愈喜垂釣，多次在詩中提及攜友生、詩伴赴水濱池畔垂釣之情景。如〈贈侯喜〉謂：「吾黨侯生字叔迡，呼我持竿釣溫水。平明鞭馬出都門，盡日行行荊棘裏。」所謂「溫水」，據《易緯・乾鑿度》云「王者有盛德，則洛水先溫。」顯然指河南洛水而言。再如〈劉生〉云：「陽山窮邑惟猿猴，手持釣竿遠相投。」記述劉師命於貞元二十一年訪韓愈於陽山，韓愈引爲釣友，在陽山窮邑，垂釣爲樂。其〈答張徹〉云：「石梁平侹侹，沙水光泠泠。乘枯摘野豔，沉鈿抽潛腥。」敘與姪婿相知相識、游宴尋幽之經過，而在石梁上投竿釣魚，成爲二人共有之美好回憶。其〈送侯參謀赴河中幕〉云：「東都絕教授，游宴以爲恆。秋漁蔭密樹，夜博然明燈。」記述在東都國子分司，尚無生徒可教時，游宴、尋幽、垂釣、夜搏，成爲與國子助教侯繼最常進行之活動。

韓愈之垂釣並非全然帶來愉悅之情緒。在〈贈侯喜〉詩中，描述二人由日出堅坐至黃昏。舉竿引線，所得不過「一寸纔分鱗與鬐」之小魚。韓愈與侯喜二人，不免深感失望。韓愈藉垂釣無所得，引出一段求官以來心境之描述：

> 我今行事皆如此，此事正好爲吾規。半世遑遑就舉選，一名始得紅顏衰。人間世勢豈不見，徒自辛苦終何爲？便當提攜妻與子，南入箕潁無還時。叔迡君今氣方銳，我言至切君勿嗤。君欲釣魚須遠去，大魚豈肯居沮洳。（《集釋》卷二）

韓愈以自身經驗，說明赴京就選之不易，獲得一點虛名時，已付出青春之代價。故勸勉侯喜「君欲釣魚須遠去，大魚豈肯居沮洳。」而侯喜果能不負眾望，於貞元十九年中進士第，仕終國子主簿，爲韓門中最早進士及第者。

〈閒遊〉二首之一提及垂釣時，有「持竿至日暮，幽詠欲誰聽？」之句，亦非愉悅之情境。但是元和十三年八月間所作〈獨釣四首〉卻細膩工巧，頗饒幽致。詩云：

> 侯家林館勝，偶入得垂竿。曲樹行藤角，平池散芡盤。羽沉知食駛，緡細覺牽難。聊取夸兒女，榆條繫從鞍。
>
> 一徑向池斜，池塘野草花。雨多添柳耳，水長減蒲芽。坐厭親刑柄，偷來傍釣車。太平公事少，吏隱詎相賒？
>
> 獨往南塘上，秋晨景氣醒。露排四岸草，風約半池萍。鳥下見人寂，魚來聞餌馨。所嗟無可召，不得倒吾缾。
>
> 秋半百物變，溪魚去不來。風能坼芡觜，露亦染梨顋。遠

岫重疊出，寒花散亂開。所期終莫至，日暮與誰迴？（《集釋》卷十）

詩中之侯館，一說侯喜家，一說公侯之家，由於詩中未有一語提及侯喜，應以後者爲是。韓愈作此詩時，任刑部侍郎，故有「坐厭親刑柄」、「公事少」、「吏隱」之語。四首寫釣之處，穩切傳神；寫景之處，語新意幽。如「羽沉知食駃，緡細覺牽難。」述池魚迅速啄食魚餌，中鉤後之奮力掙扎，難以牽繫。「鳥下見人寂，魚來聞餌馨。」述園池寂靜，鳥不畏人；香餌入水，群魚來聚，生動如畫。而寫景部份，如「曲樹行藤角，平池散芡盤。」、「雨多添柳耳，水長減蒲芽。」、「露排四岸草，風約半池萍。」、「風能坼芡觜，露亦染梨題。」，皆爲極其細之景致，卻能一一樵寫，不落俗套。第三首以「所嗟無可召，不得倒吾缾。」，第四首以「所期終莫至，日暮與誰迴？」作結，都能恰切點明獨釣之「獨」字。可知此詩雖屬尋常題材，亦一絲不苟。

三、憐惜瓊華，無令逐風

韓愈愛花，詩中提及之花，涵蓋梨花、木芙蓉、梅花、杏花、李花、榴花、菊花、芍藥等種類。〈聞梨花發贈劉師〉云：「桃蹊惆悵不能過，紅豔紛紛落地多。聞道郭西千樹雪，欲將君去醉如何？」（《集釋》卷二）〈梨花下贈贈劉師命〉云：「洛陽城下清明節，百花寥落梨花發；今日相逢瘴海頭，共驚爛漫開正月。」（《集釋》卷二）是兩首詠梨花之作。所贈之對象皆是韓愈貶陽山以來，常相過從之劉師命。前詩但覺逸興飄然，卻未見手段。後詩則有極爲不同之感觸，含藏其中。此詩前二句倒敘，謂曩昔清明時節，在洛陽橋下，百花寥落，惟梨花盛放。後二句正敘，謂今日相逢於萬里之外，瘴海之濱，豈料正月時節，梨花已然爛漫盛放。韓愈題面似在表達梨花早開之驚訝，實則深深懷念在洛陽賞花之情景。

〈木芙蓉〉爲眞正之詠花詩。詩云：

新開寒露叢，遠比水間紅。豔色寧相妒，嘉名偶自同。採

江官渡晚，搴木古祠空。願得勤來看，無令便逐風。(《集釋》卷三)

全詩以整齊之律句别清「木」字。起聯謂此花新開於寒木叢中，遠比水生芙蓉更紅。頷聯謂似此豔色，無需相妒，蓋嘉名偶自相同而已。頸聯運化〈古詩〉:「涉江採芙蓉」及《九歌》:「搴芙蓉兮木末」二句，相互對顯，意在對顯各自生長之處而已未必實有采水芙蓉及木芙蓉之舉。尾聯以願得常觀此花作結。此詩純以客觀寫物之筆法，樵寫物態，全無情韻可言。類似之情況，見之於〈春雪間早梅〉一詩。詩云：

梅將雪共春，彩豔不相因。逐吹能爭密，排枝巧妒新。誰令香滿坐，獨使淨無塵。芳意饒呈瑞，寒光助照人。玲瓏開已遍，點綴坐來頻。那是俱疑似，須知兩逼眞。熒煌初亂眼，浩蕩忽迷神。未許瓊華比，從將玉樹親。先期迎獻歲，更伴占兹辰。願得長輝映，輕微敢自珍。(《集釋》卷四)

前賢對此詩曾有苛評。如清・紀昀謂:「芳意饒呈瑞，寒光助照人」二句，「太俗」；謂「熒煌」二字，「不似雪。」;「浩蕩」二字，「更不似雪。」;「忽迷神」三字，「不雅」，對全詩評曰:「昌黎古體横絕一代，律詩則非所長，試帖刻劃，更非所長。此詩意刻意歛才就法，反成淺俗，不爲佳作。」〔註20〕但是，前賢對〈李花贈張十一署〉、〈李花二首〉則給予較高之藝術評價。按:〈李花贈張十一署〉云:

江陵城西二月尾，花不見桃惟見李。風揉雨練雪羞比，波濤翻空杳無涘。君知此處花何似？白花倒燭天夜明，群雞驚鳴官吏起。金烏海底初飛來，朱輝散射青霞開。迷魂亂眼看不得，照耀萬樹繁如堆。念昔少年著游燕，對花豈省曾辭盃。自從流落憂感集，欲去未到先思迴。衹今四十已如此，後日更老誰論哉？力攜一罇獨就醉，不忍虛擲委黄埃。(《集釋》卷四)

此詩作於元和元年，在江陵爲掾曹之時；不論言情寫景，皆有絕詣。

〔註20〕見錢仲聯《韓昌黎詩繫年集釋》卷四，第354頁，臺北：學海出版社，民國74年1月。

全詩可分前後兩幅：「念昔」以下，感物興懷，不在詠花；著力描摹，惟在前幅十一句。自「君知此處花何似？」起，以一連串夸飾筆法，攄寫李花。「白花」二句，謂李花在夜中獨顯潔白，甚至燭照夜空，反將夜空照亮；致使群雞誤爲天明，官吏起身早朝。「金烏」二句，謂李花又如傳說中之金烏，自海底飛出，朱輝散射，青霞爲開。「迷魂」二句，謂陽光之下，李花之白，使人神迷眼亂無法逼視。而千花萬樹在陽光之下，繁密成堆。後幅由花及人，藉花寄慨，自傷身世。韓愈憶起昔日年少，放浪游宴，對花暢飲。而今流落異地，百感交集，花開時節，往往未見好花已無意緒，急於歸返。末四句之悲意更深，謂四十已是如此，寧論更老之時？而今日攜酒獨醉，蓋不忍見李花之虛擲於黃埃也。古來詠花偏於纖小柔媚，而韓愈詠李花，寫得形相鮮活，意境壯闊。其誇張之處，想像出奇，令人歎爲觀止。後幅惜花實有深意。汪佑南《山涇草堂詩話》云：「見李花繁盛，彌感身世之易衰。公與署同謫江陵，同悲流落，李花如此盛開，而不賞花飲酒，辜負春光，豈不可惜。惜李花，實自惜也。」〔註 21〕蔣抱玄《詳注韓昌黎詩集》亦謂：「此詩妙在借花寫人，始終卻不明提，極匣劍帷燈之致。」〔註 22〕本詩之高明，正在與人聯想玩味之餘地。

韓愈之詠李花詩，尚有〈李花二首〉，其一云：

> 平旦入西園，梨花數株若矜夸。旁有一株李，顏色慘慘似含嗟。問之不肯道所以，獨繞百帀至日斜。忽憶前日經此樹，正見芳意初萌牙。奈何趁酒不省錄，不見玉枝攢霜葩。泫然爲汝下雨淚，無由反旆羲和車。東風來吹不解顏，蒼茫夜氣生相遮。冰盤夏薦碧實脆，斥去不御慚其花。（《集釋》卷七）

此詩以第二人稱擬人法，寫韓愈前日趁酒，不省芳意，未及細賞霜葩；今日再見玉顏不解，因斥去冰盤，不食碧實，以表愧意。此詩妙在視

〔註 21〕見清・汪佑南《山涇草堂詩話》，轉引自錢仲聯〈韓愈詩繫年集釋〉卷 4360 頁，臺北：學海出版社，民國 74 年 1 月。

〔註 22〕見蔣箸超《詳註韓昌黎詩集》，第 213 頁，上海會文堂新記書局，民國 24 年 2 月。

花如美人，對己之「唐突」，自慚無地。筆法雖拙樸，卻別有一種情味。〈李花二首〉之二云：

> 當春天地爭春華，洛陽園苑尤紛拏。誰將平地萬堆雪，翦刻作此連天花？日光赤色照未好，明月暫入都交加。夜領張徹投盧仝，乘雲共至玉皇家。長姬香御四羅列，縞裙練帨等無差。靜濯明粧有所奉，顧我未肯置齒牙。清寒瑩骨肝膽醒，一生思慮無由邪。（《集釋》卷七）

此詩先以設問謂：誰將平地萬堆白雪，翦刻爲滿天白花？再謂赤陽之下，未見其美；明月初照時，則見花月交輝，最爲美好。「夜領」句以下，又將李花比爲身裁高䠷之美人，皆著縞裙練帨，羅列於前，毫無例外。「靜濯明粧有所奉」句，謂此美人洗盡鉛華，隨侍身旁。「顧我未肯置齒牙」句，謂此美人不發一言。結二句，仍藉美人寫李花。謂此嫻靜之美人，令人一生之思慮，不敢有邪念。形容李花潔白，令人神骨瑩澈，肝膽俱醒。除李花之外，韓愈〈題百葉桃花〉云：「應知侍史歸天上，故伴仙郎宿禁中。」其〈芍藥〉云：「覺來獨對情驚恐，身在仙宮第幾重？」都將花比爲美人、仙女，意調俱新，言人所未言。

四、射獵騎馬，叉魚鬥雞

韓愈雖云：「古史散左右，詩書置後前，豈殊蠹書蟲，生死文字間。」（〈雜詩〉），事實上，並非謹守書室，而是經常參與或觀看戶外活動。由其詩提及打獵、打毬、騎馬、鬥雞，可以略知。

韓愈〈縣齋有懷〉謂：「大梁從相公，彭城赴僕射。弓箭圍孤兔，絲竹羅酒炙。」（《集釋》卷二）。說明貞元十二年從汴州董晉幕以及貞元十五年從張建封幕，常參加二州幕府之獵宴。〈雉帶箭〉寫隨從張建封射獵之情形。詩云：

> 原頭火燒靜兀兀，野雉畏鷹出復沒。將軍欲以巧伏人，盤馬彎弓惜不發。地形漸窄觀者多，雉驚弓滿勁箭加。衝人決起百餘尺，紅翎白鏃隨傾斜。將軍仰笑軍吏賀，五色離披馬前墮。（《集釋》卷一）

誠如宋・樊汝霖所言：「此詩佐張僕射於徐從獵而作也。讀之其狀如在目前，蓋寫物之妙者。」起首二句，寫原野燃起獵火，四周靜悄不動。野雉畏懼獵鷹攻擊，纔飛又隱，忽出忽沒。三四句，寫張建封騎馬盤旋，挽弓不發，欲以巧技伏人。蓋將軍不射則已，一射必能中的。「地形」四句，爲此詩最精采之片斷。謂：地窄人多，野雉驚飛，將軍滿弓，射出勁箭，命中野雉，野雉猶向人猛衝百餘尺，紅色之箭翎，白色之箭鏃，隨之斜落。結二句，寫將軍仰天而笑，軍吏紛紛道賀，但見五彩繽紛之野雉墮於馬前。此詩之妙處，在句句寫實，而扣人心弦。寫原野，謂「靜兀兀」而與雉之「飛又隱」、「出復沒」，動靜對比，神味盎然。寫將軍之箭技，謂「盤」馬「彎」弓「惜」不「發」；寫雉之中箭，雉「驚」弓「滿」勁箭「加」，充滿力動之美感，末句戛然而止，氣勢矯健，正是韓詩之本色。與〈雉帶箭〉同樣工巧者，爲描述馬毬之〈汴泗交流贈張僕射〉，詩云：

> 汴泗交流郡城角，築場千步平如削。短垣三面繚逶迤，擊鼓騰騰樹赤旗。新雨朝涼未見日，公早結束來何爲？分曹決勝約前定，百馬攢蹄近相映。毬驚杖奮合且離，紅牛纓紱黃金羈，側身轉臂著馬腹，霹靂應手神珠馳。超遙散漫兩閒暇，揮霍紛紜爭變化。發難得巧意氣麤，讙聲四合壯士呼。此誠習戰非爲劇，豈若安坐行良圖。當今忠臣不可得，公馬莫走須殺賊。(《集釋》卷一)

本詩起首四句，寫毬場之陳設。謂場廣千步，平如削成。三面有短垣繚繞，樹以赤旗，且鼓聲騰騰。「新雨」四句，述馬毬之開賽。謂將軍應約賽毬，一決勝負。但見百馬攢聚一場，馬蹄爲群馬所掩。「毬驚」二句，寫毬杖起落，毬丸離合；而場中之馬皆以紅牛毛爲纓紱，黃金爲羈絡。「側身」二句，寫毬賽手技藝高超。但見身體貼於馬身，揮鞭之聲，猶如霹靂，而毬丸在場中，來去飛馳。「超遙」二句謂擊毬之中，有時人馬散開，敵對雙方似停止下來；時而激烈奮鬥，變化迅速。「發難」二句，謂毬技之高，故得勝歡呼，意氣昂揚。結四句表面在頌揚張建封之打毬，視同習戰，較之他人安坐室中，更勝一籌；實則規諷張建封，應該停止危險之馬毬競賽，保此有用之身，以便爲國殺賊。

上述二首，雖針對張建封而發，然亦可考見韓愈所參與之戶外活動。此外，由〈秋懷詩〉之三云：「學堂日無事，驅馬適所願。茫茫出門路，欲去還自勸。」可見韓愈時以騎馬漫步，消憂解愁。再由〈叉魚〉：「叉魚春岸闊，此興在中宵。……刃下那能脫，波間或自跳。中鱗憐錦碎，當目訝珠銷。迷火逃翻近，驚人去暫遙。競多心轉細，得雋語時囂」可見韓愈精於叉魚之道。再由〈鬬雞聯句〉，描述鬬雞相遇謂：「大雞昂然來，小雞竦而待」（《集釋》卷五）描述兩雞相抵禦謂：「既取冠爲胄，復以距爲鐓。」描述初鬬謂：「腷膊但聲喧，繽翻落羽皠。中休事未決，小挫勢異倍。」描述鬬勝一方謂：「頭垂碎丹砂，翼搨拖錦彩。連軒尚賈勇，清厲比歸凱。」若非精於鬬雞，積累相當經驗，實難描述如此傳神。

五、意興別具，嘲遣病痛

韓愈中年即已髮白齒落，據宋．魏仲舉《五百家註音辯昌黎先生文集》引樊汝霖曰：「公詩有〈江陵途中〉云：『自從齒牙缺。』〈感春〉云：『語誤悲齒墮。』〈贈崔立之評事〉云：『齒髮早衰嗟可閔。』〈送侯參謀〉云：『我齒豁可鄙。』〈贈劉師服〉云：『今我呀豁落者多，所存十餘皆兀飽。』〈寄崔十二立之〉云：『所餘十九齒，飄飄盡浮危。』〈江州寄鄂州李大夫〉云：『我齒落且盡。』公文有祭老成云：『齒牙動搖。』上李巽書云：『髮禿齒豁。』〈進學解〉云：『頭童齒豁。』〈五箴〉云：『齒之搖者日益脫。』」〔註 23〕可見韓愈對落齒一事，甚有感觸。〈落齒〉一詩，頗能看出韓愈性情風趣之一面。詩云：

> 去年落一牙，今年落一齒。俄然落六七，落勢殊未已，餘

〔註 23〕轉引自錢仲聯《韓昌黎詩繫年集釋》卷二，第 172 頁，臺北：學海出版社，民國 74 年 1 月。

> 存皆動搖，盡落應始止。憶初落一時，但念豁可恥，及至落二三，始憂衰即死。每一將落時，懍懍恆在己。叉牙妨食物，顛倒怯漱水。終焉捨我落，意與崩山比。今來落既熟，見落空相似。餘存二十餘，次第知落矣。儻常歲落一，自足支兩紀。如其落併空，與漸亦同指。人言齒之落，壽命理難恃。我言生有涯，長短俱死爾。人言齒之豁，左右驚諦視。我言莊周云，木雁各有喜。語訛默固好，嚼廢軟還美。因歌遂成詩，持用詫妻子。(《集釋》卷二)

此詩分為兩大段，前段寫牙齒脫落將盡之情況，後段寫牙齒脫落之感受。起首六句總提齒牙脫落甚速。「憶初」六句，寫初落時之感想。謂初見落齒，則懍懍生懼，恐即衰死。「叉牙」四句，謂齒牙不整，有礙進食；為免續落，常側頭漱口。奈齒牙仍如山崩，捨我而落。「今來」四句，謂落勢既成，則習以為常。餘存之齒，亦不復指望。「儻常歲落一」以下為第二段。謂每歲僅落一齒，尚可支持二十四載。續又轉念，謂速落、漸落，並無若何不同。「人言」八句，揭出主旨。謂人雖有言，齒落則壽不長；實則生也有涯，長壽短命，皆難逃一死。又引莊子之言，以為材與不才各有所喜。並以落齒有礙言語，索性緘默；缺牙不便嚼，軟食更美，聊以自慰。最後因歌成詩，誇耀妻兒作結。韓愈在詩中，不夸飾，不矜張，只是以平白如水之語句，針對落齒，磊落道來。亦莊亦諧，十分討喜。

韓愈對疾病帶來之痛苦，亦能作詩消遣。如貞元二十一年，由陽山俟命於郴州，在出郴口時，突然染患瘧疾。病中作〈譴瘧鬼〉一首，詩云：

> 屑屑水帝魂，謝謝無餘輝。如何不肖子，尚奮瘧鬼威？乘秋作寒熱，翁嫗所罵譏。求食歐泄間，不知臭穢非。醫師加百毒，熏灌無停機；灸師施艾炷，酷若獵火圍；詛師毒口牙，舌作霹靂飛；符師弄刀筆，丹墨交橫飛。咨汝之胄出，門戶何巍巍？祖軒而父頊，未沫於前徽。不修其操行，賤薄似汝稀。豈不忝厥祖，靦然不知歸。湛湛江水清，歸

居安汝妃。清波爲裳衣，白石爲門畿。呼吸明月光，手掉芙蓉旂。降集隨〈九歌〉，飲芳而食菲。贈汝以好辭，咄汝去莫違。(《集釋》卷三)

此詩之主旨，前賢有種種說法。如清・方世舉《韓昌黎詩編年箋注》謂：「此爲宰相李逢吉出爲劍南東川節度而作也。」清・王元啓《讀韓記疑》：「此譏世家敗類之子，如宋時魏公之後有侂胄，朱文公之後有松壽是也。……近解專譏逢吉，僕指趨炎附識之徒，竊謂較合情理。」清・鄭珍〈跋韓詩〉則謂「此詩公實因病瘧而作。」〔註 24〕方、王二家，並無堅實之論據，可資佐證；揆之全詩，應以鄭說較爲合理。本詩起首八句爲第一段，以讓責之語氣，謂瘧鬼爲水帝顓頊之不肖子，乘秋奮其邪威，使人發冷作熱，爲翁嫗所共譏，而求食於病者嘔泄之物，竟不以臭穢爲非。「醫師」以下八句爲第二段，實寫譴字。謂醫師以百毒薰灌，炙師以艾草燒炷，詛師以口牙詛咒，符師以丹符厭殺，意在驅遣瘧鬼。「咨汝」八句，重提瘧鬼之巍巍世系。謂汝之祖爲軒轅，父爲顓頊，前徽未沫，而竟賤薄不修，豈非忝辱爾祖？何以靦顏在此，猶然不知歸返？「湛湛」八句，脫化《離騷》、《九歌》之辭，促其早歸。謂江水澄澈，應早日歸居水府，以安汝妻。如是，必能以清波爲衣裳，白石爲門畿，吐納月精，手掉旌旂，隨《九歌》而降集，飲芳醴，食落英。末二句，以祈使語句，喝令聽從，結束全詩。

就詩歌題材而言，類似〈落齒〉、〈譴瘧鬼〉之類詩作，皆非典重大題，而是生活瑣事。而韓愈措辭方式，亦跡近文字遊戲，與唐代一般詩人之作風不同。此因韓愈之胸襟開闊，故能別具意興。由此亦可知韓愈詩內涵之豐富。

〔註 24〕同上，第 264～265 頁。